W0317044

DAN GEMEINHART

Stadtbibliothek Riesa
ausgesondert

EIN WEITER WEG

Aus dem Englischen von Annette von der Weppen

Stadtbibliothek Riesa
01589 Riesa, Poppitzer Platz 3
Kinder- u. Jugend bibliothek
23. MAI 2018
Jugendbuch

Dieses hier ist für meine drei Töchter,
Eva,
Ella
und Claire:
Immer meine Engel.

1. KAPITEL

Oktober 1890

Old Mission, Washington State

Ich nahm an, es war die kälteste, dunkelste Stunde der Nacht. Diese stille Stunde kurz vor Tagesanbruch. Meine Mutter nannte sie »die Stunde der Engel und Teufel«, weil um diese Zeit nur noch Engel und Dämonen irgendein Werk zu vollbringen hatten, das der Rede wert war. Ich wusste nicht, ob das, was ich vorhatte, ein Werk Gottes oder des Teufels war. Ich wusste nur, dass es getan werden musste und dass die Zeit dafür gekommen war.

So viele Stunden hatte ich schon schlaflos auf meinem armseligen Strohsack gelegen und darauf gewartet, dass der alte Mann endlich in Tiefschlaf fiel. Die ganze Nacht über hatte mein Plan in mir geschwelt, wie die letzte Glut im Kamin, und mich wach gehalten. Um ehrlich zu sein, zitterten mir ein bisschen die Hände, als ich jetzt so leise wie möglich über den Lehmboden auf sein Lager zuschlich, wo er vor sich hin schnarchte. Und nicht nur vor Kälte.

Doch mein Herz war so unbeirrbar wie ein treues Pferd, das nach Hause läuft.

Meine Ledertasche hing mir schon über der Schulter – ich hatte sie mir heimlich übergestreift, bevor ich unter die Decke kroch. Und auch die Stiefel hatte ich noch an den Füßen. Er war viel zu betrunken gewesen, um zu bemerken, dass ich sie gar nicht ausgezogen hatte.

Nun musste ich mir nur noch das Geld holen. Und die Pistole. Und mich dann schnellstmöglich auf den Weg machen.

Das Bündel Scheine lag auf einem Regal an der Wand über seinem Bett. Ich leckte mir die Lippen und schlich noch näher, meine Füße suchten sich im Halbdunkel ihren Weg. Der Lauf der Pistole schimmerte im rötlichen Widerschein der Glut. Der Alte hatte ihn auf einer Kiste unter dem Regal deponiert, gleich in Reichweite seines Arms, den er sich übers Gesicht geworfen hatte.

Ich wagte kaum zu atmen, als ich den letzten Schritt tat und die Hand ausstreckte. Lautlos und geschmeidig schlossen sich meine Finger um den Stapel schmutziger Dollarscheine. *Das ist kein Diebstahl*, redete ich mir ein. *Das Geld gehört rechtmäßig mir.* Ich konnte mich wohl nicht so richtig überzeugen, denn der Zweifel nagte weiter an mir. Aber ich hatte keine andere Wahl.

Ich ging in die Hocke und wandte mich der Pistole zu, stieß dabei allerdings mit dem Fuß gegen eine leere Schnapsflasche. Sie kreiselte in den Schatten vor sich hin und prallte dann mit einem lauten *Klirr!*, das die Stille in der Hütte zerschlug, gegen eine andere.

Das Schnarchen des Alten brach ab. Sein Arm schnellte hoch und zwei blutunterlaufene Augen starrten mich an, verwirrt, aber auch schon wütend. Sie verengten sich, als sie das Geld in meiner Hand entdeckten, und seine Oberlippe zog sich zurück, als würde er die Zähne fletschen.

»Was machst du da, Bursche?«, fragte er mit seiner hohen, näselnden Stimme. Gott, wie hatte ich diese Stimme zu hassen gelernt!

Ich erstarrte und brachte vor Schreck keinen Ton heraus.

Er blinzelte, während sein vom Alkohol vernebeltes Hirn offenbar versuchte, die Situation zu begreifen. Er wollte sich aufsetzen, hielt dann jedoch inne. Beide gleichzeitig schauten wir zu der Pistole hinüber. Für einen kurzen, atemlosen Moment wusste jeder von uns genau, was der andere gleich tun würde.

Unsere Körper schnellten nach vorn, unsere Arme zuckten vor wie zwei Schlangen. Er war näher dran, aber ich war schneller, und als ich wieder zurückstolperte, hielt ich die Waffe fest in der rechten Hand.

Jetzt war es an ihm, zu erstarren.

»Was machst du denn da?«, fragte er wieder, diesmal allerdings mit eindeutig nervöser Stimme.

»Sie hatten kein Recht, sie zu verkaufen«, sagte ich. Ich schämte mich für das Zittern in meiner Stimme. Sie klang überhaupt nicht wie die Stimme eines Mannes. Überhaupt nicht wie die meines Vaters.

Der Alte verzog das Gesicht, als hätte er in eine Zitrone gebissen.

»Natürlich hatte ich das. Sie hat mir schließlich gehört. Und ich brauche das Geld, um das viele Essen zu bezahlen, das du verdrückst.«

Mein knurrender Magen strafte seine Worte Lügen, und ich schüttelte den Kopf.

»Nein, Sir. Ich arbeite für meinen Unterhalt, und ich arbeite hart. Und dieses Pferd hat *mir* gehört. Deshalb gehört mir auch das Geld, das Sie für seinen Verkauf bekommen haben. Ich nehme es mir, um mein Pferd damit zurückzukaufen.« *Außerdem würden Sie es sowieso nicht für Essen, sondern höchstens für noch mehr Whiskey ausgeben*, hätte ich am liebsten hinzugefügt. Aber meine Mutter hatte mir schließlich Manieren beigebracht, also hielt ich den Mund.

Der Alte nahm die Füße vom Bett und setzte sich auf. Ich wich einen Schritt zurück.

»Gib mir das Geld und leg dich wieder hin«, sagte er. »Du traust dich doch eh nicht, auf mich zu schießen.«

Er wollte aufstehen, zögerte aber, als ich den Hahn der Pistole spannte. Das Klicken war so deutlich zu hören wie die Kirchenglocken am Sonntag.

»Und ob ich mich traue«, sagte ich. »Da können Sie sicher sein, Mr Grissom. Ich habe zwar noch nie auf jemanden geschossen und muss das auch hoffentlich niemals tun. Aber ich bin fest entschlossen, mir mein Pferd zurückzuholen, und wenn Sie mich daran hindern wollen, verpasse ich Ihnen eine Kugel, das schwör ich.« Meine Stimme zitterte immer noch, doch in ihr schwang eine Entschlossenheit mit, von der ich wusste, dass wir sie beide hörten. Eine stählerne Härte, die ihm zeigte, dass es mir verdammt ernst war.

Er musterte mich unsicher.

»Dein Vater hat dich in meiner Obhut zurückgelassen, Bursche, zusammen mit deinem Pferd und …«

»Mein Vater hatte keine andere Wahl. Und ich bin sicher, dass er von mir erwarten würde, dass ich sie mir zurückhole, koste es, was es wolle.« Ich schluckte schwer und konnte nur hoffen, dass es stimmte. Woher sollte ich das wissen?

»Aber die Pistole gehört mir! Die kannst du mir nicht auch noch wegnehmen!« Ein winselnder Tonfall hatte sich in seine Stimme geschlichen.

Ich schüttelte wieder den Kopf.

»Nein, Sir. Diese Pistole gehörte meinem Vater. Mit ihr hat er mir das Schießen beigebracht. Es …« Mir versagte die Stimme, und ich musste erst mal die Trauer hinunterschlucken, die immer nur darauf wartete, mir die Kehle abzuschnüren. »Es wäre sein Wunsch, dass ich sie behalte. Wenn Sie auf irgendwas schießen müssen, haben Sie immer noch Ihr Gewehr.«

Ich stopfte das Geld in meinen Schulterbeutel und wich rückwärts bis zur Brettertür zurück. Ich öffnete sie mit der freien Hand, die Waffe immer noch auf ihn gerichtet.

»Du kannst doch nicht das ganze Geld mitnehmen, Bursche! Das ist alles, was ich habe! Dann muss ich hungern!«

Ich wusste, dass das nicht stimmte, aber ich blieb trotzdem auf der Schwelle stehen. Manchmal ist es furchtbar schwer, Richtig und Falsch auseinanderzuhalten. Er hatte das Geld für den Verkauf meiner Stute bekommen, und ich würde es brauchen, um sie zurückzukaufen. Und ich wusste auch, dass er das Geld eher für Branntwein als für Brot ausgeben würde. Doch ich spürte die Augen meiner Mutter auf mir. Und auch die meines Vaters. Sie sollten stolz auf mich sein können, aber Richtig und Falsch gingen im Dunkel der Hütte verloren. Ich presste die Lippen aufeinander. *Ein Mann ist immer nur so gut, wie er seine Feinde behandelt*, hatte mein Vater gesagt.

Meine Hand glitt in die Umhängetasche zurück und tastete nach den acht Zehn-Dollar-Scheinen. Einen davon zog ich heraus und legte ihn auf den Griff der Axt, die neben mir an der Wand lehnte.

»Hier, Sir. Und jetzt geh ich. Sie sehen mich nicht mehr wieder.«

Ich war fast schon aus der Tür, als er mir seine höhnischen Abschiedsworte hinterherrief:

»Der ist doch längst weg, Bursche! Der hat mindestens zwölf Stunden Vorsprung, und du bist zu Fuß und er ist zu Pferd. Den holst du nie ein!«

Meine Zähne mahlten hart aufeinander. Ich senkte den Revolver und schaute ihm geradewegs in das stoppelige Gesicht.

»Ich hole ihn ein, Sir«, sagte ich. »Und ich kriege mein Pferd zurück.«

Ich zog die Tür hinter mir zu und ging dann, ohne mich noch mal umzusehen, mit schnellen Schritten durch die Dunkelheit davon. Die nahende Morgendämmerung ließ den Himmel hinter den Bergen schon leicht verblassen. Engel und Teufel konnten jetzt schlafen gehen. Obwohl ich natürlich hoffte, dass zumindest ein Engel aufbleiben und mich begleiten würde.

Ein eisiges, weißes Laken aus Raureif hatte sich in der Nacht über das Gras und die Steine und die Wagenspuren auf der Straße gelegt und knirschte bei jedem Schritt unter meinen Stiefeln.

Ich komme, Sarah, meine Süße, mein Mädchen, dachte ich bei mir. Ich würde alles daransetzen, sie zu finden und zurückzubekommen. Und wenn es mein Tod wäre.

2. KAPITEL

Ich kam flussabwärts gut voran, und meine Füße verschlangen die Meilen so schnell, wie meine Beine sie voreinandersetzen konnten. Als die Sonne schließlich in voller Größe am Himmel stand, war ich schon auf halbem Weg nach Wenatchee, wo ich den Mann, der mein Pferd hatte, noch anzutreffen hoffte.

Die Bäume am Flussufer hatten bereits ihr Herbstlaub bekommen und schmückten mit ihren Rot-, Gelb- und Orangetönen den Weg. Schon komisch, dass diese bunten Blätter immer als so etwas Schönes angesehen werden, wo es doch eigentlich nur darauf hinausläuft, dass sie bald sterben. Aber es sah trotzdem hübsch aus. Rosa Schäfchenwolken, vom Sonnenaufgang angestrahlt, hingen über den Ausläufern der Berge, die mich und den Fluss von allen Seiten umgaben. Es war einer dieser Anblicke, bei denen meine Mutter die Hand an die Wange gelegt und gesagt hätte: *»Gepriesen sei die Welt für ihre Schönheit!«* Ihr zuliebe hob ich dann auch von Zeit zu Zeit den Kopf, um ihn zu genießen. Aber meine Hand ruhte weiterhin auf der Stelle, wo die Pistole meine Umhängetasche ausbeulte. Die Welt ist eindeutig nicht nur schön.

Ich konnte immer noch nicht ganz begreifen, dass Mr Grissom meine Sarah tatsächlich verkauft hatte. Obwohl ich es hätte wissen müssen. Ich hätte mich dafür ohrfeigen können, dass ich nicht misstrauisch geworden war, als ich sah, wie er und dieser Fremde, Mr Ezra Bishop, miteinander sprachen. Wie sie tuschelten und dann plötzlich verstummten, wenn ich in die Nähe kam. Es war mir komisch vorgekommen, aber ich wusste, dass man Mr Grissom besser nicht mit Fragen auf die Nerven ging. Und dann hatte er mich weggeschickt, mit diesem völlig überflüssigen Auftrag, die Viehgatter oben auf dem Hügel zu kontrollieren. Als ich zurückkam, war Ezra Bishop mit seiner Ponyherde verschwunden und die Nacht brach herein. Ich hatte meine üblichen Arbeiten und Pflichten erledigt, und erst nach dem Abendessen, als Mr Grissom schon die erste halbe Flasche intus hatte, war ich noch mal rausgegangen, um Sarah zu füttern und zu striegeln, und hatte ihre Box leer gefunden.

Mein Herz brannte vor Zorn und Empörung. Allein der Gedanke machte mich fuchsteufelswild, und wütend trat ich gegen ein paar Steine in der Wagenspur. Meine geliebte Sarah. Sie war alles, was ich noch hatte. Mit einem ärgerlichen Kopfschütteln bog ich von der Straße ab und lief querfeldein zum Fluss hinunter.

Der Wenatchee River war hier ziemlich breit, ruhig

und gleichmäßig floss er zum mächtigen Columbia River hinunter. Ich kniete mich auf die glatten runden Steine am Ufer und schöpfte mir mit beiden Händen Wasser in den Mund. Meine Ohren füllten sich mit den sanften nahen und fernen Geräuschen des Wassers, das glucksend die Felsen umspielte und über kleine Stufen plätscherte. *»Das ist die Stimme des Flusses«*, hörte ich meine Mutter sagen. *»Ein Fluss erzählt jedem Menschen eine andere Geschichte. Auch für dich hält er eine ganz eigene bereit, Joseph, du musst nur hinhören.«* Welche Geschichte würde mir der Fluss wohl heute erzählen, wo ich ganz allein auf dieser Straße unterwegs war, mit einer Waffe in der Tasche und meiner Wut im Bauch. Ich fragte mich, ob sie mir gefallen würde. Oder ob mir ihr Schluss gefallen würde.

Ich nahm noch ein paar Handvoll Wasser, bis mein Durst gestillt war, aber es schmeckte nicht mehr so süß. Und erst jetzt, als ich wieder aufstand und mich zur Straße umwandte, entdeckte ich nicht weit entfernt die gewaltige Kiefer, die über ein kleines Wiesenstück zu wachen schien, aus dem hier und da ein paar roh behauene Steine und Holzkreuze aufragten.

Um ein Haar wäre ich dran vorbeigelaufen. Ich war so in Gedanken gewesen, Gedanken an alles, was passiert war und was noch kommen mochte, dass ich beinah dran vorbeigelaufen wäre.

Ich blickte die Straße nach Wenatchee hinunter. Ich

hatte keine Zeit zu verlieren, aber angesichts der vielen Stunden, die ich noch aufholen musste, würden ein paar Minuten wohl kaum ins Gewicht fallen.

Und ich konnte doch auch nicht fortgehen, ohne mich von meinem Vater zu verabschieden.

Während ich auf den kleinen Friedhof zulief, schmolz mein Zorn dahin wie der Raureif in der Morgensonne. Es gab nur ein paar wenige Gräber, alle liebevoll, wenn auch unbeholfen gekennzeichnet.

Ich wusste genau, wo sein Grab sich befand, dort drüben im kniehohen Gras, schließlich hatte ich es in den Monaten seit seinem Tod schon mehrmals besucht, sooft ich mich bei Mr Grissom wegstehlen konnte.

Es gab nicht mal ein Kreuz, nur eine Holztafel, aus einer alten Tür ausgesägt. Ich hatte so gut wie kein Geld gehabt und keine Möglichkeit, etwas Besseres zu bekommen. Die Schrift hatte ich selber ins Holz geritzt.

WILLIAM JOHNSON stand da. 1855–1890. Sonst nichts. Für mehr war kein Platz gewesen. Aber was ich hätte sagen wollen, hätte sowieso nicht auf dieses alte Brett gepasst. Nicht mal auf einem ganzen Wald von Holztafeln wäre genug Platz gewesen für all das, was ich auf dem Herzen hatte.

»Hey, Papa«, flüsterte ich, als ich auf sein Grab hinuntersah. Kein Lüftchen ging, und das Gras stand still, als würde es lauschen.

»Ich geh weg von hier. Mr Grissom hat doch tatsächlich meine Sarah verkauft, und jetzt will ich sie mir zurückholen. Ich weiß nicht, ob ich je wieder herkommen werde.« Ich stieß ein bitteres Schnauben aus und wandte den Blick von seinem Grabhügel ab. Es fühlte sich eindeutig falsch an, ihn hier mit dieser armseligen Holztafel zurückzulassen, ohne eine Familie, die ihm Blumen aufs Grab legen und sich an ihn erinnern würde. Aber ich schätze, es gehört nun mal zum Leben dazu, Gräber hinter sich zurückzulassen, bis man dann irgendwann in seinem eigenen liegt. Ich rieb mir die Nase und schniefte.

»Ich werde niemals irgendwas von dem vergessen, was du mir gesagt hast, Papa. Du sollst immer stolz auf mich sein können. Das verspreche ich dir, Ehrenwort.« Ich holte tief Luft, um den Kloß im Hals loszuwerden. Bei den letzten Worten für meinen Vater wollte ich nicht wie ein kleiner, weinender Junge klingen. Ich war sein Sohn, und ich hatte vor, ihm alle Ehre zu machen.

Ich zog noch mal die Nase hoch und nickte. »Jawohl, Sir. Es gibt nun mal Dinge, die getan werden müssen, und dann ist es unsere Pflicht, sie auch richtig zu tun. Hast du immer gesagt. Und deshalb werde ich das, was ich mir vorgenommen habe, jetzt eben auch richtig tun.« Ich bückte mich und rupfte ein paar Grasbüschel aus, die zu lang geworden waren und schon fast seinen Namen verdeckten. Dabei fiel mir ein kleiner Stein ins Auge, rund und ganz weiß, der neben seiner Grabtafel lag. Ich hob ihn auf und steckte ihn in die Hosentasche.

»Wiedersehn, Papa«, sagte ich, und dann wandte ich mich um und ging fort.

Ich kannte die Namen der Leute, die in den wenigen, verstreuten Farmhäusern und Blockhütten lebten, an denen ich vorbeikam, manche gleich neben dem Fahrweg, andere weiter entfernt, an den Fuß der Berge geschmiegt. Inzwischen war es richtig Tag geworden und aus vielen Schornsteinen kräuselte sich der Rauch. Hier und da hörte man jemanden Holz hacken oder andere Arbeiten verrichten, aber ich blieb nirgends stehen. Jedenfalls nicht, bis ich am Haus von Frank Jameson vorbeikam. Es stand direkt an der Straße. Er selbst saß auf einem Baumstumpf davor, aß sein Frühstück und sah mir entgegen.

»Morgen, Joseph«, sagte er, als ich auf ihn zutrat. Er wischte sich die Hand an der Hose ab und hielt sie mir hin. Der süße Geruch nach Pfannkuchen hing in der Luft, und mir lief das Wasser im Mund zusammen, doch ich beherrschte mich und schüttelte ihm die Hand.

»Guten Morgen, Mr Jameson.«

»Heute hat Mr Grissom dich aber früh losgeschickt. In welcher Sache bist du denn für ihn unterwegs?«

»Heute mal in eigener Sache, Sir. Mr Grissom und ich sind geschiedene Leute.«

»Na, das spricht dann wohl eher für dich als für ihn.«

Die Sonne stieg immer höher und der Weg zog mich weiter, deshalb kam ich gleich auf den Punkt.

»Ist hier gestern Abend ein Mann durchgekommen, Sir? Ein Mr Bishop mit einer Herde Ponys?«

Mr Jameson pulte sich mit der Zunge in den Backenzähnen und nickte.

»Hm-hmm«, brummte er. »Ein, zwei Stunden vor Sonnenuntergang. Wollte noch weiter nach Wenatchee, hat er gesagt. Hat gefragt, ob ich Pferde zu verkaufen hätte.« Er kniff ein Auge zusammen und sah mich an. »Ich könnte schwören, dass ich dein Indianerpony bei ihm gesehen hab, Joseph. Diese rot gescheckte junge Stute?«

Ich biss die Zähne aufeinander und nickte.

»Ja, Sir. Mr Grissom …« Ich musste mich kurz unterbrechen, um meine Wut und meine Worte im Zaum zu halten. »Mr Grissom hat sie hinter meinem Rücken verkauft, und ich versuche jetzt, Mr Bishop einzuholen und sie zurückzukaufen.«

Die Kiefermuskeln von Mr Jameson traten plötzlich hervor und wurden ganz hart. »Er hat dein Pferd verkauft? Dieser Halunke hat dein Pferd verkauft?«

»Ja, Sir. Aber wenn ich Mr Bishop noch in Wenatchee antreffe, ist die Sache vielleicht schon heute Mittag geklärt.«

»Tja. Na ja. Das will ich hoffen, Joseph.«

»Danke, Sir. Ich muss dann mal weiter.«

Ich wandte mich zum Gehen, aber ein Gedanke, der schon den ganzen Morgen an mir genagt hatte, ließ mir keine Ruhe. Ich zog die Pistole meines Vaters aus dem

Lederbeutel und hielt sie Mr Jameson mit dem Griff voran hin.

»Würden Sie die Mr Grissom zurückgeben, wenn Sie ihn das nächste Mal sehen?«

»Ist das nicht die Pistole deines Vaters?«

»Ja, Sir. Das heißt, sie war es. Deshalb dachte ich ja, ich hätte das Recht, sie mitzunehmen. Aber jetzt ... hab ich's mir anders überlegt. Mein Vater hat gesagt, wenn Mr Grissom für mich sorgt, darf er alles behalten, was uns gehört. Das schließt wohl auch die Pistole ein.«

Ich schaute Mr Jameson fest in die Augen und versuchte, die Erinnerung an den Tod meines Vaters aus meinen Gedanken zu verbannen. Manchmal überfiel sie mich mit aller Macht, und ich musste doch stark bleiben. Aber diesen schrecklichen Tag würde ich niemals vergessen. Wie der Wagen ins Schlingern geriet und dann umkippte, den Abhang hinunterrollte und meinen Vater unter sich begrub. Wie ich stundenlang bei ihm saß und zusehen musste, wie er starb, ohne einen Arzt und ohne irgendwas tun zu können. Wie ihm unablässig die Tränen herunterliefen und er mit heiserer Stimme immer wieder flüsterte: *»Es tut mir leid, mein Sohn, es tut mir so leid.«* Irgendwann war Mr Grissom vorbeigekommen, auf dem Weg zu seiner schäbigen Hütte, und ich nehme an, er hat meinem Vater geholfen, so gut er konnte. Aber meinem Vater war nicht mehr zu helfen, und das hatte er auch gewusst. Mit seinen letzten Atemzügen hatte er Mr Grissom gebeten, für mich zu sorgen, und ihm dafür unseren ganzen Hausrat versprochen. Ich schüttelte den Kopf, um diese quälenden Bilder zu verscheuchen.

Mr Jameson sah wütend aus, doch ich wusste, dass sein Ärger nicht mir galt.

»Oh nein, mein Junge. Ich weiß schon, was ich Mr Grissom gebe, wenn ich ihn das nächste Mal sehe, aber das wird nicht die Pistole deines Vaters sein. Die gehört dir, Joseph. Sie hat deinem Vater gehört und nun gehört sie dir, daran gibts keinen Zweifel. Und was dieser Hund mit dir gemacht hat, würde ich auch nicht als Fürsorge bezeichnen, eher als Sklavenhaltung …«

Seine Augen wurden schmal, und er senkte die Stimme.

»Glaub mir, mein Junge, bei dem, was du vorhast, wirst du die Pistole bestimmt noch brauchen. Mr Bishop schien es eilig zu haben, und zu Pferd ist er viel schneller als du zu Fuß. Vielleicht musst du ihm bis rauf in die Berge folgen. Da oben gibts Bären und haufenweise Klapperschlangen. Und du bist, na was … zwölf?«

»Im Februar werde ich dreizehn, Sir. Ich bin kein kleiner Junge mehr.«

Mr Jameson nickte. »Mag sein. Aber ein Mann bist du auch noch nicht, und das hier ist nicht immer Freundesland.« Er schob meine Hand mit der Waffe zurück. »Behalt die mal schön und mach dir keine Gedanken. Dein Vater hätte es so gewollt.«

Diese letzten Worte gaben den Ausschlag. Ich biss mir

auf die Lippen und schob den Revolver in den Beutel zurück.

»Und jetzt hör zu«, fuhr Mr Jameson fort. »Bei diesem Ezra Bishop solltest du vorsichtig sein. Seine Art hat mir überhaupt nicht gefallen, und er hat einen ganz miesen Ruf hier in der Gegend. Nimm dich vor ihm in Acht und gib ihm keinen müden Cent, bevor du die Zügel deines Ponys in der Hand hältst.«

»Ja, Sir. Das werde ich.«

»Warte noch kurz«, sagte er und verschwand im Haus. Mit einem zusammengeknoteten Tuch kam er wieder heraus. »Hier hast du zwei Pfannkuchen und ein Stück Pökelfleisch. Das kannst du beim Gehen essen.« Ich wollte protestieren, aber er hob nur die Hand. »Keine Widerrede. Ich schick dich doch nicht mit leerem Magen los.«

»Vielen Dank, Sir. Ich weiß das wirklich zu ...«

»Schon gut. Und nun geh. Du hast noch einiges vor dir.«

Ich war erst ein paar Schritte gegangen, da rief er mir nach: »Sie wollte übrigens partout nicht von dir weg.«

Ich wandte mich um. »Wer, Sir?«

»Deine Stute. Wie hieß sie noch mal?«

»Sarah«, sagte ich.

»Richtig. Hat sich die ganze Zeit gewehrt, sich aufgebäumt und gegen ihn gestemmt und versucht, zu dir zurückzukommen. Hab noch nie ein eingerittenes Pferd gesehen, das sich so gewehrt hat. Er konnte sie kaum vom

Fleck bewegen. Hat getobt wie ein Berserker, der Kerl.« Seine letzten Worte blieben wie ein Warnung zwischen uns hängen. Meine Hände ballten sich zu Fäusten.

»Hat er sie geschlagen?«, fragte ich. »Mit der Peitsche, Mr Jameson?« Meine Stimme war kalt und hart wie Stahl.

Mr Jameson presste die Lippen zusammen, dann nickte er.

»Ja, mein Junge. Bis Wenatchee muss ihm schon der Arm abgefallen sein, so sehr hat er auf sie eingeprügelt, damit sie sich überhaupt bewegt.«

Meine Fingernägel bohrten sich in meine Handflächen. Mein Atem kam stoßweise. Ich schwieg, weil ich fürchtete, dass mir die Stimme versagen oder ich Worte benutzen würde, die meine Mutter nicht gebilligt hätte. Ezra Bishop hatte mein Pferd geschlagen? Mein süße, sanfte Sarah?

Wortlos wandte ich mich um und marschierte in Richtung Wenatchee davon, dunkel drohend wie ein Gewitter und froh über die Waffe, die ich bei mir trug.

3. KAPITEL

Wenatchee war die größte Stadt in der Gegend, obwohl man es eigentlich kaum eine Stadt nennen konnte. Die einzige richtige Straße war die Miller Road, und auch die war bloß ein matschiger Feldweg, der sich zwischen Salbeisträuchern und Felsbrocken hindurchschlängelte. Die Leute lebten alle draußen auf ihren Farmen und Obstplantagen, zwischen den braunen Hügeln und felsigen Schluchten. Die Stadt selbst bestand nur aus wenigen Gebäuden: einem Hotel, ein paar Häusern und einem Regierungsgebäude, wo man Anträge stellen konnte und all so was. Ganz am Ende dieser kleinen Gruppe von Holzbauten lag mein Ziel: die Handelsstation von Miller & Freer.

Die Handelsstation hatte noch nie viel hergemacht. Ein heruntergekommener, kleiner Flachbau mit schmutzigen Fenstern und eingefallenem Dach. Ich fluchte leise, als ich sie entdeckte, aber nicht wegen ihrer Schäbigkeit, sondern weil mir sofort klar war, dass das, was ich suchte, sich dort nicht befand.

An dem Geländer vorm Eingang war kein einziges

Pferd angebunden. Und die Koppel hinterm Haus war ebenfalls leer. Das gleiche Bild bot sich auch bei den wenigen anderen Häusern, aus denen Wenatchee bestand.

Ezra Bishop war schon wieder weg, und meine Sarah mit ihm. Enttäuschung sickerte mir ins Herz wie das Gift einer Schlange, aber meine Schritte wurden nicht langsamer. Sie beschleunigten sich eher noch. Aufgeben kam nicht infrage, und je mehr ich zurückfiel, desto schneller musste ich laufen, um den Rückstand wieder aufzuholen.

Ich steuerte direkt auf den Eingang zu und hatte es so eilig, dass ich gar nicht bemerkte, dass jemand im Schatten des Vordachs auf dem Boden saß, mit dem Rücken an die Bretterwand gelehnt. Erst als vor mir auf dem Boden plötzlich zwei Beine zurückgezogen wurden, damit ich nicht stolperte, blieb ich erschrocken stehen.

»Du lieber Himmel! Entschuldige, ich …« Meine Worte brachen ab, als ich sein Gesicht sah.

Es war ein Chinese. Und auch nur ein Junge, nicht älter als ich, vielleicht sogar jünger. Er blinzelte zu mir hoch, als hätte er geschlafen. Hastig zog er die Beine noch näher an die Brust und drehte den Kopf zur Seite, als hätte er Angst, dass ich ihn schlage.

Natürlich hatte ich schon mal einen Chinesen gesehen. Seit die Bahnlinie fertig war, gab es viele von ihnen im Land, die hier nach Gold schürften oder gruben. Aber sie blieben meist unter sich, deshalb hatte ich noch keinen aus der Nähe gesehen.

»Schon gut«, sagte ich schnell. »Ich hab dich bloß nicht bemerkt, das war alles.« Er hielt das Gesicht weiter abgewandt, sein Atem ging schnell und er schluckte nervös. Er sah völlig verängstigt aus. Ich schaute die Straße hinauf und hinunter, aber es war nirgends ein anderer Chinese zu sehen.

»Entschuldige«, sagte ich noch einmal und trat an ihm vorbei in den Laden.

Durch die schmierigen Scheiben fiel trübes Licht. Mr Miller saß auf einem Fass hinter einem grob zusammengezimmerten Tresen. Überall waren Säcke, Kisten und Kartons voller Waren aufgestapelt.

»Guten Tag, Sir.«

Mr Miller spuckte einen Strahl aus schmutzig braunem Tabaksaft in einen Eimer zu seinen Füßen, schob das Kinn vor und sah mich an.

»'n Morgen.«

»Ist hier ein Mann namens Ezra Bishop vorbeigekommen, gestern Abend oder heute Morgen?«

Mr Miller nickte und schob den Kautabak im Mund herum.

»Jepp.«

»Und wann ist er wieder aufgebrochen?«

Mr Miller kniff nachdenklich die Augen zusammen, dann zuckte er mit den Achseln.

»Tja, irgendwann gestern Abend, schätz ich. Kurz vor Sonnenuntergang. Is nicht lang geblieben. Hat nur Kaffee und Mehl gekauft. Und ’n bisschen nach Pferden rumgefragt. Dann war er wieder weg.«

»Hat er gesagt, was er mit den Pferden vorhat?«

Mr Miller zuckte wieder die Achseln, dann beugte er sich vor und spuckte erneut aus.

»Wissen Sie, wo er hinwollte? Welchen Weg er genommen hat?«

Mr Miller nickte mit dem Kopf in eine ungefähr südliche Richtung.

»Sagte was von Walla Walla und is nach Süden aus der Stadt rausgeritten.«

»Walla Walla?« Mir sank der Mut. Walla Walla lag am anderen Ende des Bundesstaats. Mindestens zweihundert Meilen entfernt, meiner Schätzung nach. Meine Hände wurden feucht und mein Magen zog sich zusammen. Ich konnte fast körperlich spüren, wie Sarah sich immer weiter von mir entfernte, bis sie kaum noch zu erreichen war. Ich leckte mir nervös die Lippen. »Was glauben Sie, wie er da hinkommt?«

Mr Miller war noch nie sehr gesprächig gewesen, und es war offensichtlich, dass ihm unsere Unterhaltung schon ziemlich auf die Nerven ging. Er runzelte die Stirn und musterte mich aus schmalen Augen.

»Woher soll ich das wissen, Bursche? Übern Colockum Pass und dann unten durch Ellensburg, nehm ich an. Nicht mein Problem, und deins noch viel weniger. Also, willst du jetzt was kaufen oder mich bloß vollquatschen?«

»Nein, Sir. Vielen Dank für Ihre Hilfe.« Ich war schon auf halbem Weg zur Tür, als mir der kleine Chinese einfiel. »Wer ist eigentlich dieser Junge da draußen, Sir?«

Mr Miller verzog das Gesicht. »Wer, dieses Schlitzauge? Sitzt der da immer noch?« Er spuckte noch mal aus.

Schlitzauge. Das Wort hallte in mir wider, und dann die Stimme meiner Mutter. Letztes Jahr hatte ich es auch mal benutzt, als wir auf dem Weg nach Yakima an einer Gruppe Chinesen vorbeigekommen waren.

»Ich mag dieses Wort nicht, Joseph«, hatte sie gesagt. *»Es ist hässlich, und ich möchte es nicht noch mal von dir hören.«* Ich war verwirrt. Jeder nannte diese Leute Schlitzaugen. Ich kannte gar kein anderes Wort für sie.

»Das ist aber doch gar kein Schimpfwort, Mama«, wandte ich ein.

Sie schürzte die Lippen. *»Jedes Wort kann zum Schimpfwort werden, wenn es böse gemeint ist. Und dieses Wort ist fast immer böse gemeint, Joseph. Es klingt abfällig, und das mag ich nicht. Letztlich sind es doch einfach nur Menschen, genau wie wir. Zumindest in den Augen Gottes, wenn schon nicht in denen Seines Volkes.«*

Meine Mutter war für mich immer der Maßstab für Gut und Böse gewesen. Und würde es auch bleiben. Also habe ich seitdem nie wieder *Schlitzauge* gesagt.

»Der ist doch fast noch ein Kind«, entgegnete ich Mr Miller. »Wo sind seine Leute?«

»Unter ’nem Meter Erde und Geröll begraben«, antwortete er nüchtern. »Kamen vor drei Tagen hier in die Stadt gehumpelt, er und ein paar Erwachsene. Die anderen waren alle todkrank. Sind noch vor Sonnenuntergang krepiert. Keine Ahnung, woran.«

Ich starrte ihn an. »Und jetzt ist er ganz allein? Er hat keine Verwandten mehr?«

»Nee. Seitdem sitzt er hier vor der Tür. Is sicher schon hungrig wie 'n Wolf.«

Mir blieb der Mund offen stehen.

»Sie meinen, er hat seit drei Tagen nichts mehr gegessen? Sie haben ihm nichts gegeben?«

»Ich? Ich verdien doch nich mein Geld damit, dass ich Essen verschenk, Bursche. Schon gar nicht an diese Reisfresser. Hier kommen doch ständig welche von denen vorbei. Die werden sich schon um ihn kümmern.«

»Und wenn nicht?«

Mr Miller fixierte mich mit einem Blick, der deutlich besagte, dass er mit seiner Geduld jetzt am Ende war.

»Is nicht mein Problem«, sagte er gedehnt. »Den Satz solltest du auch langsam mal lernen, Bursche. Erst recht, wenn du hinter Ezra Bishop her bist. Wer bei dem Streit sucht, wird mit Sicherheit welchen kriegen. So, willst du jetzt was kaufen oder verschwinden?«

Ich konnte kaum noch klar denken, so vieles schwirrte mir durch den Kopf, und ich fühlte mich hin und her gerissen. Da war einerseits dieser Junge, der dort ganz allein vor der Tür saß. Da war andererseits mein Pferd, meine Sarah, die mit Peitschenhieben von mir fortgetrieben wurde. Und da waren all meine eigenen Ängste und Zweifel und meine Einsamkeit, die sich in mir angesammelt hatten. Aber da waren auch, wie immer und über allem anderen, mein Vater und meine Mutter. Was hätten sie an meiner Stelle getan?

Ich zog einen Zehn-Dollar-Schein aus meinem Schulterbeutel.

»Kaufen, Sir. Was haben Sie an Lebensmitteln da, die man gut als Proviant mitnehmen kann?«

Als ich wieder herauskam, hing mir meine Tasche bedeutend schwerer über der Schulter. Über die andere hatte ich mir eine Feldflasche geschlungen, randvoll mit Wasser, schließlich hatte ich einen langen Weg vor mir. Ich trat auf den Jungen zu, der noch immer an der Hauswand saß. Er hob den Kopf und starrte mich ängstlich an. Ich ging auf die Knie und hielt ihm ein Stück Brot hin.

Er schaute es kurz an, dann wieder zu mir hoch. Seine Lippen waren weiß und aufgesprungen. Ich fragte mich, ob er überhaupt schon mal etwas getrunken hatte, seit er hier saß. Mr Miller hatte ihm bestimmt nichts gebracht, da war ich mir ziemlich sicher.

»Na los«, sagte ich. »Greif zu.« Ich nahm die Feldflasche von der Schulter und schüttelte sie, damit er das Wasser hörte. Dann schraubte ich den Deckel ab und stellte sie neben ihn auf den Boden. Wieder sah er mich mit großen

Augen an, griff schließlich nach der Flasche und trank mit lauten, gierigen Schlucken. Er setzte sie ab, um Luft zu holen, wischte sich mit dem Ärmel über den Mund und streckte dann schüchtern die Hand nach dem Brot aus. Mit drei Bissen war es verschwunden und wurde mit noch mehr Wasser hinuntergespült. Keuchend schaute er mich an. Ich lächelte.

»Besser?«

Er blinzelte nur.

Dann rutschte er ein bisschen hin und her und holte etwas aus seiner Hosentasche, das er mir auf der Handfläche hinhielt: eine kleine Figur aus glänzendem, schwarzem Stein. Sie hatte die Form eines Vogels, mit einem langen Hals wie Kranich oder Reiher, aber so klein, dass der Junge sie mit der Hand umschließen konnte.

Er streckte sie mir entgegen und sagte ein paar heisere Worte auf Chinesisch. Ich hatte keinen Schimmer, was sie bedeuteten, aber an seinem Tonfall und seinem Blick erkannte ich, dass er mir eine Frage stellte.

Ich zuckte hilflos die Achseln.

Er wiederholte seine Worte, diesmal drängender, und hielt mir den Vogel noch näher hin.

»Tut mir leid«, sagte ich und schüttelte den Kopf. »Ich versteh dich nicht. Sprichst du gar kein Englisch?«

Er starrte mich nur an, schob dann die Lippen vor und steckte den kleinen schwarzen Vogel zurück in die Tasche. Es sah aus, als hätte er Tränen in die Augen.

»Schon gut«, sagte ich sanft. »Also kein Englisch. Ich rede jetzt trotzdem einfach mal drauflos: Ich bin nämlich auf dem Weg nach Ellensburg.« Ich zeigte vage in die Richtung. »Wenn du willst, kannst du mitkommen. Ich habe ein bisschen Proviant dabei, und hinter Ellensburg liegen noch mehrere größere Städte. Wo es sicher auch mehr Chinesen gibt als hier. Kommst du mit?«

Sein Gesicht zeigte keine Regung, keinerlei Anzeichen dafür, dass er auch nur ein Wort verstanden hatte. Ich stand auf und schraubte die Feldflasche wieder zu.

Wie versteinert saß er da, offenbar immer noch völlig verängstigt. Ich hielt ihm die Hand hin.

»Na los, komm. Hier kannst du doch nicht bleiben.«

Er rührte sich immer noch nicht. Wenn man nichts hat, wohin man gehen kann, bleibt man wohl am liebsten einfach da, wo man ist – und sei es noch so schrecklich.

»Na los. Wird schon gut gehen. Bestimmt.«

In seinen Augen war genau zu sehen, wie die Entscheidung zustande kam.

Einen Moment lang zog er die Brauen zusammen, als hätte er vor, von einer fahrenden Postkutsche abzuspringen, dann ergriff er meine Hand. Ich zog ihn hoch und holte ein weiteres Stück Brot aus meinem Beutel, während er sich den Staub von der Hose klopfte. In seinen Augen war genau zu sehen, wie die Entscheidung zustande kam.

Ich gab es ihm, und er machte eine Art Verbeugung, die sehr nach einem Dankeschön aussah.

»Gern geschehen«, erwiderte ich und streckte die Hand aus. »Ich heiße Joseph Johnson.«

Er blinzelte erneut und legte den Kopf weit in den Nacken, als wollte er einem Schlag von mir ausweichen.

»Joseph«, sagte ich etwas lauter und klopfte mir mit der flachen Hand auf die Brust. Nichts.

»Joseph!«, wiederholte ich und wies mit dem Zeigefinger auf mich selbst. »Joseph!« Dann streckte ich ihm meine Handflächen entgegen und wartete darauf, dass er mir seinen Namen sagte.

Aber er starrte mich nur weiter an und runzelte die Stirn.

»Sieh mal, wir haben einen ziemlich langen Weg vor uns, du und ich. Da sollten wir doch wenigstens unsere Namen kennen.« Ich ergriff seine Hand. Er zuckte zusammen, zog sie aber nicht weg. Ich legte sie mir auf die Brust. »Joseph. Verstanden? Joseph.« Ich ließ seine Hand los und drückte ihm dann meine gegen die Brust. Ich spürte seinen Herzschlag unter dem dünnen schwarzen Hemd, hart und schnell, wie der eines verängstigten Kaninchens. Ich schraubte meine Augenbrauen zu Fragezeichen empor. »Und du? Hm? Du?«

Der Junge starrte mich weiterhin bloß an, mit hämmerndem Herzen und ausdruckslosem Blick.

Seufzend ließ ich die Hand wieder sinken.

»Na gut. Dann gehen wir jetzt einfach los.«

In meinem Magen grummelte es nervös. Meine Mission

war auch so schon schwierig genug, selbst wenn ich mich nur um mich selbst kümmern musste. Mir einen chinesischen Jungen aufzuhalsen, der kein Wort Englisch sprach, würde die Sache nicht gerade leichter machen. Andererseits war ich mir sicher, dass ich genau das tat, was meine Eltern von mir erwartet hätten.

Ich wandte mich zur Straße um und ging los. Der chinesische Junge folgte mir mit ein paar Schritten Abstand.

Und so machten wir uns gemeinsam auf den Weg, diesen Teufel zu finden, der mein Pferd hatte.

4. KAPITEL

Stundenlang trotteten wir dahin, ohne dass einer von uns auch nur ein Wort sagte. Sobald wir die wenigen Gebäude von Wenatchee hinter uns gelassen hatten, wand sich die unbefestigte Straße zwischen Salbeibüschen und Obstplantagen hindurch und um Felsen herum, die fast so groß wie Häuser waren. Links von uns glitzerte das blaue Wasser des Columbia River, und rechts von uns ragten die mit Kiefern gesprenkelten Berge auf. Hier und dort sah man eine Hütte oder einen Unterstand, wo Siedler versuchten, eine Farm aufzubauen. Mehrere Reiter kamen an uns vorbei und einmal mussten wir einen Planwagen durchlassen, aber meist hatten wir die weite, offene Landschaft für uns allein. Es war warm für Oktober und ich wischte mir hin und wieder den Schweiß von der Stirn.

Mein Gefährte bestand darauf, immer mindestens fünf, sechs Schritte Abstand zu mir zu halten. Ein paarmal war ich stehen geblieben, um ihn aufschließen zu lassen, aber dann war er auch bloß stehen geblieben und hatte so lange zu mir rübergeschielt, bis ich weiterging.

Schließlich machte der Weg einen scharfen Knick nach rechts, geradewegs in die sich schichtweise auftürmenden Hügel hinauf. Er würde uns, wie ich wusste, hinauf zum Colockum Pass und dann hinunter nach Ellensburg führen. Es sah nach vielen Hügeln und viel Kletterei aus, aber wir hatten keine andere Wahl, als uns mit gesenktem Kopf an den Aufstieg zu machen.

Aus dieser Richtung kam mir der Weg über den Colockum Pass sogar noch steiler vor, als ich ihn von dem Abstieg mit meinem Vater im letzten Frühjahr in Erinnerung hatte. Und ob es meinem schweigsamen Partner nun gefiel oder nicht, waren wir jetzt oft auf die Hilfe des anderen angewiesen, mussten uns gegenseitig stützen oder festhalten, wenn einer ins Rutschen geriet. Und mit jedem Mal schien ihm meine Berührung ein bisschen weniger Angst zu machen.

Stunde um Stunde ächzten wir den steinigen Pfad hinauf, aber kurz vor Sonnenuntergang reihten sich immer noch endlose Hügel vor uns auf. Als wir jedoch ins Tal zurückschauten, wirkte der Fluss bereits ziemlich klein und fern, deshalb wusste ich, dass wir trotz allem ein gutes Stück geschafft hatten.

Die abendliche Kühle lag schon in der Luft, und die Dunkelheit brach schnell herein. Es wurde Zeit, ein Lager aufzuschlagen. Auf einer Anhöhe, von der man das ganze Flusstal überblicken konnte, fand ich eine kleine geschützte Nische, die sich in den Überhang eines hohen

Felsens schmiegte. An dem Steinkreis auf dem Boden und den Rußspuren an der Decke erkannte ich, dass wir nicht die Ersten waren, die sie entdeckt hatten.

Ich führte meinen namenlosen Begleiter dorthin und ließ meine Tasche auf die festgetrampelte Erde fallen.

»Da wären wir«, sagte ich. »Trautes Heim, Glück allein.« Er sah mich mit seiner undurchdringlichen Miene an, immer noch keuchend nach unserem letzten Anstieg. »Jetzt müssen wir erst mal Holz sammeln.«

Ich lief auf ein mit kleinen Kiefern durchsetztes Buschwerk zu, um nach gutem Brennholz zu suchen. Mir wurde allmählich kalt, und ich konnte es kaum erwarten, ein schönes großes Feuer zu machen. Als ich schließlich mit einer Ladung Holz im Arm ins Lager zurückwankte, war der Junge verschwunden. Ich warf das Holz auf den Boden und schaute mich um, und da kam er auch schon durch die Dämmerung auf mich zugestolpert, die Arme ebenfalls voller Holz.

Krachend ließ er es dort fallen, wo meins schon lag.

»Gut«, japste ich. »Mehr.«

Als der Stapel schließlich groß genug war, um die ganze Nacht vorzuhalten, funkelten bereits die ersten Sterne, und der Himmel war von diesem dunklen Lila, dem nur noch Schwarz folgt. Gemeinsam schleppten wir einen schönen dicken Baumstamm, der eine flache Seite hatte, zu unserem Lagerplatz und legten ihn so zurecht, dass wir auf ihm sitzen konnten. Dann nahm ich die Streichhölzer, die ich bei Mr Miller gekauft hatte, aus meinem Beutel und brachte ein Feuer in Gang.

Schon bald fing das Holz an zu prasseln und verbreitete ein freundliches gelbes Licht und eine mehr als willkommene Wärme. Ich machte es mir auf dem Stamm bequem, und der chinesische Junge setzte sich ans andere Ende, so weit von mir entfernt, wie er konnte, ohne runterzufallen. Der Felsvorsprung bildete einen gemütlichen kleinen Unterschlupf, vor den Winden geschützt, die nur hin und wieder um die Ecke fegten, und die Steinwand hinter uns warf die Hitze des Feuers zurück, sodass wir von beiden Seiten gewärmt wurden. Sosaßen wir eine Weile und aßen die Äpfel und das Dörrfleisch aus meiner Tasche.

Ich weiß auch nicht, warum ich dann anfing zu reden. Vielleicht hat dieses Am-Feuer-Sitzen irgendwas an sich, das einen gesprächig macht.

»Ich will mir mein Pferd zurückholen«, sagte ich, während ich in die zuckenden Flammen starrte. Der Junge hob überrascht den Kopf und schaute aus dem Augenwinkel zu mir rüber. »Sie heißt Sarah, eine junge Stute, neun Jahre alt. Rot-weiß gescheckt, mit einer Kerbe im Ohr – das hübscheste Pony, das du je gesehen hast. Und dazu noch schnell wie der Wind. Sie ist ein halbes Indianerpony, deshalb hat sie ziemlich viel Temperament, aber bei mir benimmt sie sich immer absolut perfekt. Sie biegt schon ab, bevor ich irgendwas sagen muss. Meine Mutter meinte immer, es wäre, als würden wir uns ein Herz miteinander teilen, Sarah und ich.«

Das Feuer knackte und zischte, und irgendwo in der Dunkelheit schrie eine Eule. Der Junge biss in seinen Apfel. Während der Zeit bei Mr Grissom hatte ich nie jemanden zum Reden gehabt, und ich merkte, wie jetzt all die aufgestauten Worte aus mir hinausdrängten.

»Mein Vater hat sie mir gekauft, als ich vier war und sie selbst noch ein Jährling, damit wir zusammen aufwachsen konnten. Hat mich auch sofort auf ihren Rücken gesetzt. Mit fünf konnte ich sie ohne Sattel reiten, und mit neun bin ich mit ihr schon über Hindernisse gesprungen.« Ich sah zu ihm hinüber. »Du hast wahrscheinlich noch nie ein Pferd gehabt, oder?«

Er schluckte nur nervös und hielt den Blick auf die Flammen gerichtet.

Ich stand auf, um Holz nachzulegen. Einen Moment lang blieb ich neben dem Holzhaufen stehen und schaute zum Himmel empor. Überall glitzerten nun schon die Sterne und ständig kamen weitere hinzu.

»Meine kleine Schwester hat mal was Lustiges über die Sterne gesagt«, sagte ich und setzte mich wieder. »Sie hatte gehört, dass manche Indianerstämme glauben, die Sterne wären die Lagerfeuer unserer Vorfahren. Und dass jeder, der stirbt, zu ihnen aufsteigt und dann sein eigenes Feuer bekommt.« Meine Stimme war ganz leise geworden, aber da ich mit jemandem sprach, der sowieso kein Wort

Englisch verstand, schien mir das nicht so wichtig. »Wenn man stirbt, hat man natürlich keine Streichhölzer oder so was dabei, deshalb dachte sie, dass Gott diese Feuer sicher alle schon angezündet hat, die jetzt da oben auf die Leute warten, um sie mit einem warmen Platz im Himmel willkommen zu heißen. Und sie hat sich immer gefragt, welches davon wohl ihres ist.« Ich spürte, wie ein Lächeln, nur ein ganz kleines, an meinen Mundwinkeln zupfte, aber gleichzeitig stieg mir auch etwas Heißes und Nasses in die Augen, das ich wegzublinzeln versuchte. »Deshalb haben wir oft zusammen in den Himmel geschaut und uns schon mal eins ausgesucht, ein Lagerfeuer, das im Himmel auf uns wartet.«

Meine Stimme brach und ich wandte mich ab, weil ich mich für meine Tränen schämte. Aber nachdem ich erst mal angefangen hatte zu reden, war es, als könnte ich gar nicht mehr aufhören.

»Schon komisch. Diesen Pass hier sind mein Vater und ich problemlos runtergekommen, trotz des Gerölls und der Kehren und Haarnadelkurven, mit einem Baumstamm hintendran zum Bremsen, auch wenn jeder Meter ein Kampf war. Verglichen damit war der Hügel kurz vor Old Mission, der ihn umgebracht hat, das reinste Kinderspiel. Bloß ein kleiner Abhang, bei dem man bergauf nicht mal aus der Puste käme. Aber der Wagen ist ein bisschen zu schnell geworden und ein Rad hat sich verkantet. Ich wurde abgeworfen und bin dann den Hang runtergerollt, aber mein Vater wurde unter diesem verfluchten Wagen eingeklemmt.« Ich zog die Nase hoch und wischte sie mir mit dem Ärmel ab. »Das ist einfach nicht fair. Dass er auf diese Weise sterben musste, nach allem, was wir durchgemacht hatten. Und wo ich doch sonst nichts und niemanden mehr habe. Nur mein Pferd.« Die Tränen kehrten zurück, und es waren zu viele, um sie aufhalten zu können. Ich verbarg mein Gesicht, aber meine Schultern zuckten, und ich musste ständig schniefen. Ich weiß nicht, was plötzlich mit mir los war. Vielleicht kam einfach alles zusammen – die Kälte und der Hunger und die Einsamkeit, und dann auch noch das Gefühl, dass meine Sarah sich immer mehr von mir entfernte. Ich glaube, die Traurigkeit ist manchmal wie ein Unwetter, in dem man sich leicht verirren kann.

Doch dann berührte mich plötzlich etwas an der Schulter. Erstaunt hob ich den Blick und sah, dass der Junge dicht an mich herangerückt war. Sein Gesicht war immer noch ausdruckslos, aber in seinen Augen glaubte ich noch etwas anderes zu sehen. Vielleicht Verständnis. Er hob den Arm und tätschelte mir kurz den Rücken.

Und dann fing er selbst an zu sprechen.

Erst nur ganz leise. So leise, dass er kaum zu hören war. Mit einem heiseren Flüstern setzten die chinesischen Worte ein, schüchtern und stockend. Er sprach ins Feuer, und die Flammen flackerten in seinen Augen, während seine Stimme allmählich an Kraft gewann. Seine Worte klangen wie ein Lied, dessen Melodie ich nicht kannte, voll unerwarteter Höhen und Tiefen.

Ich saß einfach da und hörte zu, wie er das vorher bei mir getan hatte. Irgendwann sah ich, dass er weinte. Er weinte nur mit den Augen – kein Zittern in der Stimme, kein Schniefen. Seine Tränen fielen so leise wie Schnee, und seine Rede brach nie ab. Auch in ihm hatten sich offenbar eine Menge Worte angestaut. Ich verstand zwar keines davon, aber ich nehme an, es ging um die gleichen Sachen wie bei mir: um seine Familie und um alles, was er verloren hatte, und wie es ist, wenn man kein Zuhause hat. Vielleicht erzählte er von seiner Mutter, Tausende von Meilen entfernt, oder sogar tot. Vielleicht erzählte er auch von seinem Vater, der womöglich in Wenatchee begraben war, oder von einem Bruder oder einer Schwester, die er wahrscheinlich nie mehr wiedersehen würde.

Er griff in die Hosentasche und zog die kleine Skulptur heraus, die er mir schon am Morgen gezeigt hatte, den glänzenden schwarzen Vogel. Er hielt ihn mir hin, während er weitersprach, und ich nahm ihn vorsichtig entgegen, betrachtete ihn von allen Seiten und gab ihn dann zurück. Er ließ ihn wieder in die Tasche gleiten und wischte sich mit dem Ärmel über die Wangen.

Ich streckte den Arm aus und tätschelte ihm den Rücken, so wie er es auch bei mir gemacht hatte. Er sah mich feierlich an und legte mir dann die Hand auf die Brust.

»Joseph«, sagte er.

»Was hast du gesagt?«

»Joseph«, wiederholte er und nickte ernst. Dann nahm er meine Hand und zog sie an seine Brust. Wieder spürte ich seinen Herzschlag, aber er klang nicht mehr wie der eines ängstlichen Kaninchens.

»A-Kih«, sagte er und klopfte sich mit meiner Hand ein paarmal auf die Brust. »A-Kih.«

»A-Kih«, wiederholte ich. Er nickte, und ich nickte auch und lächelte. Ich zog meine Hand von seiner Brust und streckte sie ihm hin. Er schaute sie an, dann verstand er und nahm sie in die seine. Feierlich schüttelten wir uns die Hände, Seite an Seite auf diesem Berghang sitzend, während die Lagerfeuer unserer Vorfahren auf uns herableuchteten.

»Freut mich, dich kennenzulernen, A-Kih«, sagte ich.

5. KAPITEL

Als wir am nächsten Morgen aufwachten, war die Welt mit einer makellosen Schicht aus weißem Raureif überzogen, und unser Atem bildete dichte Wolken. Wir hatten die ganze Nacht eng aneinandergedrückt auf dem Baumstamm verbracht, so nah wie möglich am Feuer. Es war zu kalt, um sich auf dem Boden auszustrecken, außerdem mussten wir abwechselnd immer wieder aufstehen und Holz nachlegen.

Für ein paar Eier mit Speck hätte ich einen Mord begangen, aber wir mussten uns jeder mit etwas Brot und ein bisschen Pökelfleisch zufriedengeben, das so hart gefroren war, dass mir der Kiefer schon nach drei Bissen wehtat. A-Kih beklagte sich trotzdem nicht, und noch bevor die Sonne ganz über den Horizont gestiegen war, waren wir schon wieder unterwegs, den Berg hinauf.

An diesem Morgen begegneten wir nur einer einzigen anderen Gruppe von Reisenden, einer Siedlerfamilie, die sich den steilen Hang hinunterquälte, ein Bremsholz hinten am Wagen angebunden. Der Mann fand die Zeit, sich an den Hut zu tippen und uns einen Gruß zuzurufen, aber seine Frau warf nur kurz einen Blick auf A-Kih und kräuselte die Lippen, und dann zogen sie ohne ein weiteres Wort an uns vorbei. Ansonsten gehörten die Berge uns, mit ihrem braunen Herbstgras und den endlosen Anstiegen und dem ewig sichtbaren Columbia River, der sich weit unter uns wie ein Band durchs Tal schlängelte. Je höher wir kamen, desto dichter standen die Kiefern, und bald ließen wir die kargen, mit Salbei bestandenen Flächen hinter uns und waren in einem richtigen Wald.

Um die Mittagszeit blieb ich schließlich auf einer ebenen Stelle stehen, schwer atmend und mit schweißnasser Stirn, trotz der kühlen Luft. A-Kih keuchte auch und schien ebenso froh über eine Pause zu sein wie ich. Ich ließ meinen Beutel auf den Boden fallen und versuchte, wieder zu Atem zu kommen.

»Mittagessen, A-Kih?«, fragte ich. Er legte den Kopf schief und sah mich an. Ich tat so, als würde ich mir etwas in den Mund stecken, und kaute demonstrativ. Verstehen blitzte in seiner Miene auf. Zum ersten Mal sah ich ihn richtig lächeln, und er nickte eifrig. Ein hungriger Magen versteht wahrscheinlich jede Sprache.

Ich lächelte ebenfalls und wies dann mit dem Daumen hinter mich.

»Aber erst muss ich mich noch kurz, äh, erleichtern.« A-Kih schien das Wesentliche meiner Aussage zu erfassen, denn er nickte nur und schlug sich dann in entgegengesetzter Richtung in die Büsche. Ich verließ den Weg und lief, um wirklich meine Ruhe zu haben, noch ein ganzes Stück weiter zwischen den Sträuchern und Grasbüscheln hindurch, die unter den Kiefern wuchsen. Die Luft war von würzigem Herbstgeruch erfüllt, vermischt mit dem Duft von Kiefer und Salbei. Die Sonne verbreitete ein mattes, blassgelbes Licht, nicht mehr so blendend hell wie im Sommer. Es war wirklich ein schöner Nachmittag.

Ich hatte gerade mein Geschäft erledigt und wollte mir die Hose wieder zuknöpfen, als ich das erste Knurren hörte.

Ich erstarrte, die Hände an meinem noch offenen Gürtel. Was auch immer dieses Knurren von sich gegeben hatte, schien ziemlich nah zu sein. Und sehr groß.

Die friedliche Stimmung, die ich eben noch empfunden hatte, war sofort dahin.

Ganz langsam drehte ich den Kopf in die Richtung, aus der das Geräusch gekommen war.

Und da stand, gerade mal fünfzig Meter von mir entfernt, der größte Bär, den ich je gesehen hatte.

Er stand mir genau gegenüber, auf der anderen Seite einer kleinen Senke. Und schaute mich geradewegs an.

Ich war bloß froh, dass ich eben erst mein Geschäft verrichtet hatte, sonst hätte ich mir bestimmt in die Hosen gemacht.

Es war nicht nur seine Größe, die ich beängstigend fand, oder seine bedrohliche Nähe, sondern vor allem der silbrig-braune Schimmer seines Fells und der Höcker in seinem Nacken.

»Ein Grizzly«, flüsterte ich – mehr zu mir selbst, aber auch an alle Engel gerichtet, die mich vielleicht hören und mir helfen konnten. Angeblich waren sämtliche Grizzlybären aus diesen Bergen vertrieben worden, aber der Gegenbeweis stand keine fünfzig Meter von mir entfernt, muskelbepackt und zähnefletschend. Mindestens *ein* Grizzly war offensichtlich übrig geblieben. Und ich hatte ihn gefunden.

In diesem Moment beschloss der riesige Bär, sich auf die Hinterbeine zu stellen, um mich genauer betrachten zu können. Er war um einiges höher als ein Pferd. Verdammt, er war sogar noch höher als ein Pferd *plus* Reiter. Wäre mein hämmerndes Herz nicht in meinem Brustkorb eingesperrt gewesen, es hätte garantiert Reißaus genommen.

Das Einzige, woran ich noch denken konnte, war die Pistole meines Vaters, die in meiner Umhängetasche auf dem Weg lag.

Der Bär stieß ein weiteres Knurren aus, das am Ende schon eher wie ein Brüllen klang, ließ sich zurück auf alle viere fallen und rannte ein paar Schritte auf mich zu, den gegenüberliegenden Abhang der Senke hinunter.

Ich rannte ebenfalls los, mit klimperndem Gürtel, und stolperte durchs Unterholz zurück zu A-Kih und zu meiner Pistole, die mir plötzlich furchtbar weit weg und schrecklich klein vorkam.

Ich hörte, wie der Bär hinter mir durch die Senke pflügte und den diesseitigen Hang wieder heraufkam – das Schnaufen und Stampfen und das Krachen der Zweige klang eher so, als würde eine Lokomotive durch die Büsche brechen. Oder als wäre ein Monster hinter mir her, und auch schon ziemlich nah.

Vor Entsetzen hätte ich am liebsten geschrien, aber meine Lunge hatte zu viel damit zu tun, nach Luft zu ringen.

Knacks!, machte ein Ast hinter mir, und nur wenige Schritte weiter gab es ein *Kracks!*, das schon sehr viel näher klang. Noch war dieser Grizzly ein ganzes Stück zurück, aber er holte stetig auf.

Hinter den nächsten Büschen tauchte schließlich der Weg vor mir auf und meine Tasche, die ich dort hatte liegen lassen.

»A-Kih!«, gelang es mir endlich hervorzustoßen. »Lauf! Da kommt ein …« Meine Warnung brach ab, weil ich plötzlich stolperte und so hart auf dem Boden aufkam, dass mir die Luft wegblieb. Ich wollte gleich wieder aufspringen, aber meine Gliedmaßen versagten mir ihren Dienst. Scharfe Krallen kratzten mir über die Beine.

Jetzt hat er mich! Der Gedanke durchbohrte mein Herz wie ein Dolch, und ich wusste, dass alles verloren war. Hier auf diesem Berg würde ich sterben und meine Sarah nie mehr wiedersehen. Der Grizzly hatte mich gefangen, er hielt meine Beine fest und öffnete schon sein grässliches Maul, um mich in Stücke zu reißen. Ich warf mich auf den Rücken herum, die Augen fest zusammengekniffen, und stieß meinen Todesschrei aus.

Einen halben Atemzug lang herrschte Stille – und dann wurde mir plötzlich klar, dass ich immer noch hören konnte, wie der Bär mit wütendem Knurren und Fauchen auf mich zustürmte. Gefährlich nahe … aber noch nicht über mir. Ich schaute an mir hinunter und sah, was mich zu Fall gebracht hatte: Die Hose war mir, weil ich sie nicht zugemacht hatte, bis auf die Knöchel gerutscht. Und es gab auch keine Bärenkrallen – das waren nur das Gestrüpp und die Zweige auf dem Boden, die mir die nackten Beine und Pobacken zerkratzt hatten.

Ich fluchte laut, ohne auch nur daran zu denken, was meine Mutter von dieser Wortwahl halten würde. Ich zerrte meine Hose hoch, kam taumelnd auf die Füße und rannte weiter, wobei ich den Hosenbund mit einer Hand festhielt. Der Grizzly hatte inzwischen so weit aufgeholt, dass ich jeden seiner Schritte hinter mir hören konnte, während ich wie ein Irrer zwischen den Bäumen hindurch auf meine Pistole zuraste.

An einer matschigen Stelle rutschte ich aus und machte wieder einen Purzelbaum, wobei ich diesmal aber direkt bis zu meiner Tasche rollte, die Hose erneut auf halbmast. Keuchend richtete ich mich auf und sah A-Kih von der anderen Seite auf den Weg zurennen, das Gesicht voller Fragen.

»Ein Bär!«, rief ich, wies hinter mich und kam, mit der Schultertasche in der Hand, hastig auf die Füße. Sein Blick folgte der angegebenen Richtung, als der Grizzly auch schon keine zwanzig Meter entfernt zwischen den Bäumen hervorbrach. A-Kih fiel die Kinnlade herunter und seine Augen wurden noch größer. »Komm, schnell!«, schrie ich, zerrte meine Hose wieder hoch, packte ihn im Vorbeirennen am Hemd und zog ihn hinter mir her zu einem großen zerklüfteten Felsblock, ein paar Meter weiter den Weg hinauf. Aus der Kehle des Bären drang ein tiefes, bedrohliches Grollen. Ich schaute zurück und sah, wie er hinter uns den Hügel hinaufstürmte, groß und massig und rasend vor Wut.

Der Felsen war etwa mannshoch und leicht zu erklettern, mit vielen Kerben und Vorsprüngen für Finger und Zehen, sodass A-Kih und ich im Handumdrehen oben waren. Und das gerade noch rechtzeitig: Als wir uns oben aufrichteten, stand der Grizzly schon unten und schaute, mit einem Kopf, so groß wie ein ganzes Ferkel, zu uns herauf. Er stieß ein markerschütterndes Brüllen aus und zeigte uns ein Maul voll tödlicher Zähne.

Wir waren alles andere als außer Gefahr. Die Oberseite des Felsens war zwar ziemlich flach, bot aber kaum genug Platz für uns beide. Wir mussten uns aneinander festhalten, um nicht hinunterzufallen. Und hoch genug war er auch nicht: Falls dieser Bär auf die Idee kam, sich aufzurichten und seine gewaltigen Pranken zu schwingen, könnte er uns mühelos die Beine unterhalb der Knie in blutige Fetzen reißen. Es war nur noch eine Frage der Zeit, bis A-Kih und ich im Magen dieser Bestie enden würden.

Ich zerrte die Pistole aus meiner Schultertasche. Ihr silberner Lauf funkelte in der Sonne wie ein Hoffnungsschimmer. Mir war klar, dass man mit einem Revolver nicht allzu viel gegen einen Grizzly ausrichten konnte, ihn vielleicht nur noch mehr reizen würde. Aber ich sah keine andere Möglichkeit. Mit etwas Glück könnte ich ihm aus dieser Entfernung direkt ins Auge schießen, und das würde vielleicht sogar genügen, um ihn zu töten oder wenigstens zu verscheuchen.

Der Bär umkreiste unterdessen den Felsen, auf der Suche nach einem Weg, uns von dort herunterzuholen. A-Kih und ich drehten uns so, dass wir ihn immer im Auge behielten. Ich warf einen Blick in die Revolvertrommel, um sicherzugehen, dass er auch wirklich geladen war. Die messingfarbene Rückseite von sechs Kaliber-.45-Kugeln blinkte mir entgegen. Meine Hände zitterten. Ich hatte schon oft mit dieser Pistole geschossen, aber nur auf Kaninchen und Fasanen und dergleichen. Noch nie hatte ich auf so etwas wie diese vierhundert Kilo hungrige Bösartigkeit gezielt, die mich dort unten belauerten.

Plötzlich stieß A-Kih einen Warnschrei aus. Ich hob den Kopf und sah, dass der Bär sich aufgerichtet hatte. Er bleckte die Zähne und schlug mit seiner Pranke nach mir. Zu spät wich ich aus, seine Bärenkrallen bohrten sich durch den Stoff meiner Hose und rissen vier tiefe Kerben in mein rechtes Bein. Ein glühender Schmerz schoss mir ins Hirn, und ich spürte, wie mir warmes, dickflüssiges Blut in die Stiefel tropfte.

Ich schrie auf und hätte fast das Gleichgewicht verloren, aber A-Kih verstärkte seinen Griff um meine Taille und bewahrte mich davor, kopfüber in das wartende Maul des Bären zu fallen. Wir zogen uns so weit wie möglich auf dem Felsen zurück, und der Bär ließ sich auf alle viere nieder, um uns wieder zu umkreisen. Unsere Zeit auf diesem Felsen – und damit auch auf dieser Erde – wurde langsam knapp. Ich ließ die Revolvertrommel zuschnappen, spannte den Hahn und versuchte, meinen Herzschlag zu beruhigen. Ich schloss noch einmal kurz die Augen und spürte das vertraute Gefühl, wie sich der Revolvergriff in meine schwitzende Handfläche schmiegte. Ich erinnerte mich an die kräftigen Hände meines Vaters auf meinen Schultern, an seine sanfte Stimme an meinem Ohr, als er mir das Schießen beibrachte. *»Die Schultern entspannt, mein Junge, aber die Arme fest. Wenn du abdrückst, gibts einen Rückstoß, mit dem musst du rechnen. Nimm die Pistole in beide Hände. So ist es gut. Atme ganz ruhig ein und aus. Und denk drun: nicht nur mit dem Finger am Abzug ziehen … Atme langsam aus und drück dann ganz leicht mit der ganzen Hand. Sag mir, wenn du so weit bist, Junge, und dann schieß.«* Eine seltsame Ruhe breitete sich in mir aus. Mit der Stimme meines Vaters im Ohr, auch wenn sie nur eine Erinnerung war, hatte ich das Gefühl, als könnte ich alles schaffen.

Ich öffnete die Augen. Der Bär hatte uns einmal umrundet und stand jetzt ein bisschen seitlich von mir. Ich drehte mich ruhig zu ihm um, nahm die Waffe in beide Hände und hob sie langsam an. Ich entspannte die Schultern und straffte die Arme, ignorierte den pochenden Schmerz in meinem Bein und versuchte, gleichmäßig zu atmen.

Der Bär richtete sich wieder auf, sodass sein Kopf sich fast auf Höhe meiner Füße befand. Seine Augen wirkten winzig in dem riesigen Schädel. Schwarz und feindselig starrten sie zu mir herauf. Seine entblößten Reißzähne blitzten in tödlicher Schärfe. Ich senkte den Pistolenlauf, bis er genau auf das rechte Auge des Tieres zielte. Es stieß ein fürchterliches, herzbeklemmendes Brüllen aus, aber ich dachte an die Stimme meines Vaters, und weder meine Atmung noch meine ausgestreckten Arme ließen sich davon aus der Ruhe bringen.

»Ich bin so weit, Papa«, flüsterte ich, und dann atmete ich langsam aus. Alles wurde still, bis auf den Herzschlag in meinen Ohren, und meine Hand schloss sich um den Abzug.

Im nächsten Moment wurden meine Arme heftig herumgerissen, doch nicht etwa vom Rückstoß der Pistole, schließlich war ja noch gar kein Schuss gefallen. Kurz bevor der Abzug die letzten, entscheidenden Millimeter zurücklegen konnte, hatte A-Kih mir die Arme nach unten geschlagen.

»Was machst du, A-Kih?«, rief ich ärgerlich. Er schrie irgendetwas auf Chinesisch zurück und zog mich am Ärmel. »Das ist unsere einzige Chance«, sagte ich barsch, weil ich dachte, er hätte vielleicht Angst, dass mein Schuss den Bären nur noch mehr reizen würde. Ich riss mich von ihm los und hob die Waffe. »Ich schieße ihm durchs Auge.« Der Bär führte einen weiteren Hieb gegen uns, konnte uns aber nicht ganz erwischen, und seine Pranke fuhr knapp an unseren Beinen vorbei.

Ich richtete Kimme und Korn wieder auf das mordlüsterne Auge des Grizzlys. A-Kih brüllte mir immer noch mit schriller Stimme auf Chinesisch ins Ohr. Ich verbannte das Geräusch aus meinem Kopf, zielte auf das Auge des Bären und dachte an die Stimme meines Vaters.

Aber auch diesmal fiel mir A-Kih in den Arm, bevor ich abdrücken konnte, und ich wollte ihn schon wütend anfahren, als ich sah, dass er auf etwas zeigte. Etwas, das unten am Weg aufgetaucht war, gleich neben den Bäumen, durch die mich der Bär noch vor wenigen Minuten verfolgt hatte.

Zwei junge Grizzlybären, kaum größer als Hunde, standen dort und schauten zu uns rüber.

Der Grizzly zu unseren Füßen war also gar kein Bär, sondern eine Bärin, eine Bärenmutter.

Ich schaute A-Kih an und verstand, was er mir sagen

wollte. Er wollte nicht, dass ich den Bären erschieße. Weil es eine Bärin war, die Mutter dieser Jungen. Er wollte nicht, dass die beiden zu Waisen wurden.

A-Kih war verstummt, und einen Moment lang standen wir uns atemlos gegenüber und sahen uns in die Augen. Sein Blick war ernst und flehend.

»Tut mir leid, A-Kih«, sagte ich schließlich. »Ich muss es trotzdem tun. Es geht nicht anders.«

A-Kih schüttelte den Kopf. Er sagte etwas in seiner fremden Sprache, leise, aber entschlossen. Seine Augen waren groß und glänzend.

»Tut mir leid«, wiederholte ich und schüttelte ebenfalls den Kopf. Er ließ meine Arme los, und ich holte tief Luft und stählte mich ein weiteres Mal für das, was ich zu tun hatte. Die Bärin hatte sich ein bisschen nach links bewegt und ich wandte mich ihr zu. »Am besten schaust du einfach nicht hin, A-Kih«, sagte ich und hob die Pistole.

Die Bärenmutter stand immer noch auf den Hinterbeinen, beide Vorderpranken auf den Felsen gestützt. Ihre schwarzen Krallen, jede von ihnen länger als ein ganzer Finger von mir, kratzten über den Stein. Ihre dunklen Augen starrten zu mir hoch, und noch einmal richtete ich meine Pistole auf eines davon und machte mich bereit, ihr eine Kugel in den Schädel zu jagen.

Mein Finger war schon um den Abzug gekrümmt, als mir plötzlich klar wurde, dass etwas fehlte.

Niemand redete mehr auf Chinesisch auf mich ein,

kein Körper drängte sich ängstlich an meinen. Ich spürte auch keine Hände mehr auf meiner Schulter und keine sanfte Stimme an meinem Ohr.

Ich wandte mich um und sah gerade noch, wie A-Kih vom Felsen hinunterkletterte und auf den Boden sprang.

6. KAPITEL

Mir rutschte das Herz in die Hose.

»A-Kih, was um alles in der Welt hast du v …?«, zischte ich, unterbrach mich aber, weil ich die Bärin nicht darauf aufmerksam machen wollte, dass A-Kih schon bei ihr auf dem Boden war, gleich auf der anderen Seite des Felsens.

Doch meine Vorsicht erwies sich als überflüssig.

A-Kih huschte nämlich gar nicht weg, um sich zu verstecken oder dergleichen. Stattdessen lief er, die Arme locker an der Seite, in aller Seelenruhe um den Felsen herum, auf die Stelle zu, wo diese Grizzlymutter mit ihren blutigen Klauen und einsatzbereiten Zähnen und ihrem unausgeschossenen Auge stand und nur darauf wartete, mich zu fressen.

Und während er lief, fing er an zu reden. Ganz ruhig und freundlich, im Plauderton. A-Kih redete mit dieser Bärin chinesisch.

Als er um die Ecke bog, ruckte ihr Kopf zu ihm herum. Ich glaube, sie war ebenso überrascht wie ich.

Sie ließ sich wieder auf alle viere fallen und machte einen Satz auf ihn zu, mit einem bösen, hungrigen Grollen im Rachen, in dem, wie ich annahm, gleich ein beträchtliches Stück von A-Kih verschwinden würde.

Doch der blieb einfach stehen und redete weiter, und seine Stimme klang so heiter und friedlich wie ein prasselndes Lagerfeuer. Oder wie ein Fluss, der seine Geschichten erzählt.

Und die Bärin blieb ebenfalls stehen. Keine anderthalb Meter von A-Kih entfernt, fast schon Auge in Auge, und jedenfalls nahe genug, um mit einem Hieb ihrer Pranken sein Blut fließen zu lassen.

Wie gebannt stand ich oben auf dem Felsen und sah auf die beiden hinunter, die Grizzlymutter und den chinesischen Waisenjungen, die schussbereite Pistole immer noch in der Hand.

Die Bärin stieß ein lautes, machtvolles Brüllen aus, mit jeder Menge Wildheit und Wut darin – das aber mit einer Art Fragezeichen zu enden schien. Und sie blieb auch weiterhin stehen, wo sie war, während A-Kih unablässig auf sie einredete.

Und dann, ohne sich zu unterbrechen, steckte A-Kih eine Hand in die Hosentasche und holte etwas hervor. Ich kniff die Augen zusammen: Es war der kleine schwarze Steinvogel. A-Kih zeigte ihn der Bärin und erzählte ihr alles darüber. Und sie stand da und hörte zu, schnupperte in den Wind und betrachtete diesen völlig verrückten Jungen vor ihr.

Ich weiß nicht, ob ich in der Zeit, in der A-Kih der Grizzlymutter seine Geschichte erzählte, auch nur ein einziges Mal geatmet oder geschluckt habe.

Aber dann war er fertig. Er machte eine hastige, etwas steife Verbeugung und lief auf die andere Seite der Straße, weg von ihren Jungen. Er kletterte ein Stück die Böschung hinauf und setzte sich hin, dann legte er die Hände auf die Knie und schaute die Bärin an.

Ich glaube kaum, dass sich vorher schon mal jemand vor diese große alte Grizzlydame gestellt und mit ihr geredet hat. Aber ganz sicher hat sich noch nie jemand vor sie hingestellt und auf Chinesisch mit ihr geredet. Was auch immer diese Bärin gerade denken oder fühlen mochte, sie blieb jedenfalls noch einen Augenblick stehen und schaute erst zu A-Kih hinüber und dann zu mir auf dem Felsen hinauf, wo ich immer noch wie ein Trottel herumstand, die Pistole auf sie gerichtet. Dann stieß sie ein Grollen aus, brummelte noch ein bisschen vor sich hin und lief schließlich die Straße hinunter, zurück zu ihren wartenden Jungen. Die beiden hoppelten ihr ein Stück entgegen und zu dritt verschwanden sie zwischen den Bäumen.

Ich brauchte einen Moment, um wieder zur Besinnung und zu Atem zu kommen, dann ließ ich endlich die Waffe sinken und entspannte den Hahn.

Ich schaute zu A-Kih hinüber. Er erwiderte meinen Blick, ohne eine Miene zu verziehen.

»Das war das Dümmste, was ich jemals jemanden habe

tun sehen«, sagte ich erstaunt. »Und das Mutigste.« Ein chinesischer Junge, Tausende Meilen von seiner Heimat entfernt, der sich vor eine Bärenmutter stellt und mit ihr redet, um zu verhindern, dass ihre Jungen zu Waisen werden. »Ich glaube, meine Mutter hätte dich gemocht, A-Kih«, fügte ich hinzu.

Er sagte ein paar Worte auf Chinesisch. Ich legte den Kopf schief. Er lächelte so breit, wie ich es noch nicht bei ihm gesehen hatte, und deutete zu mir hinauf, in Höhe meiner Hüften. Ich schaute an mir hinunter.

In all der Aufregung hatte ich meine Hose völlig vergessen. Sie war mir wieder bis auf die Knöchel gerutscht. Mitsamt der Unterhose. Ich stand dort oben auf dem Felsen, für jeden sichtbar, mit einer Pistole in der Hand und von der Taille abwärts so nackt, wie Gott mich erschaffen hatte. Ein kühler Luftzug wehte mir zwischen den Beinen durch.

Mein Gesicht lief feuerrot an, und ich hörte A-Kih zum ersten Mal lachen, während ich mir in aller Hast die Hose wieder hochzog.

An diesem Abend schlugen wir unser Lager kurz hinter dem Colockum Pass auf. Es war ein schönes Gefühl, nach dem letzten Anstieg über die Passhöhe zu kommen und zu sehen, wie die Straße vor uns abfiel und in vielen Wellen und Kurven in ein weitflächiges Tal hinunterführte. Auf dieser Seite der Berge gab es viel mehr Bäume, sodass die Straße nur noch hier und da zwischen den Wipfeln zu sehen war und schließlich ganz verschwand.

Irgendwo dort unten lag die Stadt Ellensburg, wo Ezra Bishop hoffentlich eine Weile haltmachen würde, damit ich ihn einholen konnte. Sehnsüchtig ließ ich den Blick über die waldigen Hügel schweifen, in der Hoffnung, vielleicht doch noch irgendwo einen Reiter zu entdecken, der eine Herde Ponys führte, darunter auch eine hübsche, rot gescheckte Stute mit einer Kerbe im Ohr. Aber alles war ruhig und still, und die Landschaft fiel schon in Schatten, als die Sonne sich jetzt dem Horizont näherte. Meine Sarah war nirgends zu sehen. Am liebsten hätte ich ihren Namen gerufen, ihn mit aller Kraft hinausgebrüllt, damit er bis dorthin hallte, wo sie sich gerade befand. Ich wusste: Wenn sie mich hören würde, könnten kein Strick und keine Peitsche sie davon abhalten, zu mir zu kommen. Aber es war natürlich zwecklos. Ich seufzte. Immerhin waren auch keine weiteren Grizzlybären zu sehen.

Ich schaute A-Kih an, der neben mich getreten war. »Das wars«, sagte ich mit einer ausholenden Armbewegung über das Panorama vor uns. »Ab jetzt gehts nur noch bergab.« Er stützte die Hände auf die Knie, um wieder zu Atem zu kommen, und nickte. Offenbar hatte er mich verstanden. Der Wind frischte auf, und der war richtig eisig, blies geradewegs durch den Stoff meiner Kleidung und machte mir überall Gänsehaut.

Zwischen zwei großen Felsen fanden wir einen Lagerplatz. Diesmal redeten wir nicht viel, setzten uns aber von Anfang an dicht nebeneinander, dankbar für die Wärme des anderen.

Der Grizzly hatte vier tiefe, blutige Risse in meinem Schienbein hinterlassen, in denen ständig der Schmerz pochte. Ich hatte die Wunden, so gut es ging, mit etwas Wasser aus unserer Feldflasche ausgewaschen, aber weder Bandagen noch ein sauberes Stück Stoff dabei, um sie zu verbinden. Blieb nur zu hoffen, dass sie sich nicht entzünden würden.

Am nächsten Morgen rüttelte A-Kih mich wach. Ich hatte einen quälenden Traum gehabt, der zur Hälfte aus Erinnerungen bestand, mit dem knirschenden Geräusch einer Schaufel, dem Geruch nach frischer Erde und meinem Vater neben mir, der den Arm um mich legte und von lautlosen Schluchzern erschüttert wurde. Es dauerte einen Moment, bis ich begriff, dass nicht mein Vater, sondern A-Kih mich schüttelte, aber ich war froh, dass der Morgenfrost mir diese düstere Traumwolke aus den Gedanken vertrieb.

A-Kihs Stimme, halb Flüstern, halb Rufen, klang eher aufgeregt als erschrocken. Ich blinzelte und hob den Kopf, um zu sehen, warum er so aus dem Häuschen war.

Schnee. Überall, auf Felsen, Bäumen und Büschen. Nicht viel, aber genug, um eindeutig Schnee zu sein und nicht nur eine dicke Schicht Raureif. Selbst auf unseren Schultern und Knien hatte sich welcher gesammelt. Ich klopfte ihn ab, und obwohl ich vor Kälte zitterte, musste ich doch lächeln. Schnee hatte ich immer schon geliebt. Er fiel auch jetzt noch – ganz sacht und nur ein paar Flöckchen hier und da, die tänzelnd zu Boden schwebten.

»Engelsfedern«, sagte ich leise. A-Kih sah mich an. »So hat meine Schwester sie genannt. Katie.« Ich hatte ihren Namen schon lange nicht mehr ausgesprochen, und als ich es jetzt tat, war mir, als müsste ich gleichzeitig lächeln und weinen, und ich fühlte mich plötzlich auf ganz andere Art einsam. »Wenn morgens Schnee lag, so wie heute, habe ich immer gesagt, es sähe aus wie Puderzucker, so, als hätte jemand über Nacht die ganze Welt damit bestreut. Aber sie bestand darauf, dass es Federn aus den Flügeln der Engel wären, die nachts herumfliegen und über die Menschen wachen.« A-Kih saß da und lauschte mit seiner ernsten Miene. Mein Atem bildete eine Nebelwolke. »Komm, wir fachen das Feuer an, essen einen Happen und machen uns dann auf den Weg.«

Bergab zu laufen war natürlich leichter als bergauf, daher kamen wir den Morgen über gut voran, und auch zu Mittag, als die Sonne direkt über uns stand und unsere Mägen knurrten, machten wir nur ganz kurz halt, um eine Kleinigkeit zu essen. Es war der letzte Proviant aus meiner Tasche, ein weiterer Ansporn, Ellensburg möglichst bald zu erreichen.

Wir kamen gerade um eine Biegung, in einem besonders dichten Teil des Waldes, als ich plötzlich stehen blieb und A-Kih am Ärmel packte. Ich hatte ein Geräusch gehört, irgendwo zwischen den Bäumen, ein Stück von der Straße entfernt. Ich betete, dass es nicht wieder ein Grizzly war, auf der Suche nach einer letzten Mahlzeit, bevor er sich für den Winterschlaf zurückzog. Immerhin hatte ich diesmal meine Hose an.

Da hörte ich es wieder, und A-Kih offenbar auch, denn unsere Köpfe neigten sich in dieselbe Richtung. Die Bäume standen hier so dicht, dass der Weg fast im Dunkeln lag.

Dann kam es noch mal, und diesmal war ich sicher, dass dort jemand sprach, irgendwo im Unterholz, ungefähr zwanzig Meter entfernt. Wieder hörte ich ein paar leise Worte und erkannte, dass es die Stimme eines Jungen war und dass sie klang, als sei er in Not. Und noch etwas fiel mir auf: Er sprach ganz sicher kein Englisch und auch kein Chinesisch.

Ich ging ein paar Meter von der Straße weg, mit leisen Schritten und gespitzten Ohren. A-Kih folgte mir ebenso lautlos.

Eine kurze Windstille ließ das Rauschen der Bäume verstummen, und in dem Moment hörte ich klar und deutlich einen ganzen Satz. Es war mit Sicherheit die Stimme eines Jungen, und sie klang, als hätte er Schmerzen. Ich zögerte. Blind in eine mögliche Gefahr zu stolpern, ist niemals eine gute Idee, und außerdem musste ich ein Pferd einholen. Andererseits würden meine Eltern niemals dulden, dass ich einfach weiterging, wenn jemand in Not war.

Dann vernahm ich eine zweite Stimme. Sie gehörte einem Mädchen, eindeutig jünger und offenbar ziemlich verängstigt. Ich wartete nicht länger, sondern stürmte geradewegs auf die Stimmen zu.

Ich zwängte mich durch die Büsche, duckte mich unter Ästen hindurch und landete schließlich auf einer kleinen Lichtung. Als ich durch die letzten Zweige brach, waren die Stimmen längst verstummt.

Stolpernd kam ich zum Stehen, A-Kih dicht hinter mir, und betrachtete das Bild, das sich mir bot.

Es waren Indianer. Genau genommen zwei. Ein Junge, größer und älter als ich, an dessen nackten Armen sich die Muskeln wölbten. Und ein Mädchen von fünf oder sechs Jahren, das ihn umschlungen hielt und völlig verschreckt aussah.

Die Augen des Jungen wurden schmal. Er bleckte die Zähne wie ein Wolf und knurrte ein verächtliches Wort in seiner Muttersprache. Ein Sonnenstrahl, der durch die Baumwipfel fiel, glitzerte auf der langen Messerklinge in seiner Hand, als er sich jetzt zusammenkauerte, um im nächsten Moment auf mich loszuspringen.

7. KAPITEL

Hastig wich ich vor dem Jungen mit dem Messer zurück und prallte gegen A-Kih. Gemeinsam taumelten wir zu Boden. Hektisch krabbelte ich im Krebsgang rückwärts, A-Kih immer noch neben mir, und unsere Füße rutschten und schlitterten über die Kiefernnadeln auf dem Waldboden, bis ich mit dem Rücken gegen einen Baumstumpf stieß und abrupt und schmerzhaft aufgehalten wurde.

Meine Hand zuckte zu der Pistole in meinem Beutel, hielt aber inne, als ich sah, dass der Indianer gar nicht näher kam. Stattdessen lag er auf dem Boden, ziemlich genau dort, wo ich ihn zuletzt gesehen hatte. Das Mädchen stand neben ihm und starrte uns aus großen, ängstlichen Augen an.

Ich holte ein paarmal tief Luft, um meinen Herzschlag zu beruhigen, und stand dann langsam und vorsichtig auf. A-Kih stellte sich neben mich. Der Indianer hielt sein Bein mit beiden Händen und krümmte sich vor Schmerz.

»Du bist ja verletzt«, sagte ich und trat einen Schritt

auf ihn zu. Er stieß eine Reihe scharf klingender Wörter aus, kam hoch auf ein Knie und fuhr mit dem Messer durch die Luft. Aus seinen Augen loderte ein rot glühender Zorn, der mich zurückschrecken ließ, aber dann wurde er plötzlich blass, umklammerte sein Bein und wäre fast wieder umgefallen. Es war so klar wie nur irgendwas, dass er höllische Schmerzen haben musste.

»Ist schon gut«, sagte ich mit möglichst ruhiger Stimme. »Wir wollen euch nichts tun.« Ich ließ die Tasche von meiner Schulter ins Gras gleiten und machte wieder einen kleinen Schritt auf ihn zu, die Hände offen vor mir ausgestreckt, damit er sehen konnte, dass sie leer waren.

Sein Körper spannte sich, aber er fluchte nicht länger und fuchtelte auch nicht mehr mit dem Messer herum.

»Was ist denn da passiert?«, fragte ich, trat noch einmal zwei Schritte näher und spähte auf sein Bein. Der Anblick verschlug mir den Atem.

»Allmächtiger Himmel«, hauchte ich. »Du hast dir den Knöchel gebrochen.« Selbst aus dieser Entfernung war das leicht zu erkennen. Sein Knöchel war dick wie eine Wassermelone und die Haut ringsum voll dunkelvioletter Blutergüsse. Der Fuß hing schlaff herunter, in einem unnatürlichen Winkel zum Bein. Ich wollte mir lieber gar nicht vorstellen, wie weh das tun musste.

Er ließ mich immer noch nicht aus den Augen, doch die rohe Wut in ihnen war etwas weniger geworden. Ich erwiderte seinen Blick und nickte, dann zeigte ich auf seinen verletzten Knöchel. »Das sieht schlimm aus«, sagte ich. »Richtig schlimm.« Er blinzelte, sagte aber nichts.

Ich machte einen weiteren Schritt auf ihn zu, und er sagte rasch ein paar Worte zu dem Mädchen, das neben ihm kauerte. Sie sprang auf und wich vor uns zurück, fast bis zum Rand der Lichtung.

»Nein«, sagte ich und trat meinerseits wieder ein Stück zurück. »Nicht weglaufen. Wir lassen euch in Ruhe.«

Ich machte noch einen Schritt nach hinten und das Mädchen huschte an seine Seite zurück, legte die Arme um seine Taille und starrte mich wieder furchtsam an. Ihre Augen waren groß und rund und schimmerten feucht, genau wie die meiner Schwester Katie, wenn sie Angst gehabt hatte.

Ich zögerte.

Mit diesem Knöchel würde der Junge keinen Meter mehr gehen.

Ich atmete tief aus. Ich konnte mich nicht einfach umdrehen und die beiden hier zurücklassen. Andererseits wirkte dieses Indianermesser noch kein bisschen freundlicher.

Meine Gedanken rasten, auf der Suche nach einer Lösung, und mir fiel ein, was meine Mutter mal gesagt hatte: *»Kein Problem zwischen den Menschen kann so groß sein, dass es nicht zu lösen wäre, wenn man sich zusammensetzt und darüber redet.«* Bei allem, was wirklich wichtig war, hatte meine Mutter eigentlich immer recht, nur war ich nicht sicher, ob diese Weisheit auch dann noch zutraf, wenn die Leute, die sich da zusammensetzten, nicht mal dieselbe Sprache sprachen.

Aber dann fielen mir A-Kih und die Bärin ein. Und ich dachte, wenn man einen Grizzly mit einem Haufen Chinesisch beruhigen kann, dann muss ja wohl irgendwas dran sein.

Also setzte ich mich hin. Einfach so, auf die Erde. Weit genug entfernt, damit das Mädchen nicht wieder weglief. Und fing an zu reden.

»Wir sind den Weg dahinten entlanggelaufen«, hob ich an, »und haben eure Stimmen gehört. Ich heiße Joseph und das ist A-Kih. Wir kommen aus Wenatchee und wollen nach Ellensburg.«

Der Indianerjunge blinzelte und lauschte. Ich ließ meine Stimme möglichst unbeschwert klingen, als säßen wir fröhlich plaudernd beim Sonntagspicknick. Das Mädchen beobachtete mich auch, immer noch voller Misstrauen.

»Ich bin hinter einem Mann her, der mein Pferd einem anderen Mann abgekauft hat, der es aber gar nicht hätte verkaufen dürfen. Eine Stute namens Sarah, das beste Pferd, das ihr je gesehen habt. Sie bedeutet mir …« Ich brach ab, überrascht davon, wie schnell die Tränen in mir aufgestiegen waren. Ich schluckte sie hinunter und fuhr dann in meinem freundlichen Plauderton fort. »Sie bedeutet mir alles auf der Welt, und keine Gefahr ist mir zu groß und kein Weg zu weit, um sie mir zurückzuholen.«

Der Junge wirkte immer noch skeptisch, aber sehr viel ruhiger.

»Wie ich sehe, hast du dir den Knöchel gebrochen«, sagte ich und zeigte darauf. »Wir haben keine Lebensmittel mehr, die wir euch hierlassen könnten, und soweit ich weiß, ist auch keiner von uns Arzt, aber wenn wir dich zwischen uns nehmen, schaffen wir es bestimmt, euch bis nach Hause zu bringen, solange es nicht allzu weit ist.«

Mir war klar, dass dieser Indianer wahrscheinlich kein einziges Wort verstand. Aber ich schätze, meine Mutter hatte trotzdem recht: Immerhin konnte er jetzt ziemlich sicher sein, dass A-Kih und ich ihm nichts Böses wollten.

Er überlegte kurz, dann schob er sein Messer in das Lederhalfter an seinem Gürtel und nickte. Er sagte ein paar Worte zu mir, und auch wenn ich sie nicht genau verstand, war ihre Bedeutung trotzdem klar. Also stand ich auf, griff nach meiner Umhängetasche und ging dann zu ihm rüber, um ihm auf die Füße zu helfen.

A-Kih kauerte immer noch am Rand der Lichtung und ließ uns nicht aus den Augen. Ich legte mir den Arm des Indianerjungen über die Schulter, damit er sich bei mir aufstützen konnte. Das Mädchen stand etwas abseits und beobachtete uns ebenso scharf wie A-Kih.

»Komm schon, A-Kih«, sagte ich und winkte ihn heran. Ich sah, dass er skeptisch war, aber er kam trotzdem zu uns herüber und übernahm die andere Seite des Indianers. »Also dann«, sagte ich und schaute dem Indianer in die Augen. »Wo müssen wir hin?«

Er schaute nur verständnislos zurück. Ich wies mit einer Armbewegung auf den Wald ringsherum. »Wo gehts lang?«

Ein Aufflackern des Verstehens huschte über sein Gesicht, und er sagte etwas zu dem Mädchen, das ihm einen weiteren, unsicheren Blick zuwarf und dann zwischen den Bäumen hindurch zur Straße zurücklief. A-Kih und ich folgten ihr, den hinkenden Indianer zwischen uns.

Trotz meiner ruhigen Stimme klopfte mir das Herz bis zum Hals. Ich befand mich in der Hand eines richtigen, echten Indianers. Ich spürte die Kraft in seinen Muskeln, obwohl er verletzt war, und ich wusste, dass dieses Messer immer noch an seiner Hüfte hing. Ich dachte an all die grausigen Geschichten, die sich die Siedler über die heimtückischen Indianer erzählten. Sollte dieser Indianerjunge doch noch beschließen, sich meinen Skalp zu holen, hätte er ihn schon am Gürtel, bevor ich die Pistole meines Vaters auch nur aus dem Beutel ziehen konnte.

Wir stolperten eine ganze Weile die Straße hinunter, bis das Mädchen in einen ausgetretenen Pfad einbog, der nach Süden führte. Das Gewicht des Indianerjungen machte sich allmählich in Rücken und Schultern bemerkbar, und A-Kih und ich mussten immer wieder anhalten, um uns auszuruhen und die Seiten zu tauschen. Wir stiegen gerade einen steilen, mit Salbei und Kiefern bewachsenen Hügel hinauf, als ich die ersten Geräusche hörte: lautes Johlen und Kreischen und das Donnern von Hufen, das von jenseits der Anhöhe zu uns herüberdrang. Es klang ziemlich wild. Ich wollte langsamer laufen, doch der Indianer schien plötzlich von neuem Leben erfüllt und erhöhte sogar noch sein Tempo. Das Mädchen rannte uns ungeduldig voraus und verschwand mit wippenden Zöpfen hinter der Kuppe.

A-Kih beugte sich vor, um mir an dem Indianer vorbei einen Blick zuzuwerfen. Er sagte einen schönen, langen Satz, und seine Stimme klang nervös.

»Wird schon gut gehen, A-Kih«, erwiderte ich und wünschte mir, ich würde mich genauso zuversichtlich fühlen, wie ich klang.

Wir erreichten die Kuppe und blieben stehen, um zu verschnaufen und das Bild, das sich uns bot, zu betrachten.

Unter uns, auf einem flachen Stück Land inmitten der Hügel, herrschte ein munteres, verrücktes Treiben. Die weite Fläche war mit Indianern übersät, insgesamt sicher weit über hundert. Überall sah man Tipis, rauchende Lagerfeuer und Pferde, zwischen denen die Indianer in Gruppen zusammenstanden. Kinder rannten kreischend hin und her und spielten Fangen.

An der gegenüberliegenden Seite des Plateaus entdeckte ich eine etwa vierhundert Meter lange, schnurgerade Sandbahn, die sich tief in die Landschaft eingegraben hatte. An beiden Enden war ein Pulk von Indianern versammelt, deren aufgeregte Stimmen bis hierher zu hören waren. Während ich noch hinsah, wurde die Menge plötzlich still. Für einen kurzen Moment schienen alle auf etwas zu warten, dann schossen an einem Ende plötzlich zwei Indianer mit ihren Pferden los und rasten die Bahn entlang, als sei der Teufel hinter ihnen her. Sie ritten ohne Sattel, klammerten sich mit Armen und Beinen an ihren Pferden fest und ihr langes Haar flatterte im Wind, während sie die Tiere mit leichten Schlägen zu immer größerer Schnelligkeit antrieben. Die Menge fing wieder an zu schreien und zu johlen. In wildem Tempo rasten die Pferde dahin und schienen mit ihren Reitern verschmolzen zu sein. Der Anblick war atemberaubend. Als sie über die Ziellinie kamen, der eine nur knapp vor dem anderen, fielen sie in Trab, und der Sieger riss mit einem triumphierenden Schrei die Arme hoch, während der Besiegte den Kopf hängen ließ. Die Zuschauer an beiden Enden der Strecke brachen entweder in Jubel oder lautes Stöhnen aus, je nachdem, auf welches Pferd sie gesetzt hatten.

»Tja, A-Kih«, sagte ich und wischte mir mit dem Ärmel den Schweiß von der Stirn, »wie's aussieht, sind wir auf ein Pferderennen der Indianer gestoßen.« Ich hatte schon oft von diesen Wettkämpfen gehört und was für eine wichtige Angelegenheit sie für die Indianer waren. Oft kamen mehrere Stammesgruppen zusammen und verwetteten bei diesen zweitägigen Rennen ganze Berge von Fellen, Decken und Messern darauf, welcher Reiter gewinnen würde. Ich hätte nie gedacht, dass ich so ein Rennen mal mit eigenen Augen sehen würde, aber nun liefen A-Kih und ich, den verletzten Indianer immer noch zwischen uns, direkt darauf zu.

Wir waren schon am Fuß des Abhangs, auf halbem Weg zu den ersten Tipis, als drei Männer mit großen Schritten auf uns zukamen. Das kleine Mädchen folgte ihnen und musste fast rennen, um mitzuhalten. Sie blieben vor uns stehen, und ihre todernsten Gesichter sahen aus wie aus dunklem Stein gemeißelt.

Der Größte von ihnen hatte eine markante Nase und graue Strähnen im Haar. Er sagte ein paar Worte zu uns, kurz und abgehackt. Es klang nicht sehr freundlich.

Ich starrte ihn nur an, doch der Indianerjunge neben mir öffnete den Mund und antwortete ausführlich. Zwischendurch hielt er seinen verletzten Knöchel hoch und wies auf die Schwellung und den Bluterguss. Der ältere Mann zeigte keine Reaktion, aber sein Blick wanderte vom Knöchel des Jungen zu mir, zu A-Kih und wieder zurück zu dem Jungen. Er nickte und ging dann mit den beiden anderen Männern ins Lager zurück. Nach einem aufmunternden Grunzen des Indianerjungen folgten wir ihnen.

Zwischen den Zelten herrschte lärmende Geschäftigkeit. Leute kamen und gingen, lachten und riefen. Babys weinten und hier und dort waberten unbekannte Essensdüfte durch die Luft. Dieses Indianerlager an der Pferderennbahn war wirklich voller Leben. Als wir zu einem Tipi in der Mitte kamen, liefen mehrere Frauen auf uns zu. Schnatternd und gurrend nahmen sie uns den verletzten Jungen ab und eilten mit ihm in das Zelt. A-Kih und ich blieben allein zurück und schauten uns ratlos an.

Die drei Männer, die uns ins Lager vorausgegangen waren, standen plötzlich wieder vor uns, ihre Mienen immer noch undurchdringlich. Ich versuchte ein Lächeln, aber es zeigte keinerlei Wirkung, also ließ ich es wieder sein. Eine wachsende Menge von Indianern drängte sich um uns herum, neugierig und flüsternd. Kinder lugten verstohlen hinter ihren Eltern hervor.

»Das war ein guter Schachzug von euch, den Sohn eines Häuptlings zu retten«, sagte eine Stimme hinter uns. Ich fuhr herum und entdeckte überrascht einen weißen Mann, der auf einem kräftigen, zimtfarbenen Pferd saß. Er war groß und hager und trug eine fransenbesetzte Wildlederjacke und einen zerbeulten braunen Cowboyhut auf dem Kopf.

»Sir?«

»Dieser Junge, den ihr hergebracht habt. Er ist der Sohn eines der Häuptlinge hier – Chief George. Er war mit seiner Schwester unterwegs, um nach Rotwild Ausschau zu halten. Eigentlich sollten sie schon gestern Abend zurück sein, deshalb war die Erleichterung groß, als ihr jetzt mit ihm aufgetaucht seid.«

Das Sattelleder quietschte, als der Mann von seinem Pferd abstieg. Er hielt mir die Hand hin, und ich schüttelte sie energisch.

»Mein Name ist Strawn«, sagte er.

»Jack Strawn?«, fragte ich ungläubig.

Der Mann hob fragend eine Augenbraue.

»Kennen wir uns?«

»Nein, Sir. Das heißt, Sie kennen *mich* nicht. Aber *ich* habe schon viel von Ihnen gehört.« Jack Strawn war in diesem Landstrich geradezu berühmt. Er war als einer der ersten weißen Männer über den Colockum Pass ins Wenatchee-Tal gekommen, und auch sonst hatte er vieles gesehen und fast alles schon mal gemacht: nach Gold gesucht, Fallen gestellt und Handel mit Indianern getrieben. Er war kein Held, keine Legende oder so, aber jeder kannte ihn, und ich hatte in den letzten Monaten, in Handelsstationen oder von anderen Siedlern, häufig von ihm gehört.

»Aha. Na, hoffentlich nur Gutes.« Einen Moment lang schaute er A-Kih an, dann wieder mich. »Wo sind eure Leute?«

Ich sah weg, zu den Hügeln in der Ferne, dann wieder hoch in seine Augen.

»Wir sind allein unterwegs, A-Kih und ich«, antwortete ich. »Wir kommen aus Wenatchee und wollen nach Ellensburg.«

Noch mehr Indianer hatten sich inzwischen um uns

versammelt und schoben sich dichter heran. Die drei älteren Männer - ob sie wohl alle drei Häuptlinge waren? - standen immer noch da und beobachteten uns.

Mr Strawn stieß einen leisen Pfiff aus.

»Zu Fuß ist das aber ein ganz schöner Marsch, mein Junge. Was wollt ihr denn in Ellensburg?«

»Einen Mann finden«, sagte ich. »Ezra Bishop.«

Aus dem Kreis der Indianer stieg finsteres Gemurmel auf. Unverkennbar hatten meine Worte eine Flamme des Zorns unter ihnen auflodern lassen. Ezra Bishop war offenbar ein Name, den sie kannten. Und den sie überhaupt nicht mochten.

Jack Strawn leckte sich die Lippen. Sein Gesicht zeigte keinerlei Regung, aber ich sah, wie er den umstehenden Indianern einen warnenden Blick zuwarf. Dann schaute er mich wieder an, und als er sprach, war seine Stimme todernst.

»Bist du ein Freund von Ezra Bishop, mein Junge?«

»Ein Freund?«, wiederholte ich. »Nein, Sir. Er hat ein Pferd, das rechtmäßig mir gehört, und ich habe vor, es mir von ihm zurückzuholen.«

Ein Lächeln lief über Mr Strawns Gesicht und seine Schultern entspannten sich. Er wandte sich an die drei älteren Indianer hinter mir und erklärte ihnen etwas in ihrer Muttersprache. Eine Welle der Erleichterung ging durch die Menge. Er sah mich wieder an.

»Kein Freund von Ezra Bishop zu sein, hat dir soeben

einen Haufen Freunde unter diesen Leuten hier verschafft«, sagte er.

»Wieso das, Sir?«

»Ezra Bishop war gestern hier, um Pferde zu kaufen«, sagte Mr Strawn, »und ist heute Morgen dann auch mit einigen Ponys mehr aufgebrochen, als er bei seiner Ankunft dabeihatte. Aber offenbar auch mit einigen mehr, als ihm eigentlich zugestanden hätten. Und das nehmen ihm die Indianer ziemlich übel.«

»Er hat ihre Pferde gestohlen?«

Jack Strawn kratzte sich am Nacken.

»Ezra Bishop ist ziemlich gut darin, alles zu vermeiden, was eindeutig strafbar wäre. Der Kerl ist glatt wie ein Fisch. Es ist eher so, dass er die Leute belügt und bedroht und einschüchtert und dann schnell verschwindet, bevor man irgendetwas unternehmen kann. Gestohlen hat er die Pferde also nicht. Aber auch nicht ehrlich erworben. Und das war nicht das erste Mal.«

Ich dachte daran zurück, wie Mr Bishop mit Mr Grissom getuschelt hatte und wie er dann gewartet hatte, bis ich weg war, bevor er den Handel abschloss und schnell wieder verschwand. Ich konnte mir ziemlich gut vorstellen, was Jack Strawn meinte.

»Und heute Morgen ist er wieder aufgebrochen, Sir? Früh?«

»Leider ja. Und da er hier keine Pferde verkauft hat, wird deins wohl immer noch bei ihm sein.«

»Haben Sie sie zufällig bemerkt, Mr Strawn? Eine junge Stute, rot gescheckt, zur Hälfte Indianerpony?«

Er machte große Augen.

»Mit einer Kerbe im Ohr?«

»Ja, Sir! Dann haben Sie sie gesehen?«

»Wir *alle* haben sie gesehen, mein Junge. Dein Pony hat Mr Bishop mehrere Pferde und eine ordentliche Anzahl Felle eingebracht. Er hat einen Jungen dafür bezahlt, sie zu reiten, und sie hat beide Rennen gewonnen.« Er sah auf und sagte wieder etwas auf Indianisch. Ein Raunen ging durch die Menge.

Einer der Häuptlinge trat vor und erwiderte ein paar Sätze. Jack Strawn nickte und wandte sich zu mir.

»Chief George findet es sehr gut, dass du dir dein Pony von Mr Bishop zurückholen willst. Er wünscht dir viel Glück.«

Ich nickte nachdenklich. Mein Blick fiel auf die Pferde, die überall zwischen den Zelten standen, und ich dachte daran, dass Ezra Bishop schon vor Stunden von hier aufgebrochen war, zu Pferd und bergab. Dann dachte ich an meine müden, schmerzenden Beine, und die bittere Wahrheit nagte an mir: Ich würde Mr Bishop niemals einholen. Jedenfalls nicht zu Fuß.

Ich schaute Mr Strawn in die Augen.

»Das freut mich«, sagte ich. »Aber ich brauche kein Glück, Sir. Ich brauche ein Pferd.«

Jack Strawn leckte sich wieder die Lippen.

»Das glaube ich auch«, antwortete er leise.

Ich musterte die strengen Gesichter der Indianer.

»Wie stehen meine Chancen?«, fragte ich.

»Deine Chancen worauf?«

»Mir ein Pferd zu leihen.«

»Ein Pferd zu *leihen*? Von diesen Leuten? Die erst vor wenigen Stunden von einem weißen Halunken übers Ohr gehauen wurden?« Er lächelte verbittert und spuckte auf den Boden. »Diesen Leuten ist schon mehr als genug von den Weißen genommen worden, nicht nur von Mr Bishop. Ich fürchte, da müssten dir schon Flügel wachsen, wenn du Mr Bishop noch einholen willst.«

In diesem Moment fing drüben auf der Bahn ein neues Rennen an. Wieder war lautes Johlen zu hören und das Donnern von Hufen. Da schoss mir eine Idee durch den Kopf wie ein brennender Pfeil. Eine ziemlich verzweifelte Idee, aber ich befand mich ja auch in einer ziemlich verzweifelten Lage.

»Und wenn ich ein Pferd gewinnen würde?«

»Wie meinst du das?«

»Was, wenn ich eins gewinnen würde? Beim Pferderennen?« Ich klopfte auf meine Schultertasche. »Ich suche mir ein Pferd aus. Und die Indianer suchen mir einen Gegner aus. Und wenn ich verliere, kriegen sie meine Pistole.«

Mr Strawn schüttelte den Kopf. »Eine Pistole ist nicht so viel wert wie ein Pferd.«

»Dann eben nur geliehen. Wenn ich verliere, kriegen sie meine Pistole. Und wenn ich gewinne, leihen sie mir eins ihrer Pferde. Nur bis Ellensburg.«

Mr Strawn schürzte die Lippen.

»Hmm. Der Indianeragent in Ellensburg ist ein ehrlicher Mann. Die Indianer vertrauen ihm. Bei dem könntest du das Pferd wieder abgeben.« Er nickte und wandte sich den Indianern zu. Es gab ein kurzes Hin und Her, und dann sagte er zu mir: »Du kannst dein Glück versuchen, mein Junge.«

8. KAPITEL

Ich ließ den Blick über die Ponyherde schweifen, zu der mich die Indianer geführt hatten. Die Tiere drängten sich aneinander, die Vorderbeine zusammengebunden, um sie am Weglaufen zu hindern. Jack Strawn stand neben mir, und auch A-Kih hielt sich immer in meiner Nähe – für ihn war das alles sicher furchtbar verwirrend.

»Kannst du ohne Sattel reiten?«, fragte mich Mr Strawn.

»Ja, Sir. Seit ich fünf bin.«

»Das ist gut. Also dann, mein Junge. Such dir eins aus.«

Ich lief um die Herde herum, musterte den Körperbau der Tiere, ihre Beine, Hufe, Augen. Ich wollte kein Pferd, das sich in der Mitte versteckte – ich wusste, dass die mutigsten Tiere hier außen am Rand stehen würden.

Ich war schon halb herum, als ich ihn sah. Ein junger Hengst, kräftig gebaut, aber eher klein, kastanienbraun mit schwarzer Mähne und schwarzem Schweif. Er stampf te mit den Hufen und warf den Kopf hoch. Unter seinem Fell spielten die Muskeln, und in seinem Blick brannte eine weiß glühende Energie.

Ich ging näher heran.

Er verdrehte die Augen und schnaubte, als ich auf ihn zutrat. Die Adern an seinem Hals traten vor wie Schlangen.

»Der ist es«, sagte ich.

Die Indianer lachten und sagten etwas zu Mr Strawn.

»Such dir lieber ein anderes aus, mein Junge. Dieser Hengst da ist fast noch ungezähmt, der ist praktisch wild.«

»Ich weiß«, sagte ich leise, hauptsächlich an das Pferd gerichtet. »Aber er ist schnell. Und er hat Lust zu rennen.« Ich streckte die Hand aus, um sie dem Hengst auf den Hals zu legen. Er wieherte und scheute zurück, doch ich ließ meine Hand, wo sie war, und redete leise und freundlich auf ihn ein. Er schnaubte wieder und beäugte mich misstrauisch, jeden Moment bereit, Reißaus zu nehmen. Aber ich machte mich einfach noch ein bisschen länger und legte ihm sanft die Hand aufs Fell.

Ich spürte seinen Herzschlag unter meiner Handfläche, kraftvoll und stolz. Ich schaute ihm in die halbwilden Augen, und er erwiderte meinen Blick. Ich dachte an meine Sarah, an ihre Wildheit, ihre Schnelligkeit und ihr treues Herz.

»Der hier ist es«, wiederholte ich. Und so war es auch.

Ich führte meinen Hengst – der sich, sehr zum Vergnügen der umstehenden Indianer, ununterbrochen zur Wehr setzte und aufbäumte – an den Anfang der Strecke.

Ein junger Indianer von etwa achtzehn oder neunzehn Jahren sollte mein Gegner sein. Er saß schon auf einem schönen schwarzen Pferd, das mehrere Handbreit höher war als mein feuriger Hengst.

Der junge Indianer grinste abfällig und rief mir ein paar unfreundlich klingende Sätze zu. Die Indianer ringsherum lachten.

»Dir auch viel Glück«, antwortete ich. Nur Mr Strawn lachte.

A-Kih schaute von mir zu meinem Gegner, dann die Rennstrecke hinunter, und plötzlich erhellte sich sein Gesicht. Er fragte mich etwas auf Chinesisch und deutete auf den Pulk von wartenden Indianern am andere Ende der Strecke. Ich nickte. Seine Augen wurden groß. Er rief noch ein paar weitere Worte und rannte auch schon los, in Richtung Ziellinie. Ich lächelte grimmig. Wenigstens *ein* freundliches Gesicht würde dort nun auf mich warten.

»Steig schon mal auf, mein Junge«, sagte Mr Strawn und zog eine Pistole aus seinem Halfter.

Ich schüttelte den Kopf. Ich brauchte immer noch meine ganze Kraft, um den Hengst unter Kontrolle zu halten.

»Erst, wenn der Startschuss fällt«, stieß ich hervor. »Dieses Pferd wird bestimmt nicht lange rumstehen und warten, wenn ich erst mal oben bin.«

Mr Strawn nickte.

»Wir machen es so: Wenn du so weit bist, steigst du auf, und dann drück ich sofort ab.«

Ich holte ein paarmal tief Luft und sorgte dafür, dass der Hengst zumindest schon in der richtigen Richtung stand. Ich wappnete meinen ganzen Körper für das, was jetzt kommen würde. Und dann, mit einer einzigen fließenden Bewegung, löste ich den Strick um seine Vorderbeine und schwang mich auf seinen Rücken. Ich presste die Oberschenkel zusammen und klammerte mich mit beiden Händen in seiner schwarzen Mähne fest.

Der Hengst wieherte schrill und stieg auf die Hinterbeine.

Mr Strawn feuerte die Pistole ab.

Der Indianer auf dem schwarzen Pferd galoppierte los, die Strecke hinunter.

Ich löste eine Hand aus der Mähne und schlug dem Hengst mit aller Kraft auf die Flanke.

Und dann schossen wir los wie eine Kanonenkugel.

Aus einem krummen Kanonenrohr. Das schief ausgerichtet war. Und auch noch falsch geladen.

Ich hatte mich nicht geirrt, was das Temperament und die Kraft dieses Hengstes anging. Doch auch die Indianer hatten sich nicht geirrt, denn er war wirklich kaum zu bändigen.

Er rannte zwar los, und das auch ziemlich schnell, aber quasi im Zickzack. Immer wieder bockte er oder blieb abrupt stehen, um mich abzuwerfen. Und auch wenn wir uns in der richtigen Richtung bewegten, wurde der Vorsprung des schwarzen Pferdes mit jeder Sekunde größer.

»Komm schon!«, rief ich und riskierte es, mit einer Hand loszulassen, um ihm einen weiteren Klaps zu geben. »Na los!« Ich versetzte ihm einen noch härteren Schlag und klammerte mich mit den Knien an seinem buckelnden Rücken fest, während wir über die Strecke jagten. Der Hengst erhöhte das Tempo und streckte sich ein bisschen, aber ich spürte, dass sein Widerstand noch nicht gebrochen war.

Mit zitternden Beinen schob ich mich so weit vor, bis mein Mund sich direkt neben seinem Ohr befand. Er lief jetzt fast in gestrecktem Galopp, und ich drohte jeden Moment von seinem glatten Rücken zu rutschen. Aber ich brauchte noch mehr Tempo, und zwar sofort.

»Aijijijijeeeh«, rief ich schrill – ein Schrei, so wild und von Sinnen wie der Hengst. Und wie mein Ruf in sein Ohr, so drang auch mein Herzschlag, hart und kühn, in sein Herz. Und mein Herz rief: *Lauf! Lauf, mein Pferd! Zeig mir, wie schnell du bist!*

Und der Hengst, ebenso wie sein Herz, hörte meinen Ruf.

Seine langen Schritte wurden gleichmäßiger. Seine Muskeln spannten sich und sangen wie eine Bogensehne. Sein nachlässiger, holpriger Galopp verdichtete sich zu einem harten, glühenden Sprint.

Meine Sarah ist so schnell wie der Blitz.

Niemals würde ich zugeben, ein anderes Pferd könnte schneller sein als sie.

Aber Junge, Junge – dieser halbwilde Hengst könnte meine Überzeugung fast ins Wanken bringen.

Wir kamen der Staubwolke unseres Rivalen immer näher. Meine Bewegungen passten sich denen des Hengstes an, bis wir wie ein einziger atmender Körper dahinflogen.

Mr Strawn hatte gesagt, mir müssten schon Flügel wachsen, wenn ich Mr Bishop noch einholen wollte. Aber als dieser Hengst nun so richtig loslegte, kam es mir fast vor, als hätte ich welche.

Erst lagen wir zwei Längen zurück. Dann nur noch eine. Doch bis zur Ziellinie, neben der sich die Zuschauer drängten, war es nicht mehr weit. Ich wusste nicht, ob wir es noch schaffen würden. Der Hengst keuchte jetzt im Rhythmus seiner gewaltigen Sprünge. Ich keuchte mit ihm.

Seine Nüstern zogen mit der Flanke des schwarzen Pferdes gleich. Dann mit dem Knie seines Reiters. Der Indianer fuhr überrascht herum, als er sah, dass mein Hengst mit ihm gleichauf war. Sein Gesicht furchte sich vor Entschlossenheit, und er verdoppelte seine Schläge und Schreie.

Aber vergeblich.

Wenn dieser Hengst erst mal gewinnen wollte, war er nicht mehr zu schlagen. Genau wie meine Sarah.

Als wir an der jubelnden Menge vorbeidonnerten, war der Kopf des schwarzen Pferdes auf meiner Höhe. Und der Kopf meines Hengstes locker eine Armlänge voraus.

Ich sah, wie A-Kih zwischen den Indianern auf und ab hüpfte, grinsend und jubelnd.

Ich lockerte meine verkrampften Muskeln und ließ den Hengst zwischen den Salbeibüschen und Kiefern auslaufen, bis er, immer noch keuchend, zum Umkehren bereit war. Die Indianer scharten sich um mich, lächelten und tätschelten den Hengst.

Ich hatte mir ein Pferd verschafft, zumindest für eine Weile. Aber vor allem hatte ich mir die Chance verschafft, mein eigenes Pferd vielleicht doch noch zurückzubekommen.

Die Indianer wollten, dass wir noch ein bisschen blieben. Sie boten uns zu essen an: geräucherter Lachs, getrocknetes Büffelfleisch, gedünstete Wurzeln. Mein Magen fand das sehr verlockend.

Doch A-Kih wollte unbedingt weiter.

Sobald er im Wesentlichen begriffen hatte, was Mr Strawn für uns übersetzte, als wir wieder alle bei den Zelten standen, schüttelte er energisch den Kopf, zeigte auf den Weg und stieß ein paar chinesische Sätze hervor.

Dann ging er auf die Gruppe von Indianern zu, mit der Mr Strawn zusammenstand. Er holte den kleinen schwarzen Vogel hervor, zeigte ihn herum und stellte mit flehen der Stimme seine rätselhaften Fragen.

Alle schüttelten ratlos den Kopf. A-Kihs Schultern sackten nach unten und er steckte den Vogel zurück in die Tasche. Dann sah er mich mit traurigen, bittenden Augen an und deutete wieder auf den Weg.

»Ist gut«, sagte ich mit einem kurzen Nicken. »Wir ziehen gleich weiter.«

»Was sucht er denn?«, fragte mich Mr Strawn.

»Keine Ahnung«, antwortete ich. »Aber es scheint ihm sehr wichtig zu sein.«

»Genau wie dir.«

Ich sah zu ihm hoch. »Ja, vermutlich.«

Die Indianer ließen mich wieder ein Pferd auswählen – diesmal ein größeres, das zwei Reiter tragen konnte und um einiges weniger heißblütig war. Jack Strawn begleitete uns noch bis zur Straße nach Ellensburg, zusammen mit ein paar Indianern, darunter auch das kleine Mädchen, das wir getroffen hatten. Ihr Bruder war nirgends zu sehen, aber sie entdeckte ich dabei, wie sie schüchtern zwischen den Erwachsenen hervorspähte. Ich lächelte und winkte ihr zu. Sie wurde rot, winkte aber tapfer zurück.

»Ich hoffe, du findest diesen Mr Bishop, mein Junge«, sagte Mr Strawn. »Und gleichzeitig hoffe ich das Gegenteil.«

»Wie meinen Sie das, Sir?«

Mr Strawn spuckte auf den Boden.

»Du bist ein guter Junge. Und Ezra Bishop ist ein sehr schlechter Mensch. Gefährlich. Solltest du ihn wirklich finden, dann mach dich auf Ärger gefasst.«

»Ich will doch nur mein Pferd zurückkaufen.«

»Das schon, aber er wird mehr Geld dafür haben wollen, als er selber gezahlt hat. Hast du so viel dabei?«

Ich senkte die Augen.

»Nein, Sir. Weniger.«

Der Blick von Mr Strawn wurde scharf. Es dauerte einen Moment, bis er wieder sprach.

»Ich bin nur froh, dass du deine Pistole noch hast, mein Junge. Denn mit Gold wirst du dein Pferd nicht von Mr Bishop zurückbekommen, höchstens mit Blei. Also sieh dich lieber vor.«

Mir fiel keine Antwort darauf ein, und so schüttelte ich ihm nur die Hand und stieg dann aufs Pferd.

Ich schaute die Straße hinunter. Irgendwo in dieser Richtung, gar nicht mehr so weit entfernt, musste meine Sarah sein. Jetzt würde ich den Rückstand schnell aufholen können. Fast spürte ich schon wieder ihren Hals an meiner Wange, hörte das sanfte Wiehern, mit dem sich mich immer begrüßte. Sie war jede Mühe wert. Und auch jede Gefahr.

Ich schüttelte diese Gedanken ab und sah auf A-Kih hinunter.

»Kannst du dich einfach an mir festhalten, auch ohne Sattel?«, fragte ich ihn. A-Kih blinzelte nur zurück.

»Schon gut«, sagte ich und streckte ihm die Hand entgegen. »Das werden wir wohl gleich feststellen.«

9. KAPITEL

Wie sich zeigte, konnte A-Kih sich mitnichten einfach an mir festhalten, auch ohne Sattel.

Zum Glück schafften wir es bis hinter die Hügelkuppe, außer Sichtweite von Mr Strawn und den Indianern, bevor er das erste Mal runterfiel und mit einem dumpfen Aufprall in einer Schlammpfütze landete. Zumindest hoffte ich, dass es Schlamm war. In den letzten Tagen waren viele Pferde diesen Weg entlanggekommen.

»Alles in Ordnung?«, rief ich hinunter. A-Kih bellte ein paar wütende Sätze zu mir hoch und wischte an dem Matsch auf seiner Hose herum. Ich weiß nicht, ob es im Chinesischen Schimpfwörter gibt, aber wenn ja, dann nehme ich an, dass A-Kih gerade welche benutzte.

Wir bekamen ihn wieder hinter mir aufs Pferd, doch nach ein paar Hundert Metern saß ich schon wieder allein dort oben und sah zu, wie A-Kih sich unten den Staub abklopfte. Das Pferd konnte nichts dafür. Es war klein und hatte eine glatte Kruppe, und A-Kih hopste bei jedem Schritt auf und ab und rutschte dabei immer weiter zur Seite, bis er den Boden aus nächster Nähe betrachten konnte. Man muss ihm allerdings zugutehalten, dass er jedes Mal ganz schnell wieder oben saß, sodass wir meiner Einschätzung nach trotzdem gut vorankamen. Ich versuchte, das Pony so schnell laufen zu lassen, wie es gerade noch ging, ohne dass mir A-Kih in einer Tour herunterfiel, und ich spürte, wie wir Ellensburg und meinem eigenen Pferd immer näher kamen.

Nach dem vierten oder fünften Sturz geschah es dann, dass A-Kih, der gerade wieder mit mürrischem Gesicht auf dem Boden saß, plötzlich seine Hosentaschen befühlte und ein Keuchen ausstieß. Seine Augen weiteten sich, und er fing an, mit schriller Panik in der Stimme auf mich einzureden.

»Was ist denn los?«, fragte ich begriffsstutzig. Er sprang auf, klopfte sich demonstrativ auf die Taschen und streckte mir die leeren Handflächen entgegen. Jetzt verstand ich.

Sein kleiner Steinvogel. Mir wurde schwer ums Herz. Ich wusste ja, was ihm dieser Vogel bedeutete, auch wenn ich nicht wusste, warum.

Ich schaute über die Schulter zurück, den Weg hinauf, den wir eben heruntergekommen waren.

»Himmel noch mal, A-Kih, das tut mir leid, aber der kann dir doch bei jedem deiner Stürze aus der Tasche gerutscht sein. Der könnte überall sein.« Er muss den Sinn meiner Worte so ungefähr erfasst haben, denn er schüttelte heftig den Kopf, redete noch drängender auf mich ein und wies dabei auf den Weg hinter uns. Ich sah, wie seine Augen feucht wurden, und schaute fluchend den Weg nach Ellensburg, zu Sarah, hinunter und dann den Weg hinauf, der zu sämtlichen Schlammpfützen führte, in die A-Kih bisher gefallen war. Ich wollte doch bloß mein Pferd zurück, sonst nichts. Es schien, als hätte sich alles gegen mich verschworen. Aber als A-Kih jetzt vor mir stand, schlammverschmiert und mit Tränen der Verzweiflung in den Augen, musste ich nicht lange überlegen, um zu wissen, was meine Mutter und mein Vater von mir erwartet hätten. Ich wusste, dass dieser kleine schwarze Vogel alles war, was er noch hatte auf der Welt.

Also wendete ich das Pferd und streckte A-Kih die Hand entgegen.

»Dann komm«, sagte ich. »Den finden wir schon wieder. Aber danach musst du dich wirklich besser festhalten, damit wir die verlorene Zeit wieder aufholen.«

An der ersten Stelle, wo wir suchten, hatten wir kein Glück, aber es war schwer zu sagen, ob der kleine schwarze Vogel dort wirklich nicht lag oder ob wir ihn in all dem braunen Matsch bloß nicht finden konnten. An der zweiten Stelle erging es uns nicht besser, allerdings bestand sie wenigstens nur aus nackter, trockener Erde, weshalb die Suche dort schneller ging.

Die dritte Stelle lag auf einem kleinen, mit struppigen Sträuchern bewachsenen Hügel. Auf allen vieren krochen wir herum und suchten den Boden ab. In jeder Sekunde war mir bewusst, wie sich die Sonne immer mehr dem Horizont näherte. Ich wollte unbedingt vermeiden, dass wir wieder im Freien übernachten mussten und noch weiter hinter Ezra Bishop zurückfielen. Wenn wir es schafften, bis zum Sonnenuntergang in der Stadt zu sein, könnte ich mein Pferd noch vorm Abendessen zurückhaben. Schon bei dem Gedanken bekam ich einen Kloß im Hals.

Und ziemlich genau da entdeckte ich den Vogel. Seine schimmernde Schwärze leuchtete matt unter einem Dornbusch hervor, in dem A-Kih bei seinem Sturz gelandet war.

»A-Kih! A-Kih!« Ich griff nach dem Vogel, drehte mich auf den Knien herum und hielt ihn in die Höhe. Wie ein Berglöwe sprang A-Kih auf mich zu und riss mir die kleine Figur aus der Hand. Einen Moment lang knetete er sie wie besessen zwischen den Fingern, als müsse er sich vergewissern, dass sie echt war, dann schaute er mich an und nahm mich so ungestüm in die Arme, dass ich hintenüberfiel.

»Schon gut, schon gut!«, lachte ich und bekam kaum noch Luft, so fest hielt er mich umklammert. »Ganz ruhig, A-Kih.« Er drückte mich noch ein letztes Mal und kauerte sich dann auf die Fersen, um den kleinen schwarzen Vogel zu betrachten. Ich zögerte kurz und zog dann den weißen Stein aus meiner Hosentasche, den ich vom Grab meines Vaters mitgenommen hatte.

Ich zeigte ihm den Stein.

»Guck mal hier, A-Kih. Wir haben beide was ganz Besonderes in der Tasche.« Ich rieb mit dem Daumen über die glatte Oberfläche des Steins. »Dein Vogel ist wahrscheinlich auch ein Andenken, oder?«

A-Kih erwiderte ein oder zwei Sätze, mit leiser, fester Stimme. Ich hätte wirklich gern gewusst, was er sagte, denn es klang richtig gut. Geradezu bedeutsam. Doch ich glaube, das Wesentliche habe ich auch so verstanden.

»Genau«, sagte ich. »Es ist schön, ein Erinnerungsstück zu haben, das man immer bei sich tragen kann.«

Er hielt mir seinen Vogel zwischen den Fingerspitzen hin und ich ihm meinen Stein, und dann ließen wir die beiden aneinanderstoßen, als würden wir uns zuprosten.

»In Ordnung«, sagte ich dann und stand auf. »Und jetzt müssen wir schnellstens von diesem Berg runterkommen, A-Kih. Ich bin noch einem anderen Erinnerungsstück auf der Spur, und das wartet vermutlich in Ellensburg auf mich. Du musst dich jetzt da oben auf dem Pferd genauso gut an mir festhalten wie gerade hier unten. Alles klar?«

A-Kih nickte, und wir halfen uns gegenseitig auf das wartende Indianerpony. A-Kih schlang die Arme um meine Mitte, und dann ritten wir ins Tal hinunter, auf den Horizont zu, im Wettlauf mit der Sonne.

Unsere Andenken hielten wir beide fest in der Hand. Etwas so Wertvolles wollten wir unseren Taschen fürs Erste nicht mehr anvertrauen.

Und schließlich lag Ellensburg in der einbrechenden Dunkelheit vor uns. Licht schien durch die Fenster, und aus den meisten Schornsteinen kringelte sich der Rauch. Die Sonne war gerade erst untergegangen, als wir über die morastige Hauptstraße in die Stadt hineinritten, sodass der Himmel noch in den Rosa- und Orangetönen ihres sterbenden Lichts erglühte.

Ellensburg war sehr viel größer als Wenatchee, aber nicht größer, als ich es von meiner letzten Durchreise in Erinnerung hatte. Nicht mal ein Jahr war das her, doch kam es mir sehr viel länger vor. Was war nicht alles passiert, seit ich zuletzt diese Straße voller Pferdedung hinuntergeritten war. Damals hatte ich mit meiner Familie in einem Planwagen gesessen. Jetzt saß ich auf einem geliehenen Indianerpony, während ein chinesischer Junge mir fast die Luft abdrückte. Immerhin war er diesmal oben geblieben, Gott sei Dank, und das Pony hatte die Meilen nur so verschlungen.

Ich verlor keine Zeit. In Ellensburg gab es mehrere Hotels und Saloons und Ställe, und ich war mir sicher, Ezra Bishop in einem davon zu finden, und mit ihm auch endlich mein Pferd.

Ich fragte alle Leute, denen wir begegneten, aber entweder kannten sie Mr Bishop nicht oder wollten mir nicht sagen, wo er war. Manche warfen auch nur einen verächtlichen Blick auf A-Kih und gingen dann wortlos weiter.

Da hörte ich plötzlich, wie A-Kih hinter mir nach Luft

schnappte. Seine Arme lösten sich von mir und im nächsten Moment landete er auf dem Boden, ausnahmsweise mit Absicht. Er hob den Zeigefinger, rief mir hastig ein paar Worte zu und huschte dann rüber in ein Geschäft, das noch geöffnet und hell von Petroleumlampen erleuchtet war.

Als ich das Ladenschild entdeckte, sank mir das Herz. Eine chinesische Wäscherei. Durchs Fenster sah ich einen Chinesen hinter einem roh behauenen Tresen stehen. Die Tür schloss sich hinter A-Kih.

Er hatte einen Landsmann gefunden.

Mir war natürlich klar gewesen, dass das passieren würde – verdammt, genau darum hatte ich ihn ja überhaupt mitgenommen. Aber um ehrlich zu sein, gefiel es mir inzwischen ganz gut mit A-Kih. Ich hatte überhaupt keine Lust, schon wieder allein unterwegs zu sein. Leise fluchte ich ins Dunkel.

Drinnen in der Wäscherei sprach A-Kih immer noch mit dem Mann hinter dem Tresen. Er hielt ihm etwas hin, und ich sah, dass es wieder diese kleine Vogelskulptur war. Der Mann erwiderte etwas, schüttelte den Kopf und zuckte die Achseln.

Zu meiner Überraschung machte A-Kih auf dem Absatz kehrt und kam wieder zu mir heraus.

Aus seiner Miene sprach Enttäuschung. Er streckte mir die Hand entgegen, damit ich ihm aufs Pferd half.

»Du kommst wieder mit?«, fragte ich und klang dabei

etwas glücklicher, als ich eigentlich wollte. »Du bleibst nicht hier, bei deinen Leuten?«

Er streckte mir nur weiter die Hand entgegen und wartete. Aus seiner ganzen Haltung, wie er da im Morast stand und zu mir hochsah, sprach die Trauer.

»Ich habe keine Ahnung, was du suchst, A-Kih«, sagte ich, während ich seine Hand ergriff und ihn zu mir hochzog. »Aber ich hoffe wirklich sehr, dass du es findest.«

Ein paar Häuser weiter entdeckten wir so etwas wie einen Handelsposten oder Gemischtwarenladen, in dem aber schon alles dunkel war. Ein Mann schloss gerade die Eingangstür ab und wir ritten auf ihn zu.

»Entschuldigen Sie, Sir«, sagte ich. »Ich suche jemanden und dachte, Sie könnten mir vielleicht helfen?«

Der Mann musterte uns von oben bis unten. Er hatte sich warm gegen die abendliche Kälte eingemummelt und schien es eilig zu haben, nach Hause oder vielleicht auch nur in den nächsten Saloon zu kommen.

»Wie heißt er denn?«

»Ezra Bishop, Sir. Ein Pferdehändler oder so was in der Art.«

Der Mann verzog säuerlich das Gesicht.

»Klar kenne ich Ezra Bishop. Hat heute Nachmittag versucht, mich bei einem Stoß Felle übers Ohr zu hauen. War dann aber schnell wieder weg.«

Ich ließ den Kopf hängen und hätte am liebsten laut geflucht. Es schien langsam zur Gewohnheit zu werden, dass ich Ezra Bishop immer haarscharf verpasste. Mein Kopf und mein Körper waren erschöpft von dieser Verfolgungsjagd quer durchs Land, aber mein Herz zog mich unaufhaltsam zu meinem Pferd.

»Oh«, sagte ich. »Vielen Dank, Sir. Sie wissen nicht zufällig, welchen Weg er genommen hat?«

Der Mann wies die Straße hinunter, Richtung Sonnenuntergang.

»Da lang.«

»Nach Westen? Über die Berge nach Seattle?« Mir sank das Herz erneut und diesmal doppelt so tief. Ich hatte mir geschworen, Sarah zurückzuholen, oder bei dem Versuch zu sterben, und die zweite Option wurde immer wahrscheinlicher, wenn ich nun auch noch im Oktober und zu Fuß die Cascade Mountains überqueren musste.

»Nach Seattle? Nein, Junge, nur bis zum *Robber's Roost Saloon*, drei Häuser weiter. Da hat er seine Pferde im Stall untergebracht und er selber wohnt in der Hütte daneben. Soweit ich weiß, ist er da auch immer noch.«

Mein Kopf ruckte hoch und mein Herz fing an zu rasen. Sarah war hier, ganz in der Nähe. Wenn ich rief, konnte sie mich vielleicht schon hören. Nach drei Tagen in den Bergen, mit Grizzlybären und indianischen Pferderennen, war ich nur noch einen Steinwurf von ihr entfernt.

»Vielen Dank, Sir«, stieß ich hervor und trieb schon das Indianerpony an. »Verbindlichsten Dank.«

Die letzten Meter konnten mir gar nicht schnell genug gehen. Ellensburg war eine geschäftige Stadt, selbst nach Einbruch der Dämmerung, und wir mussten uns zwischen Reitern, Fußgängern und Pferdewagen hindurchschlängeln. Und da war er auch schon, mit brennenden Petroleumlampen in den Fenstern und einem handgeschriebenen Schild über der Tür: der ROBBER'S ROOST SALOON.

Ich reckte den Hals, um in den dahinterliegenden Hof zu schauen, und tatsächlich, dort gab es einen Stall, das Tor schon für die Nacht geschlossen, und daneben eine schäbige kleine Hütte. Rauch stieg aus dem Schornstein auf, und durchs Fenster sah ich, wie sich der Schattenriss eines großen Mannes vorm Feuer hin und her bewegte.

Ich hatte Ezra Bishop gefunden.

Und ich hatte meine Sarah gefunden, die dort im Stall stand und nur darauf wartete, dass ich zu ihr kam, sie umarmte und von hier wegführte.

Meine Hände zitterten vor Aufregung und am liebsten wäre ich gleich zu ihr hingelaufen. Keine Minute würde es dauern, sie dort rauszuholen und mit ihr in die Dunkelheit zu verschwinden.

Aber so einfach ging das nun mal nicht. Ich war kein Pferdedieb. Mein Vater hätte das niemals zugelassen. Außerdem waren Pferdediebe bei niemandem gut angesehen. Wenn man mich erwischte, wäre das ziemlich schlimm. Einen Zwölfjährigen würden sie vermutlich nicht hängen, aber sie hätten sicher große Lust dazu. Und ich hätte auch noch die letzte Chance darauf verspielt, Sarah jemals zurückzubekommen.

Ezra Bishop hatte sie rechtmäßig gekauft und bezahlt, und man konnte ihm wohl kaum die Schuld daran geben, dass der Verkäufer gar kein Recht gehabt hatte, sie zu verkaufen. Ich würde sie mir auf ehrliche Weise zurückholen müssen, oder eben gar nicht.

Ich lenkte das Pony durch die Lücke zwischen Saloon und Nachbargebäude auf den Hof. Hinter der Stallwand schnaubte ein Pferd, und ich konnte nur mit Mühe einen Aufschrei unterdrücken. Ob das meine Sarah war, nur wenige Meter entfernt? Doch ich zwang mich zur Ruhe und zum Nachdenken. Unsere Situation war schließlich mehr als heikel.

Einen Moment lang blieb ich auf dem Pony sitzen und legte mir einen Plan zurecht, dann schaute ich A-Kih über die Schulter an.

»Also los, wir steigen ab«, flüsterte ich ihm zu. »Aber ganz leise.« Aus dem Augenwinkel sah ich ihn nicken. So geräuschlos wie möglich ließen wir uns zu Boden gleiten. A-Kih starrte mich fragend an. Hätte ich ihm doch bloß alles erklären können! Er wusste ja nicht mal, dass wir hinter einem Pferd her waren, geschweige denn, dass dieses Pferd einem üblen Gauner gehörte, der es mir bestimmt nicht für weniger Geld überlassen würde, als er selbst gezahlt hatte.

Vorne an der Hütte war eine schmale, überdachte Veranda angebaut. So leise wie möglich führte ich A-Kih um die Ecke herum bis zur Seitenwand, wo einige Arbeitsgeräte lehnten und die Schatten am tiefsten waren.

»Warte hier«, sagte ich und bedeutete ihm, dass er sich dort hinkauern und nicht vom Fleck rühren sollte. Ich hatte keine Ahnung, wie Mr Bishop über Chinesen dachte, aber bisher schienen die meisten Weißen hier in der Gegend sie nicht zu mögen. Ich wollte nicht riskieren, dass A-Kih mir das Geschäft vermasselte, und ich wollte ihn auch nicht in Gefahr bringen. »Ich komme so schnell wie möglich zurück, und dann reiten wir beide auf dem schönsten Pferd davon, das du je gesehen hast.« A-Kih verstand natürlich kein einziges Wort, aber ich redete auch eher mit mir selbst. Um ehrlich zu sein, hatte ich eine solche Angst, dass ich kurz davor war, das Wenige, das sich in meinem Magen befand, auch noch von mir zu geben.

A-Kih war anzusehen, dass es ihm überhaupt nicht gefiel, allein dort zurückzubleiben, auch wenn ich nicht hätte sagen können, ob er sich eher um mich oder um sich selber Sorgen machte. Wir hatten schon viel zusammen durchgestanden, A-Kih und ich, und auch ich fühlte mich ziemlich einsam, als ich jetzt um die Ecke bog und die Stufen zur Veranda hinaufstieg.

Einen Moment lang stand ich da und starrte die schiefe Brettertür an. Dahinter waren schwere Schritte zu hören.

Trotz der kühlen Nachtluft schwitzte ich wie im Hochsommer.

Im Kopf hörte ich die Stimme meines Vaters. »*Wenn etwas getan werden muss, dann bleibt einem nichts anderes, als sich reinzuknien und die Sache so gut wie möglich zu erledigen.*«

Meine Mutter mischte sich ebenfalls ein. »*Mit einem unerschrockenen Geist und einem treuen Herzen, Joseph, kannst du immer den Kopf hoch tragen und jede Schwierigkeit meistern.*« Ich wusste nicht, wie es um meine Unerschrockenheit bestellt war, aber mein Herz schlug jedenfalls treu für das Pferd, das mein Vater mir geschenkt und meine Mutter für mich benannt hatte. Es war *mein* Pferd, und bei Gott, ich würde es mir zurückholen!

Mit aller Unerschrockenheit, die ich aufbringen konnte, hob ich den Arm und klopfte dreimal laut an die Tür.

Das Knarren von Bodendielen war zu hören, dann wurde die Tür aufgerissen. Drinnen war es dunkel, bis auf das Feuer im Kamin, vor dem sich ein großer, massiger Schatten abzeichnete. Die breiten Schultern des Mannes kamen mir bekannt vor, ebenso der buschige schwarze Bart, der ihm bis zum zweiten Hemdknopf hinunterhing.

»Ezra Bishop?«, fragte ich sicherheitshalber.

»Wer zum Teufel will das wissen?«, blaffte eine Stimme, die betrunken und auch schon wütend klang.

10. KAPITEL

Der Schatten schwankte leicht hin und her. Selbst hier draußen konnte man riechen, dass es drinnen nach Whiskey stank und nach jemandem, der zu viel davon getrunken hatte. Diesen Geruch kannte ich noch allzu gut aus meiner verfluchten Zeit bei Mr Grissom.

»Mein Name ist Joseph Johnson, Sir, und ich glaube, Sie haben etwas, das mir gehört.«

»Du glaubst *was*? Etwas, das *dir* gehört? Was willst du damit sagen, Bursche?«

Ich erkannte meinen Fehler sofort. Ich hatte kurz mal an seine Tür geklopft und ihn des Pferdediebstahls bezichtigt.

»Nein, Sir«, beeilte ich mich zu sagen. »Ich meinte nur, dass Sie etwas haben, das ich Ihnen abkaufen möchte. Ein Pferd, Sir. Sie haben es gekauft, und ich möchte es zurückkaufen.«

Der Schatten trat auf die Schwelle vor, und ich schaute hoch in Ezra Bishops Gesicht. Seit dem Moment, als ich Sarahs Verschwinden entdeckt hatte, waren mir diese schwarzen stechenden Augen und das pockennarbige Gesicht nicht mehr aus dem Kopf gegangen. Er war sogar noch größer, als ich ihn in Erinnerung hatte, ein ungeschlachter Riese, der den ganzen Türrahmen füllte. Er war groß wie ein Bulle, mit einem Brustkorb wie ein Fass, aber um Bauch und Wangen hatte er die Weichheit eines Mannes, der allzu sehr am Schnaps und am Schinken hängt.

Er schmatzte mit den Lippen und wippte auf den Fersen. »Hast du denn Geld, Bursche?«

»Ja, Sir«, sagte ich. Ich tätschelte meinen Schulterbeutel. »Ich kann Sie fair und ehrlich bezahlen.«

Von einer Sekunde auf die andere war der Mann vor mir wie ausgewechselt. Sein Blick wurde klar, sein Kiefer festigte sich. Alles Schlaffe an ihm verschwand.

Bevor wir aus Missouri fortgegangen waren, um nach Westen zu ziehen, hatten unsere Nachbarn einen Hund gehabt. Ein freundliches Tier, mit wedelndem Schwanz und hängender Zunge. Aber nur bei Menschen. Bei anderen Hunden wurde er zur Bestie. Mit glühendem Hass und ohne jede Vorwarnung ging er auf sie los und hatte auch schon mehr als einen Hund, der das Pech hatte, in sein Blickfeld zu geraten, getötet. Ich weiß noch, wie er mal friedlich hechelnd in der Sonne lag und sich von mir streicheln ließ, als er weiter hinten auf der Straße einen anderen Hund entdeckte. Sein Blick wurde scharf, er sprang auf und wölbte die Schultern, sein Rückenfell sträubte sich, die Zunge verschwand und seine Zähne schimmerten weiß. Sein ganzer Körper wurde starr, straff gespannt wie der Hahn einer Pistole, die jeden Augenblick losgehen kann, und zu allem bereit. Bereit, bis aufs Blut zu kämpfen.

Mr Bishop hatte eben genau das Gleiche getan. Schon die Erwähnung von Geld hatte ihn sofort nüchtern werden lassen. Und ich wusste, dass er bereit war, die Zähne zu zeigen.

»Dann komm mal rein«, sagte er und trat in die Hütte zurück. »Reden wir übers Geschäft.«

Ich riskierte einen Blick zur Seite und sah, wie A-Kih um die Verandaecke spähte. Ich nickte ihm kurz zu, dann fasste ich mir ein Herz und trat in die Hütte. Die Tür ließ ich allerdings offen. Ich dachte, wenn man sich in die Höhle des Löwen begibt, ist es sicher keine schlechte Idee, den Ausgang im Auge zu behalten.

Drinnen war es schmutzig und es herrschte ein heilloses Durcheinander. Überall lag Kleidung und anderes Zeug verstreut, der Bretterboden war mit leeren Flaschen und Essensresten übersät. Bei dem Geruch, der mir in die Nase stieg, hätte ich wetten können, dass irgendwo im Schatten auch noch der eine oder andere Nachttopf stand. Es war ein schlimmerer Saustall als der von Mr Grissom, was ich nicht für möglich gehalten hätte, und wegen des lodernden Feuers auch noch heiß und stickig. Ich fing gleich wieder an zu schwitzen.

Ezra Bishop ließ sich ächzend auf einen Stuhl fallen, der unter seinem Gewicht laut knarrte. Mit einem Handwedeln deutete er auf den zweiten Stuhl. »Setz dich.«

»Nein danke, Sir. Ich bleib lieber stehen.« Etwas an diesem Mann ließ es mir geraten scheinen, mich außer Reichweite zu halten.

»Wie du willst.« Mit einem hohlen Ploppen entkorkte er eine Flasche und hielt sie mir hin. »Wenn ich Geschäfte mache, trink ich immer gern einen Schluck. Hier, bedien dich.« Ich starrte die Flasche an. Das Flackern des Feuers spiegelte sich auf der schmierigen Oberfläche und in der braunen Flüssigkeit, die drinnen hin und her schwappte.

Noch nie hatte mir jemand Whiskey angeboten. Und obwohl ich es hasste, für ein Kind gehalten zu werden, war ich überhaupt nicht geschmeichelt. Die enge Hütte gab mir plötzlich das Gefühl, in der Falle zu sitzen. Ich schwitzte und hatte Angst und wollte das Ganze nur so schnell wie möglich hinter mich bringen. Jede Faser meines Körpers misstraute diesem Mann, und ich fürchte, das war auch meiner Stimme anzuhören, als ich jetzt antwortete.

»Nein danke, Sir. Ich würde lieber gleich zum Geschäft kommen.«

Seine Augen verengten sich zu Schlitzen.

»Hab ich dir irgendwas getan, Bursche? Wieso kommst du hierher und suchst Streit mit mir?«

Seine Stimme war ein dunkles Grollen, brodelnd und

bedrohlich. Er kam auf die Füße und baute sich vor mir auf.

»Du kommst mir irgendwie bekannt vor«, sagte er misstrauisch. »Haben die Rothäute dich geschickt, die ich oben am Colockum übers Ohr gehauen hab?«

»Nein, Sir.«

»Oder dieses andere Gesocks am Columbia River? Sind die immer noch sauer über unseren letzten Handel?«

»Nein, Sir«, antwortete ich wieder. Wie viele Feinde hatte sich Ezra Bishop auf dieser Reise wohl noch gemacht?

»Nein, warte.« Er richtete seinen dicken Zeigefinger auf mich. »Jetzt weiß ich's. Der Waisenjunge. Oben in Old Mission!«

»Ich bin kein Waisenjunge.«

»Ich hab dein Pferd gekauft, stimmts? Diese bockige kleine Indianerstute?«

Ich schluckte mühsam meine Wut hinunter. Einen Kampf mit Ezra Bishop konnte ich nicht gewinnen, das war mir vollkommen klar.

»Ja, Sir. Sie konnten das nicht wissen, aber Mr Grissom hatte kein Recht, Ihnen dieses Pferd zu verkaufen. Es war meins, und ich bin jetzt hier, um es zurückzukaufen.«

»Gott, diese Stute ist vielleicht ein heimtückisches Biest! Ohne Peitsche hätte ich die weder den Pass raufnoch auf der anderen Seite wieder runtergekriegt.«

Ich presste die Zähne so fest aufeinander, dass ich schon Angst hatte, sie würden mir in Stücke brechen.

»Wenn das so ist«, sagte ich und ballte die Fäuste, um meine Stimme ruhig zu halten, »sind Sie doch sicher froh, sie wieder loszuwerden, Sir.«

Ezra Bishop nahm schmatzend einen Schluck aus der Flasche, aber irgendwie sah es so aus, als täte er nur so, als spielte er mir etwas vor. Ich schluckte nervös. Der Mann vor mir wirkte überhaupt nicht mehr träge, sondern kalt und berechnend. Und gefährlich.

»Kaum zu bändigen war die«, sagte er mit einem bohrenden Blick.

»War, Sir?«

Seine Augen zuckten zu meiner Schultertasche.

»Du sagst, du hast Geld dabei, Bursche? Wie viel hast du denn?«

Ich fuhr mir mit der Zunge über die trockenen Lippen. Jetzt kam der Teil, vor dem ich mich gefürchtet hatte, seit ich in Wenatchee aufgebrochen war.

»Nun ja, Sir, ich habe hier zweiundsechzig Dollar und fünfzig Cents bar auf die Hand, sobald ich mein Eigentum zurückbekomme.«

»Sie ist *mein* Eigentum, Bürschchen, ich hab schließlich für sie bezahlt. Und zwar genau *achtzig* Dollar und keinen Cent weniger.« Seine Stimme klang spröde und tonlos, wie das tödliche Rasseln einer Klapperschlange. Ezra Bishop war ein Mann, der von krummen Geschäften lebte. Ich hatte keine Ahnung, wie ich so jemanden runterhandeln sollte.

»Ja, Sir, ich weiß. Aber bei meinen Bemühungen, Sie zu finden, sind mir auch diverse Ausgaben entstanden.« Ich versuchte, möglichst viele hochtrabende Worte unterzubringen, in der Hoffnung, ihn damit zu beeindrucken. Vielleicht würden sich all die Zeitungen, die ich bei meiner Mutter lesen musste, endlich einmal auszahlen.

»Was für Ausgaben?«

»Na, Proviant und so was, Sir. Außerdem haben Sie mit meinem Pferd zwei Rennen gewonnen, oben am Colockum. Wie ich hörte, hat Ihnen das ordentlich was eingebracht. Insofern haben Sie mit meinem Pferd sogar schon Gewinn gemacht, würde ich sagen.«

»Ach, das würdest du sagen? Dann sag ich dir jetzt auch mal was: Das. Ist. Nicht. Dein. Pferd. Außerdem hast du vierzig Dollar zu wenig dabei.«

»Wieso vierzig? Sie haben doch nur achtzig bezahlt und …«

»Und dieses Miststück vierzig Meilen mit der Peitsche vor mir hergetrieben. Die Zeit und die Mühe musst du mir schließlich auch bezahlen, Bursche. Ein Dollar die Meile.«

Es brach mir fast das Herz, aber ich wusste, dass ich jetzt stark sein musste. Mein Vater hätte es von mir erwartet, und außerdem war ich es meiner Sarah schuldig.

»Ich habe nicht noch vierzig Dollar mehr, Sir. Aber vielleicht können wir irgendwas aushandeln, vielleicht kann ich sie abarbeiten, oder …«

»Wie hast du mich eigentlich so schnell eingeholt?«

»Sir?«

»Ich bin den ganzen Weg hierher geritten, und das auch ziemlich flott. Wie bist du mir so schnell hinterhergekommen, nur einen Tag später als ich?«

»Zu Fuß, jedenfalls das meiste der Strecke. Aber die Indianer oben am Colockum haben mir ein Pony geliehen, deshalb konnte ich Sie einholen.«

Mr Bishop hob die Augenbrauen.

»Du hast ein Indianerpony? Und das sagst du erst jetzt? Das Pony plus die zweiundsechzig und ein paar Zerquetschte, das käme doch ziemlich genau hin.«

»Das Pony gehört mir aber gar nicht, Sir. Das kann ich Ihnen nicht geben.«

»Hol mal dein Geld raus, Bursche. Zeig mal, was du hast.«

Er trat einen Schritt auf mich zu. Sein Tonfall gefiel mir überhaupt nicht. Ich dachte an Mr Jamesons Warnung: *Nimm dich vor ihm in Acht und gib ihm keinen müden Cent, bevor du die Zügel deines Ponys in der Hand hältst.*

»Erst will ich mein Pferd sehen, Sir.«

»Das ist nicht dein verdammtes Pferd!«, brüllte er und machte einen weiteren Schritt auf mich zu. »Gib mir das Geld und ich geb dir ein Pferd, im Tausch gegen das Indianerpony, auf dem du hergekommen bist.«

In meinem Kopf schrillten sämtliche Alarmglocken los. Ezra Bishops Worte konnten nur eins bedeuten.

»Ich will nicht irgendein Pferd, Sir. Ich will *mein* Pferd. Und ich will es sofort sehen.«

Er machte wieder zwei Schritte auf mich zu und stieß dabei den Stuhl um, den er mir angeboten hatte.

Ich wich hastig in Richtung Tür zurück.

»Sie haben sie gar nicht mehr, stimmts? Sie haben mein Pferd gar nicht mehr.«

»Verflucht noch mal, Bursche, das ist nicht *dein* Pferd!«

Ich schaute ihm geradewegs in die teuflischen Augen, und meine Stimme war hart wie Stahl, als ich jetzt sprach.

»Und ob sie das ist. Und sie wird es auch immer sein, egal, was passiert.«

»Wir haben ein Geschäft gemacht.« Seine Stimme klang wie das Fauchen einer Raubkatze, gierig und hasserfüllt. Ein weiterer Schritt auf mich zu, ein weiterer von mir zurück in Richtung Tür. »Gib mir das Geld und ich geb dir ein Pferd.«

»Wir haben noch gar kein Geschäft gemacht, Mr Bishop. Und jetzt sagen Sie mir, wo mein Pferd ist.«

Es hatte keinen Sinn, nach der Pistole zu greifen; er war mir schon zu nah. Bis ich sie aus dem Beutel gezogen hätte, wäre er schon über mir, und seiner Kraft hatte ich nichts entgegenzusetzen. Er hätte mich in seiner Gewalt, und mit mir mein Geld und die Pistole meines Vaters, bevor ich auch nur meinen Finger um den Abzug legen konnte.

Während ich noch da stand und fieberhaft meine Optionen durchging, eine schlechter als die andere, stieß Ezra Bishop plötzlich ein Knurren aus und stürmte auf mich zu. Ich stolperte rückwärts aus der Tür, in die dunkler werdende Nacht hinaus, polterte die Verandatreppe hinunter und fiel rücklings in den Matsch. Er blieb auf der Schwelle stehen und spähte zu mir hinab.

Und in dem Moment entdeckte ich A-Kih, der sich gleich neben der Tür an die Hüttenwand presste. Mit beiden Händen hielt er eine Schaufel, hoch über den Kopf erhoben, und ihr Stahl schimmerte im bläulichen Licht des Mondes, der am Nachthimmel aufgegangen war. Sein Blick war starr auf Ezra Bishop gerichtet, und sein Körper spannte sich, zum Schlag bereit.

»Nein!«, brüllte ich. »Nicht!«

Aber in derselben Sekunde straffte sich Ezra Bishop im Türrahmen.

»Oh doch!«, grölte er. »Wir haben ein Geschäft abgeschlossen!«

Er machte einen unsicheren Schritt ins Mondlicht hinaus.

Mit einem lauten Stöhnen ließ A-Kih die Schaufel heruntersausen. Sie zischte durch die Luft und erwischte Ezra Bishop mit der flachen Seite an der Stirn. Es gab ein ekelhaft schmatzendes Geräusch, das im ganzen Hof widerhallte.

Ezra Bishop fiel um wie ein Sack Mehl.

Ich keuchte auf und schaute erst zu A-Kih hinüber,

der mit fassungsloser Miene dastand, die Schaufel noch in den Händen, dann zu Ezra Bishops reglosem Körper.

»Das Geschäft ist geplatzt«, flüsterte ich zum Mond hinauf.

11. KAPITEL

Von der Straße her, jenseits des Saloons, war Gelächter zu hören und die gedämpfte Unterhaltung einiger Leute.

Keine alarmierten Rufe. Keine eiligen Schritte.

Ich lauschte noch etwas länger, ohne zu atmen.

Ezra Bishop lag mit dem Gesicht im Dreck und rührte sich nicht. Ich mich auch nicht, ich war wie am Boden festgefroren, nur mein Herz pochte laut. Und auch A-Kih stand wie erstarrt, in den Händen immer noch die Schaufel, die Ezra Bishop niedergestreckt hatte.

Wir sahen aus wie das Titelbild eines Groschenromans, drei versteinerte Gestalten im Mondlicht. Aber das hier war kein Roman.

»A-Kih«, sagte ich. »Das ist richtig schlimm.« Er ließ die Schaufel sinken und ich hörte sein Keuchen.

Ich stand auf und trat an Ezra Bishop heran, aufs Schlimmste gefasst. Doch dann sah ich, wie sein Rücken sich hob und senkte.

»Gott sei Dank«, hauchte ich. »Er lebt. Aber er wird bestimmt keine gute Laune haben, wenn er zu sich kommt.«

Ich schaute auf den bewusstlosen Riesen hinunter.

»Wenn der wieder zu sich kommt, A-Kih, wird er Blut sehen wollen! Und bei dir als Chinese, oh Mann … da wird keiner auch nur eine Sekunde zögern, dich am nächsten Baum aufzu…« Ich unterbrach mein panisches Gestammel, als ich sah, dass A-Kih immer noch reglos dastand, das Gesicht eine Maske der Angst. Meine Worte waren für ihn nur Kauderwelsch, aber er merkte natürlich trotzdem, wie erschrocken und unglücklich ich war. Ich dachte an das, was er getan hatte. Er hatte den Streit gehört, sein Versteck verlassen und sich mit dieser Schaufel bis zur Tür geschlichen. Um *mir* zu helfen. Er hatte Kopf und Kragen riskiert und zumindest dafür gesorgt, dass ich mein Geld behalten hatte und damit meine einzige Chance, Sarah jemals zurückzubekommen. Himmel noch mal, vielleicht hatte er mir sogar das Leben gerettet. Wer konnte schon wissen, wozu ein Mann wie Ezra Bishop fähig war?

Ich ging zu A-Kih hinüber, nahm ihm sanft die Schaufel ab und stellte sie zur Seite. Dann hielt ich ihm die Hand hin. Er starrte sie kurz an, dann ergriff er sie.

»Danke, A-Kih«, sagte ich. Seine Miene und seine Schultern entspannten sich ein wenig. »Das war unglaublich mutig von dir. Vielleicht nicht ganz so mutig, wie einen Grizzly zu beruhigen.« Ich sah auf Mr Bishop hinunter, der kurz aufstöhnte und zusammenzuckte und dann wieder still lag. »Aber ziemlich nahe dran.«

Ein paar Häuser weiter öffnete sich knarrend eine Tür. Jemand trat heraus, und mir stockte der Atem. Leises Gemurmel war zu hören und das Klirren von Glas, dann schloss sich die Tür und alles wurde wieder ruhig. Von der Straße drangen Rufe herüber und das Rattern eines Fuhrwerks.

»Also gut, A-Kih, wir müssen ihn reinschaffen, bevor ihn jemand entdeckt. Nimm du den anderen Fuß.«

Ezra Bishop war das Schwerste, was ich jemals schleppen musste. Ihn anzuheben, selbst zu zweit, stand außer Frage. Ihn auch nur vom Fleck zu bewegen, überstieg schon fast unsere Kräfte. Wir hatten jeder einen seiner riesigen Füße gepackt und mussten unser ganzes Gewicht hineinlegen, um ihn Zentimeter für Zentimeter zurück auf die Veranda und durch die Tür zu zerren. Seine Arme schleiften hinter ihm her, als nähme er die Hände hoch, weil ihm jemand eine Waffe vorhielt. Als wir seine Schultern durch den Türrahmen ziehen wollten, blieb er plötzlich stecken, und A-Kih stolperte ohne ihn weiter, den Stiefel noch in der Hand, bis er rücklings auf einem Haufen Seile landete, die in der Ecke lagen.

Ich wartete keuchend, bis er sich aus dem Seilgewirr befreit hatte und auf die Füße kam. Einen Moment lang stand er wie erstarrt, dann fing er plötzlich mit halb erstickter Stimme an, auf Chinesisch zu zetern und zu fluchen.

»Was ist denn los, A-Kih?«, zischte ich, damit er ein

bisschen leiser sprach. Er hielt mir Ezra Bishops Stiefel entgegen. »Ja, das ist sein Stiefel, schon klar, aber was …« In diesem Moment erreichte mich der Gestank und mein Satz endete mit einem Würgen.

»Allmächtiger Gott!«, röchelte ich und hielt mir den Jackenärmel vor die Nase. »Das ist das Widerlichste, was ich je gerochen habe, und ich musste bei Mr Grissom immer das Klo sauber machen!« A-Kih ließ eine ganze Tirade chinesischer Flüche los, das Gesicht von Abscheu verzerrt. »Los, zieh ihm den Stiefel wieder an, A-Kih! Nun mach schon!« Mit hektischem Armwedeln deutete ich auf Ezra Bishops bestrumpften Fuß. Ein großer haariger Zeh ragte aus einem Loch hervor.

Unter Fluchen und Würgen bekam A-Kih den Stiefel zurück auf den Fuß, und wir zerrten Mr Bishop noch so weit in die Hütte hinein, bis wir die Tür hinter uns zumachen konnten. Er wurde langsam unruhig, und mir war klar, dass wir unseren nächsten Schritt ziemlich schnell überlegen mussten.

Mein Blick fiel auf den Seilhaufen, in dem A-Kih gelandet war. Ich schaute mich um und entdeckte den kräftigen Pfosten in der Mitte des Raum, auf dem der Dachbalken ruhte. Mein Vater hatte mir vieles beigebracht, bevor er starb, und eines der Dinge, die er mir am besten beigebracht hatte, war das Binden von Knoten. *»Ein Mann muss sich mit Seilen und Knoten auskennen«*, hatte er immer gesagt, und das konnte ich jetzt gut gebrauchen.

So schnell es ging, rollten wir Ezra Bishop zum Pfosten hinüber und richteten seinen Oberkörper auf, bis er mit dem Rücken dagegen lehnte. Inzwischen hörte er gar nicht mehr auf zu stöhnen, und sein Kopf rollte haltlos hin und her. Die Zeit lief uns davon, und ich arbeitete schnell. Im Handumdrehen hatte ich Ezra Bishops Arme um den Pfosten gelegt und sie, mithilfe der Knoten meines Vaters, dahinter stramm zusammengebunden. Sicherheitshalber schlang ich ihm auch noch ein Seil um den Bauch und fesselte seine stinkenden Füße zusammen, damit er möglichst wenig zappeln und treten konnte.

Ich vertraute den Seilen und auch den Knoten, die mein Vater mir gezeigt hatte. Ezra Bishop kam hier so schnell nicht mehr weg.

Ich wusste, dass er jede Minute aufwachen konnte, doch eines musste ich vorher schnell noch überprüfen. »Warte hier«, sagte ich zu A-Kih und lief dann zur Tür. Er schien alles andere als erfreut, dass ich ihn mit unserem Gefangenen allein ließ, auch wenn der gefesselt war, aber ich versprach, mich zu beeilen, und rannte hinaus.

Ich lief zum Stall und riss das Tor auf, und meine Befürchtung bestätigte sich.

Es standen nur zwei Pferde im Stall, ein großer, stämmiger Brauner, den Mr Bishop schon bei seinem Besuch bei Mr Grissom geritten hatte, und eine alte graue Stute mit durchhängendem Rücken, der ich selbst noch im Dunkeln ansah, dass sie nicht mehr viele Meilen in sich hatte.

Das musste das Pferd sein, das Ezra Bishop mir bei seinem »Geschäft« hatte unterjubeln wollen. Dieser miese Betrüger.

Als ich wieder in die Hütte kam, war er immer noch bewusstlos. A-Kih stand mit wachsamer Miene an einer Seite des Raums, so weit wie möglich von unserem Gefangenen entfernt. Ich sah, dass er sich die Schaufel von draußen geholt hatte und wieder fest in beiden Händen hielt, bereit für den nächsten Schlag.

»Gute Idee«, sagte ich lächelnd und schloss die Tür hinter mir. Dann überlegte ich blitzschnell. Wenn Ezra Bishop zu sich kam, wäre er sicher wütender als ein ganzes Hornissennest, aber ich brauchte unbedingt eine Information von ihm. »Woran hängt Ezra Bishop am allermeisten?«, fragte ich mich laut, und es dauerte nicht lange, bis mir die Antwort einfiel. Hastig wühlte ich mich durch das Chaos in der Hütte, auf der Suche nach dem Einzigen, für das Ezra Bishop alles tun würde.

In einer großen Lederbörse, die in einer Satteltasche unter dem Bett versteckt war, fand ich es.

Ezra Bishops Geld. Ich blätterte die Scheine durch. Seine jüngsten Geschäfte waren offenbar gut gelaufen. Ich zählte mehr als sechshundert Dollar, vom Ein-Dollar-Schein bis hin zu ein paar nagelneuen Hundertern.

Ich schob mir einen Stuhl ans Feuer und setzte mich hin, Mr Bishop gegenüber, die lederne Geldtasche zu meinen Füßen. Dann holte ich den Revolver meines Vaters hervor, legte ihn mir quer über den Schoß und wartete. A-Kih zog sich den anderen Stuhl heran und setzte sich neben mich, die Schaufel über die Schulter gelegt. Wir waren schon ein lustiges Paar, A-Kih und ich. Schweigend musterten wir unseren Gefangenen, seinen fettigen schwarzen Bart, den Schmerbauch und den schaufelförmigen Bluterguss, der sich immer dunkler auf seiner Stirn abzeichnete. Wir saßen da und warteten darauf, dass das Ungeheuer erwachte.

Was es dann auch tat.

Und längst nicht so langsam, wie ich erwartet hatte.

Urplötzlich ging ein Ruck durch seinen Körper, seine Beine zuckten und er riss die Augen auf.

Schwer durch die Nase atmend starrte er uns an, und die Verwirrung stand ihm ins Gesicht geschrieben.

»Was zum Teufel …?«, polterte er los, verzog dann aber das Gesicht. »Oh Gott, mein Kopf!«, fügte er leiser hinzu.

»Ich machs kurz, Sir. Wir werden Ihnen kein weiteres Leid zufügen, es sei denn, Sie zwingen uns dazu. Ich möchte nur von Ihnen wissen, wo mein Pferd geblieben ist.«

»Warum zum Teufel sollte ich dir irgendwas sagen?«, knurrte er, ein Auge immer noch schmerzhaft zusammengekniffen und mit gedämpfter Stimme.

»Weil ich Sie freundlich darum bitte, Sir, und Sie keinen Grund haben, mir nicht zu antworten. Sagen Sie mir einfach, wo mein Pferd ist, und dann sind Sie uns auch schon los.«

»Du hast eine merkwürdige Art, freundlich zu sein, Bursche. Ich sitz hier an den Pfosten gefesselt und hab Kopfschmerzen, die einen Büffel umbringen könnten. Was sollte mich davon abhalten, lauthals um Hilfe zu rufen?«

Ich nahm die Pistole vom Schoß und legte sie mir, ganz beiläufig, so über den Unterarm, dass ihr Lauf zwar nur ungefähr, aber doch fraglos auf Mr Bishops ungewaschenen Körper gerichtet war.

»Hier ist schon mal *ein* Grund, Sir.«

»Ach Quatsch, du traust dich doch eh nicht, auf m…«

»Das Spielchen kenn ich schon, Sir«, fiel ich ihm ins Wort. »Sie erzählen mir jetzt, dass ich sowieso nicht auf Sie schieße. Dass ich bloß ein kleiner Junge bin und so. Dasselbe Gespräch hatte ich neulich schon mal. Und der Kerl hat sich genauso geirrt wie Sie.« Mr Bishop starrte mich an, und ich schluckte nervös. Das war natürlich ein Bluff, und der musste gut sein. »Sie sind ein Dieb und ein Lügner, Sir. Sie haben mir mein Pferd weggenommen, Sie haben diese Indianer übers Ohr gehauen, und Sie wollten mich um mein Geld betrügen. Ich glaube kaum, dass viele Leute daran Anstoß nehmen würden, wenn ein Kerl wie Sie mit einer Kugel im Leib endet. Und sie würden einem kleinen Jungen wie mir, der sich gegen einen brutalen Betrüger wie Sie zur Wehr setzt, sicher auch keine allzu großen Vorwürfe machen, wenn er diese Kugel auf den Weg schickt.« Ich senkte die Stimme und fixierte Mr Bishop mit einem Blick, der hoffentlich kaltblütig und mordlüstern wirkte. »Ich an Ihrer Stelle würde mich nicht unterschätzen, Sir. Das hat Mr Grissom bereits getan, als ich dahinterkam, dass er Ihnen mein Pferd verkauft hat.« Das klang natürlich so, als hätte ich Mr Grissom erschossen, und diesen Irrtum würde ich bestimmt nicht aufklären. Wenn Ezra Bishop dachte, ich hätte schon mal einen Mann erschossen, war das ein Punkt zu meinen Gunsten, den ich keinesfalls hergeben würde.

Mr Bishops Augen verengten sich und huschten rüber zu A-Kih und seiner Schaufel.

»Und wer zum Teufel ist *das*?«

»Das ist A-Kih. Mit dem ist auch nicht zu spaßen. Ihre Stirn kann seine Kraft und Geschicklichkeit im Umgang mit der Schaufel ja schon bestens bezeugen.« Ich streckte mein rechtes Bein aus und zeigte ihm die zerrissene Hose und die verschorften Wunden der Grizzly-Klauen. »Die hier sind von einem Grizzlyweibchen, dem wir oben am Colockum begegnet sind. Wenn A-Kih nicht dazwischengegangen wäre, hätte sie mich erledigt. Aber jetzt wird sie niemanden mehr anfallen. A-Kih ist mit den dunklen Künsten Asiens vertraut, mit dem würde ich mich lieber nicht anlegen.«

Selbst im Feuerschein wirkte Mr Bishop blass. Sein Blick huschte von A-Kih zu meinem verletzten Bein.

»Ein Grizzlyweibchen, sagst du?«

»In der Tat. Und jetzt verraten Sie mir, wo mein Pferd geblieben ist.«

Ezra Bishop räusperte sich und schaute rasch zwischen mir und A-Kih hin und her.

»Tja, Bursche, mal sehen, ob ich das noch richtig zusammenkriege. War 'n ganz schöner Schlag auf den Kopf, den ihr mir da verpasst habt. Ein paar nette Scheinchen würden mir vielleicht auf die Sprünge helfen.« Er war es nicht gewohnt, bei einem Geschäft den Kürzeren zu ziehen, und versuchte selbst jetzt noch, gefesselt und mit einer Waffe bedroht, die Situation zu seinem Vorteil zu wenden.

»Stimmt«, antwortete ich nach kurzem Zögern und schaute ihm ins Gesicht. »Vielleicht würden ein paar Scheinchen die Sache tatsächlich beschleunigen.« Ezra Bishop lächelte gierig und leckte sich die Lippen, aber sein Lächeln erlosch, als er sah, wie ich seine Geldtasche vom Boden aufnahm.

»Die gehört mir!«, rief er, verzog dann vor Schmerz das Gesicht und fuhr etwas leiser fort: »Das ist mein Geld, das darfst du mir nicht wegnehmen.«

»Keine Sorge, Sir. Meine Mutter hat keinen Dieb großgezogen, so viel steht fest. Wenn ich hier rausgehe, werde ich keinen Cent von Ihrem Geld mitnehmen.« Ich zog einen zerknüllten Fünf-Dollar-Schein aus der Börse und hielt ihn ein Stückchen von mir weg, in Richtung Feuer. »Aber ich bin leider ziemlich ungeschickt. Deshalb weiß man nie, ob mir nicht einer Ihrer mühsam ergaunerten Scheine zu nah am Feuer runterfällt.«

»Das wagst du nicht!«

Mit einem Schnicken des Handgelenks ließ ich den Schein aus meinen Fingern gleiten. Alle drei sahen wir zu, wie er auf die Flammen zuflatterte und am Rand des Feuers, gleich neben den glühenden Kohlen, landete. Seine Ecken kräuselten sich und wurden schwarz, und ein dunkler Brandfleck breitete sich von der Mitte her aus.

»Du mieser kleiner Schuft«, zischte Mr Bishop.

»Was haben Sie mit meinem Pferd gemacht, Mr Bishop?«

»Du und dein dreckiger Freund, ihr kommt hier an und ...«

Mr Bishop unterbrach sich, als ein weiterer Schein, diesmal eine Dollarnote, direkt ins Feuer flog und sofort zu Asche wurde.

»Das ist dafür, dass Sie A-Kih beleidigt haben. In diesem Raum gibt es nur einen dreckigen Kerl und der ist Gott sei Dank an einen Pfosten gefesselt.« Ich zog einen Zehn-Dollar-Schein aus der Tasche und hielt ihn hoch. »Wann fangen Sie an zu reden, Mr Bishop?«

Ezra Bishop kaute so hart auf seiner Wange, dass ich jeden Moment damit rechnete, zu sehen, wie ihm das Blut übers Kinn lief. Sein Blick war doppelt so wütend und bedrohlich wie der des Grizzlys. Ich schickte ein Stoßgebet zum Himmel, dass meine Knoten auch wirklich hielten, sonst würde ich am Ende doch noch die Pistole meines Vaters benutzen müssen.

»Ich hab sie verkauft«, stieß Ezra Bishop schließlich zwischen zusammengepressten Zähnen hervor.

»Wann?«

»Heute Nachmittag.«

»Und an wen?«

»An einen Mann.«

»Dass es ein Mann war, habe ich mir schon gedacht. Ich brauche einen Namen, Mr Bishop.« Ich hielt die Zehn-Dollar-Note noch etwas dichter ans Feuer.

»John Campbell! Er heißt John Campbell!«

»Gut. Und wo wohnt er?«

»Woher soll ich das wissen?«

Ich knüllte den Schein in meiner Hand zusammen und hob den Arm, zum Wurf bereit.

»Nein! Ich weiß wirklich nicht, wo er wohnt! Er ist Pferdehändler, so wie ich, und immer unterwegs! Ich hab ihm die ganze Herde verkauft!«

»Na gut, Sir. Und wohin will dieser John Campbell mit meinem Pferd?«

»Komm schon, Bursche. Ich kann dem Mann doch keine zwei wild gewordenen Bestien auf den Hals schicken. Ich habe schließlich einen Ruf zu verlieren.«

»Um Ihren Ruf, Mr Bishop, ist es noch schlimmer bestellt als um Ihre Socken. Im Moment sollten Sie sich vielleicht eher Sorgen um Ihr Geld machen.« Der Zehn-

Dollar-Schein flatterte ins Feuer wie ein todgeweihter Vogel. Ezra Bishop stöhnte auf, als hätte er körperliche Schmerzen.

»Schon gut, Herrgott noch mal, das reicht! Er ist auf dem Weg nach Walla Walla, über Yakima. Er will die gesamte Herde an einen Mann verkaufen, der Carl Rasmussen heißt. Dieser Rasmussen verdient sein Geld damit, dass er Pferde und Indianerponys hier aus dem Westen mit der Eisenbahn an die Ostküste schickt. Dort werden Höchstpreise für sie gezahlt. In sieben Tagen soll sich Campbell mit Rasmussen in Walla Walla treffen.«

Mein Herz wurde kalt wie ein Winterwind. Meine Sarah, in einen Viehwaggon gepfercht und nach Osten verschickt, Tausende von Meilen entfernt? Der Gedanke war unerträglich.

Ich stand auf und ließ die Börse von Mr Bishop einfach auf den Boden fallen. Wütend sah er zu mir hoch.

Ich nahm ein schmutziges Stück Stoff vom Boden auf und ging um ihn herum.

»Tja, wir können natürlich nicht zulassen, dass Sie um Hilfe rufen, sobald wir aus der Tür sind. Machen Sie den Mund auf, Sir.«

»Du willst mich auch noch knebeln, Bursche? Du niederträchtiger kleiner …«

»Nein, Sir. Wenn ich wirklich niederträchtig wäre, würde ich Ihre Socke dazu nehmen.«

»Aber ich muss mal aufs Klo und …«

»Tja, das tut mir leid«, entgegnete ich und rammte ihm den Stoff zwischen die Zähne. »Aber ich nehme an, für eine neue Hose wird Ihr Geld wohl noch reichen.« Ich wollte das Tuch gerade hinter seinem Kopf zusammenknoten, als A-Kih mich mit einem Ausruf davon abhielt.

Er stand auf, ging langsam auf Mr Bishop zu und stellte sich vor ihn, die Schaufel immer noch in der Hand.

Ezra Bishop spuckte den Stofflappen aus.

»Was hat er vor?«, krächzte er. Ich gab keine Antwort, denn ich wusste es auch nicht.

A-Kih ging neben Mr Bishop auf die Knie und schaute ihm ernst in die Augen. Mr Bishop zuckte zusammen, als A-Kih die Schaufel hob, aber der legte sie nur vorsichtig auf den Beinen unseres Gefangenen ab. Dann zog er wieder den kleinen schwarzen Vogel aus der Hosentasche. Hielt ihn wieder, wie ich es nun schon so oft gesehen hatte, seinem Gegenüber hin und reihte sanft ein paar Sätze aneinander. Die wieder mit einer eindeutigen, aber rätselhaften Frage endeten.

»Oh Gott, was will er denn bloß?«, murmelte Mr Bishop in meine Richtung.

Ich wusste es auch nicht, aber ich hätte so ziemlich alles dafür gegeben, endlich zu erfahren, wonach mein Freund eigentlich suchte. Er war in seiner eigenen Mission unterwegs, so viel war klar. Und die war ihm so wichtig, dass er sogar vor dem Teufel auf die Knie ging. Für mich blieb sie jedoch ein Geheimnis, genau wie die Worte, die er sprach.

Als Mr Bishop keine Antwort gab, steckte A-Kih den Vogel wieder ein, nahm die Schaufel und stand auf.

Ich stopfte Mr Bishop das Tuch erneut zwischen die Zähne und knotete es hinter seinem Kopf zusammen. Dann stellte ich mich vor ihn hin.

Ezra Bishop nuschelte etwas in seinen Knebel, das nicht sehr freundlich klang. Ich ging in die Hocke, um ihm direkt in die Augen zu schauen.

»Mir ist klar, dass Sie ziemlich wütend sind, Sir. Aber ich lasse Sie ohne größeren Schaden zurück und ohne einen Cent von Ihrem Geld in meiner Tasche. Ich glaube kaum, dass Sie mich umgekehrt genauso gut behandelt hätten.« Er starrte mich nur finster an. »Das Feuer wird Sie die Nacht über warm halten, und bevor wir die Stadt verlassen, schicken wir jemanden her. Ich an Ihrer Stelle wäre froh, so glimpflich davongekommen zu sein, und würde nicht den Fehler machen, uns zu verfolgen. Beim nächsten Mal wird es nicht so gut für Sie enden, das verspreche ich Ihnen. Diesmal konnte ich A-Kih noch unter Kontrolle halten, aber ich mag gar nicht dran denken, was er mit Ihnen anstellt, wenn er Sie noch mal in die Finger bekommt.«

Ezra Bishop schaute zu A-Kih und seiner Schaufel hinüber. Schweißperlen glänzten auf seiner Stirn. A-Kih musterte uns unsicher; er hatte gemerkt, dass wir über ihn sprachen. Dann grinste er verlegen, aber im schwachen Schein des Feuers konnte man es ebenso gut für ein Zähnefletschen halten.

»Oh Gott«, flüsterte ich Ezra Bishop zu. »Sehen Sie nur, wie er voller Vorfreude lächelt. Sein Herz ist so kalt und schwarz wie Kohle.« Ich sah, wie den schweren Mann ein Schauer durchfuhr. »Bleiben Sie lieber auf Abstand, Sir«, fügte ich noch hinzu und klopfte ihm auf die Schulter.

Draußen im Mondlicht wartete das Indianerpony auf uns. Ich sah mich auf der kleinen Veranda um, und mein Blick blieb an einer langen, dünnen Peitsche hängen, die zusammengerollt wie eine Schlange auf einem Fass lag. Das musste Mr Bishops Peitsche sein – die Peitsche, mit der dieser Teufel meine Sarah geschlagen hatte. Und sicher auch noch wer weiß wie viele andere verängstigte Pferde. Ich nahm sie auf und schlang sie mir um die Schulter.

»Jemandem etwas wegzunehmen, kann manchmal auch ein gottgefälliges Werk sein«, sagte ich und dachte, dass meine Eltern mir sicher zugestimmt hätten.

Ich seufzte, erschöpft bis auf die Knochen. Die ganze Zeit hatte ich gedacht, ich müsste bloß Ezra Bishop einholen. Aber jetzt, nach allem, was ich durchgemacht hatte, stellte sich heraus, dass dieser betrügerische Pferdehändler gar nicht das Ende meiner Reise war. Ich musste noch mehr Meilen zurücklegen, noch mehr Männer finden.

Aber ich wusste, dass es kein Zuruck mehr gab. Schließlich war es mir von Anfang an nicht um Ezra Bishop gegangen, sondern darum, meine Sarah zu retten. Und dafür würde ich, wenn nötig, bis in die Hölle gehen.

»Los, komm.« Ich klopfte A-Kih auf die Schulter und trat mit ihm in den Hof. »Wir müssen so schnell wie möglich nach Walla Walla.«

12. KAPITEL

Wir ritten wieder über die Hauptstraße von Ellensburg, und in Gedanken war ich schon auf halbem Weg nach Walla Walla, als mir plötzlich einfiel, dass das Pferd, auf dem wir saßen, uns gar nicht gehörte. Mit einem lauten Fluch brachte ich es zum Stehen. Nichts wäre leichter gewesen, als mit diesem kleinen, kräftigen Pony einfach aus der Stadt hinauszureiten. Die Indianer würden mich niemals finden, und niemand würde je davon erfahren. Aber Mr Strawns Worte klangen mir noch im Ohr: *»Diesen Leuten ist schon mehr als genug genommen worden.«*

»Verzeihung, Sir?«, sprach ich einen Mann an, der gerade die Straße entlangkam. »Können Sie mir sagen, wo sich die Indianeragentur befindet?«

»Die Indianeragentur?«, fragte der Mann zurück. Er trug die derben Stiefel und den Schlapphut eines Minenarbeiters und das verschwommene Lächeln eines Betrunkenen. »Wie's aussieht, brauchst du wohl eher eine China-Agentur!« Er wies auf A-Kih und brach in schallendes Gelächter aus.

Ich biss mir auf die Zunge, um meinen Ärger daran zu hindern, sich in Worten Ausdruck zu verleihen.

»Ja, Sir. Aber wissen Sie denn nun, wo sich die Indianeragentur befindet?«

Der Mann rülpste und kratzte sich den Bauch.

»Klar weiß ich das. Der Agent heißt Jed Holcomb. Und du bist schon auf dem richtigen Weg. Einfach die Straße weiter runter, an der nächsten Ecke rechts und dann das letzte Haus am Ortsausgang.«

»Vielen Dank, Sir.«

Die Indianeragentur war ein allein stehendes, ordentliches kleines Holzgebäude am äußersten Rand von Ellensburg, mit einem Stall und einer Koppel dahinter. Alles schien dunkel und leer, aber ich klopfte trotzdem an die Tür. Von drinnen war leises Geraschel zu hören, dann schwang die Tür auf und offenbarte einen Mann mit einem schwarzen Schnauzbart. Er trug einen roten Einteiler, der vom Hals bis zu den Knöcheln ging, und hielt eine knisternde Petroleumlampe in der Hand.

»Tut mir leid, Sie zu stören, Sir. Mein Name ist Joseph Johnson. Sie sind Jed Holcomb, der Indianeragent?«

»Als ich das letzte Mal nachgesehen habe, war ichs jedenfalls noch. Was gibts denn, mein Junge? Ich wollte gerade in die Federn kriechen.«

»Ich soll ein Pony bei Ihnen abgeben. Es gehört Chief George. Er hat es mir für den Weg vom Colockum Pass runter geliehen und holt es in ein paar Tagen wieder ab.«

»Chief George hat dir eins seiner Pferde gegeben?«

»Nur geliehen, Sir. Wenn Sie gerade keine Zeit haben, kann ich es auch selbst in den Stall bringen, und dann bin ich auch schon wieder weg.«

Jed Holcomb musterte mich mit schief gelegtem Kopf und kratzte sich den Schnurrbart. »Wie um alles in Welt hast du den alten George dazu bekommen, dass er dir ein Pferd leiht? Er ist ein guter Freund von mir, aber nicht dafür bekannt, dass er Pferde an Fremde verleiht, und schon gar nicht an Kinder.«

»Das ist eine lange Geschichte, Sir.«

Der Mann trat einen Schritt zurück und winkte mich ins Haus.

»Dann komm rein und erzähl sie mir. Die ist sicher sehr interessant.«

»Ich bin nicht allein, Sir«, sagte ich und blieb stehen, wo ich war. Ich hatte allmählich genug von Leuten, die sich A-Kih gegenüber schlecht benahmen. »Ich wollte nur schnell das Pony vorbeibringen und dann gleich weiter.«

Der Mann spähte an mir vorbei und entdeckte A-Kih, der bei dem Pony stehen geblieben war. Sein Gesicht behielt den freundlichen Ausdruck.

»Na hör mal, der ist ja sogar noch kleiner als du! Meinst du etwa, bei mir wäre nicht genug Platz für euch beide? Bringt das Pony erst mal nur auf die Koppel, und dann kommt ihr durch die Hintertür rein.«

Ein paar Minuten später saßen A-Kih und ich auf zwei

abgesägten Baumstämmen und aßen kalten Kartoffeleintopf, den der Mann noch vom Abendessen übrig hatte. Woher dieses zähe Fleisch stammte, auf dem man ewig rumkauen musste, um es runterzubekommen, wollte ich lieber gar nicht wissen, aber mein leerer Magen begrüßte die Mahlzeit trotzdem mit großer Freude.

»Wir sind Ihnen wirklich sehr dankbar, Sir«, sagte ich zwischen zwei Bissen. »Wir haben beide schon seit Tagen nichts Anständiges mehr gegessen.«

»Keine Ursache. Und jetzt möchte ich gern hören, wie ihr an dieses Pony von Chief George gekommen seid.«

Ich erzählte ihm die ganze Geschichte, angefangen bei Mr Grissom unten in Old Mission. Den Teil mit der runtergerutschten Hose und A-Kihs wiederholte Stürze vom Pferd ließ ich aus, und um ehrlich zu sein, erschien es mir auch wie eine ziemlich interessante Geschichte. Als ich zu unserer Begegnung mit Ezra Bishop kam, übersprang ich die Schaufel und die Pistole und auch das Fesseln und Knebeln und erzählte ihm nur, wir hätten herausbekommen, dass Mr Bishop mein Pferd an einen Mr Campbell verkauft hatte, der jetzt auf dem Weg nach Yakima und dann weiter nach Walla Walla war.

Als ich fertig war, pfiff Jed Holcomb durch die Zähne.

»Da habt ihr zwei ja ganz schön was erlebt«, sagte er. Er musterte mich einen Moment mit ernstem Blick und seine Augen glänzten im Widerschein des Feuers. »Dieses Pferd bedeutet dir wohl sehr viel, hab ich recht?«

Ich kämpfte mit dem Kloß in meinem Hals.

»Mehr als alles andere auf der Welt, Sir. Sie ist alles, was ich noch habe.«

»Das verstehe ich, mein Junge. Und John Campbell wird es auch verstehen. Er ist ein guter Mensch, ein anständiger Geschäftsmann und fair zu den Indianern. Wenn du ihm erzählst, was du mir gerade erzählt hast, wird er dir dein Pferd bestimmt zurückverkaufen. Wir müssen nur dafür sorgen, dass ihr in Yakima ankommt, bevor Campbell wieder aufbricht. Aber ich glaube, ich weiß schon, wie wir das schaffen. Gleich morgen früh könnt ihr aufbrechen.«

»Morgen früh? Ich wollte eigentlich heute Abend noch weiter.«

Mr Holcomb schüttelte den Kopf.

»Das hat doch keinen Zweck, mein Junge. Mr Campbell ist längst weg, und zu Fuß in dieser Dunkelheit könnt ihr ohnehin keinen Boden gutmachen. Ich habe etwas anderes im Sinn, das euch sehr viel schneller nach Yakima bringen wird, und zwar gut ausgeruht und mit einem Frühstück im Bauch.«

Er stand auf und sammelte unsere leer gegessenen Schüsseln ein.

»Hier im Haus gibt es nur mein eigenes Bett, aber ihr Jungs könnt drüben im Stall schlafen. Das frische Heu ist sicher um einiges weicher als meine alte Matratze, und ich gebe euch ein paar warme Decken mit.«

Ich wollte protestieren und mich sofort wieder auf den Weg zu Sarah machen, der ich jetzt so nahe war, dass ich hören konnte, wie ihr Herz nach mir rief. Aber allein schon bei den Worten *Schlaf* und *Decke* wurden meine müden Knochen weich wie Wachs. Und mein Magen hatte auch überhaupt nichts gegen das Wort *Frühstück* einzuwenden.

»Vielen Dank, Sir. Das ist wirklich sehr nett.«

Mr Holcomb deutete auf A-Kih, der schweigend auf seinem Baumstamm saß.

»Sagt der eigentlich auch mal was?«

»Nur zu Grizzlys, Sir.«

Mr Holcomb lächelte.

»Verstehe. Na, dann wollen wir mal ins Bett gehen. Ihr Jungs habt morgen noch so einiges vor euch.«

Viel zu früh und zu kalt brach der nächste Morgen an. Weder A-Kih noch ich selbst verspürten große Lust zum Aufstehen, als Mr Holcomb uns wach rüttelte, aber wir wussten beide, dass es Zeit war. Die Sonne stieg eben erst glühend über den östlichen Rand der Berge, als wir uns auf den Weg machten, Jed Holcomb, A-Kih und ich, ein schnelles Frühstück im Bauch. Wir nahmen jedoch nicht die Straße nach Yakima, die sich in die Berge hinaufwand, sondern folgten einer schmalen Wagenspur, die über grasbewachsenes Weideland führte. Unser Atem bildete silbrige Wolken in der kalten Luft.

»Auf der Straße würdet ihr Campbell niemals einholen«, erklärte uns Mr Holcomb. »Die geht fast nur bergauf und durch unwegsames Gelände, über die Ausläufer der Teanaway Mountains hinweg, seht ihr? Aber«, fuhr er fort, »da ihr beide mit leichtem Gepäck reist, ohne Ausrüstung, Pferde und all so was, könnt ihr den kürzesten Weg nehmen. *Mitten* durch die Berge. Auf dem Fluss.«

»Auf dem Fluss, Sir?«

»Und ob. Das ist die kürzeste Verbindung zwischen Ellensburg und Yakima, direkt durch den Yakima-Canyon. Er ist schnell, aber nicht besonders wild. Und zufällig weiß ich auch, wo ihr ein Boot herbekommt.«

»Wie Sie meinen, Sir. Ich bin Ihnen …« Meine Worte erstarben und ich blieb unvermittelt stehen. A-Kih, gleich hinter mir, rannte mit einem *Uff* in mich hinein.

Mr Holcomb drehte sich um. »Was ist los, mein Junge?«

»Das da hinten«, sagte ich und zeigte auf eine kleine Baumgruppe etwas abseits der Straße. Meine Stimme klang dünn und zittrig und überhaupt nicht erwachsen, aber das war mir egal. »Das ist ein Friedhof, oder?«

»Ja, genau. Der Fremdenfriedhof. Ziemlich klein, nur für durchreisende Siedler und so.«

Ich schluckte mühsam. In der Morgendämmerung hatte ich erst nicht bemerkt, wo wir waren. Außerdem waren jene Tage vor fast einem Jahr ein solches Elend gewesen, dass ich mich nur noch verschwommen und bruchstückhaft an sie erinnern konnte. Aber jetzt erkannte ich den

Ort nur zu gut. Zum zweiten Mal innerhalb weniger Tage wurde meine eilige Mission durch einen Friedhof verzögert.

»Geht ihr schon mal vor«, sagte ich leise. »Ich komme gleich nach. Ich muss hier noch einen Besuch abstatten.«

»Kennst du jemanden, der dort begraben ist, mein Junge?«

»Ja, Sir.« Ich lief ein paar Schritte von der Straße weg, durch das lange, wogende Gras. »Ich kenne sogar zwei.«

Ich fand ihre Grabstellen, und sie waren nicht nur mit einem plumpen Holzbrett markiert, wie das Grab meines Vaters. Sie hatten richtige Grabsteine, aufrecht und würdevoll. Und mit Gravur. Mein Vater hatte fast alles Geld, das wir noch hatten, dafür ausgegeben.

ADELAIDE JOHNSON stand auf dem einen. 1860–1889. GELIEBTE EHEFRAU UND MUTTER.

Und auf dem daneben: KATIE ANNE JOHNSON. 1883–1889. ALLERLIEBSTE TOCHTER UND SCHWESTER.

Ich fiel vor ihnen auf die Knie.

Meine Mutter, mit ihren Flüssen, die Geschichten erzählten.

Und Katie, mit ihrem Engelsfeder-Schnee und den Lagerfeuern im Himmel.

Ich fand keine Worte, die ich ihnen hätte sagen können, anders als bei meinem Vater. Dafür ging meine Trauer hier zu tief. Eine Flut von Erinnerungen wallte in mir auf. Die unzähligen kleinen Liebesbezeigungen meiner Mutter. Ihr ehrlicher, erdiger Geruch. Das Gefühl, wie sie mir mit den Fingernägeln sanft über den Rücken kratzt. Mir kalte Waschlappen auf die Stirn legt. Mich an dunklen Abenden in den Schlaf singt.

Und meine süße Schwester, meine liebste Katie. Mit ihrem Lächeln, das wie der Sonnenschein war. Noch immer hatte ich ihr kleines Stimmchen im Ohr, wenn sie ihre Lieder sang. Spürte ihre innige, rückhaltlose Umarmung. Hörte, wie sie meinen Namen rief. Sah ihre leuchtend blauen Augen, die so funkelten wie sonst nichts auf der Welt. Meine kleine Katie, die sich nie scheute, mir zu sagen, wie lieb sie mich hat. Bis ganz zum Schluss.

Der Typhus hatte beide schnell dahingerafft. Hier in Ellensburg hatten wir haltgemacht, weil wir hofften, dass es ihnen mit etwas Ruhe wieder besser gehen würde. Aber es ging ihnen nicht mehr besser. Nur noch immer schlechter. Mein Vater war fast von Sinnen. Ich glaube, er hat eine Woche lang nicht geschlafen, ununterbrochen hat er bei ihnen gewacht und sie gepflegt. Er wollte, dass ich mich von ihnen und von unserem Planwagen fernhalte, um mich nicht auch noch anzustecken. Aber ich ließ mich natürlich nicht fernhalten. Nicht, wenn Katie nach mir rief. Wir hatten schon immer im selben Bett geschlafen, und ohne mich kam sie nicht zur Ruhe. Also legte ich mich neben ihren fiebernden, ausgezehrten Körper und ließ sie an meinem Nacken zupfen, ganz sanft, wie sie das immer tat, um besser einschlafen zu können.

»Ich hab dich lieb, mein Joseph«, sagte sie dann immer, ihre Stimme ein heiseres Flüstern.

»Ich dich auch, Schwesterchen«, antwortete ich jedes Mal und sah zu, wie ihre Augenlider zuckten, bis sie richtig eingeschlafen war. Und dann, in dieser einen Nacht, hatten wir die gleichen Worte gesprochen, und sie war eingeschlafen und nicht mehr aufgewacht. Am Morgen trug mein Vater ihren kleinen Leichnam aus dem Wagen, bevor meine Mutter ihn sehen konnte. Er hatte ihn in eine Decke gehüllt und Tränen liefen ihm übers Gesicht. Ihre blonden Ringellocken schauten oben aus der Decke, und ich saß draußen am Feuer und tobte und schrie, als ich begriff, dass sie es war, meine kleine Katie, still und tot.

Meine Mutter starb in der folgenden Nacht. Den ganzen Tag über hatte sie im Fieber gelegen, elend und kaum bei Bewusstsein, und so hat sie auch nie erfahren, dass ihre kleine Katie gestorben war. Was ein Segen war. Ganz bestimmt.

Und dann gab es nur noch mich und meinen Vater. Nur mich und meinen traurigen Vater mit dem gebrochenen Herzen. Und Sarah natürlich, das Pferd, das wir alle liebten. Das Pferd, das Sättel hasste und vor Fremden scheute, aber sanft wie ein Lamm war, wenn Katie auf ihrem Rücken saß. Das Pferd, dem sie Blumenkränze flocht und um den Hals hängte. Nur noch Papa, Sarah und ich.

Und dann nur noch Sarah und ich.

Und jetzt nur noch ich.

Meine Schultern wurden von Schluchzern geschüttelt, als ich dort bei meiner Familie kniete.

Ich hörte Schritte hinter mir und versuchte, mich zusammenzureißen. Ich wischte mir die Augen und drehte mich um, und da stand A-Kih hinter mir, reglos wie eine Statue, die Lippen vorgeschoben.

Ich räusperte mich, zog die Nase hoch und wandte mich wieder den Grabsteinen zu, damit er meine Tränen nicht sah.

»A-Kih«, sagte ich mit heiserer, bebender Stimme. »Das hier ist meine Schwester Katie.«

A-Kih trat vor und aus dem Augenwinkel sah ich, wie er sich langsam und feierlich verbeugte.

»Und das hier, das ...« Meine Stimme brach, aber wenn etwas getan werden muss, dann bleibt einem nichts anderes, als sich reinzuknien und die Sache so gut wie möglich zu erledigen. »Das ist meine Mutter.«

»Mutter«, sagte A-Kih. Ich glaube, er kannte das Wort. Sicher hatte er es mal irgendwo aufgeschnappt. Er sagte es ganz sanft, und in seiner Stimme schwang Verständnis mit, und ich glaube, auch ein Teil seiner eigenen Trauer.

Er verbeugte sich wieder, noch tiefer dieses Mal. »Mutter«, wiederholte er, und dann sagte er etwas ziemlich Langes auf Chinesisch. Seine Sätze gingen hoch und runter, mal langsamer, mal schneller, auf diese lustige Art, die seiner Sprache eigen war. Irgendwo mittendrin hörte ich das Wort *Joseph*. Aber er sprach nicht mit mir, das war mir klar. Er sprach mit meiner Mutter. Ich weiß nicht, was er sagte, aber es klang freundlich und respektvoll.

Und ich liebte A-Kih für diese freundlichen Worte, die er da zu meiner Mutter sagte, was auch immer sie bedeuten mochten. Als er fertig war, verbeugte er sich wieder und trat zurück. Ich wischte mir die Nase ab und stellte mich neben ihn, und gemeinsam schauten wir auf die beiden Grabsteine hinunter.

Als meine Mutter und meine Schwester starben, hatte ich aufgehört, ein Kind zu sein. Mein Vater war in einem Sturm der Trauer gefangen, und es war niemand da, der sich um mich kümmern konnte, wie meine Mutter es getan hatte. Also hatte ich mich um mich selbst gekümmert. Und ich hatte mich um Sarah gekümmert. Als ich nun vor diesen Gräbern stand, spürte ich ganz deutlich den Unterschied zwischen dem Jungen von damals und dem, der ich heute war. Aber ich spürte auch das, was gleich geblieben war. Sie zu verlieren, hatte mich stark gemacht, vielleicht, aber alles Gute in mir kam nur davon, dass ich sie gehabt hatte. Und dieses Gute sagte mir mehr denn je, dass ich unser Pferd zurückholen musste. Denn Sarah war nicht nur mein Pferd. Sie war auch ihres. Sie war die Einzige, die mir von meiner Familie noch geblieben war. Und in meiner Familie kümmerte man sich umeinander.

Ich beugte mich vor und küsste den Grabstein meiner

Mutter. Der Stein war rau, aber schon ein bisschen warm von der Morgensonne.

»Wiedersehn, Mama«, flüsterte ich. Ich ließ meine Fingerspitzen über die kantigen Buchstaben gleiten, die mein Vater hatte einmeißeln lassen: GELIEBTE MUTTER.

Ich machte einen Schritt zur Seite und küsste auch Katies Stein. Er war genauso warm wie der meiner Mutter. Meine Finger fanden die beiden Worte: ALLERLIEBSTE und SCHWESTER.

»Wiedersehn, Katie. Hab dich lieb, Schwesterchen.«

Am Flussufer erwartete uns Jed Holcomb mit einem alten, grob behauenen Indianerkanu, länger als der Planwagen, in dem meine Familie westwärts gezogen war. Den Bug hatte er schon ins Wasser geschoben und saß nun auf dem Heck.

Ich bin sicher, dass er meine geröteten Augen bemerkte, aber er hatte den Anstand, mich nicht darauf anzusprechen.

»Hier, das ist der Fahrschein, um dein Pferd zurückbekommen.«

Ich trat näher heran. Es war offensichtlich ein Einbaum, der aus einem riesigen Baumstamm herausgehackt, -geschnitzt und -gebrannt worden war. Zwei Paddel lagen unten am Boden. Ich sah Jed Holcomb zweifelnd an.

»Diese Indianerkanus machen nicht viel her, aber sie sind stabiler als jeder Felsen«, versicherte er mir. »Das hier bringt euch wohlbehalten nach Yakima, keine Bange.«

»Aber wem gehört es?«, fragte ich.

»Darüber mach dir mal keine Gedanken. Das liegt hier schon seit Jahren rum und sammelt bloß Laub und Rattennester.«

Offenbar bemerkte er die Unsicherheit in meinem Gesicht, denn er stand auf und sah mir in die Augen.

»Du bist ein guter Junge. Und ich gebe dir mein Wort: Das ist kein Diebstahl.«

Ich hatte Vertrauen zu Mr Holcomb. Er schien ein guter Mensch zu sein, jemand, den auch mein Vater gemocht hätte. Ich nahm die Paddel aus dem Boot und gab eines davon A-Kih.

»Und wie geht das jetzt?«, fragte ich.

»Wie das geht? Ihr setzt euch rein und lasst euch den Fluss runtertreiben. Mit den Paddeln könnt ihr lenken. Wo's ein bisschen wilder wird, macht ihr euch klein und haltet euch einfach fest. Den Rest besorgt dann schon der Fluss. Nur vor Treibholzdämmen müsst ihr euch in Acht nehmen. Das sind solche riesigen Knäuel von Baumstämmen und Zweigen und anderem Zeug, die sich zwischen den Felsen verkeilen. In die dürft ihr nicht hineingeraten, sonst zieht es euch sofort unter Wasser, und dann seid ihr weg, bevor ihr auch nur um Hilfe rufen könnt.«

Ich stieg ins Kanu und kniete mich vorne in den Bug. A-Kih kletterte hinter mir rein. So verängstigt hatte ich ihn noch nie gesehen – und das schloss die Begegnungen mit dem Grizzly und Ezra Bishop ein.

»Kannst du schwimmen?«, fragte ich ihn. Aber A-Kih schaute nur fragend zurück.

»Und du?«, fragte mich Jed Holcomb.

»Nein, Sir.«

Mr Holcomb schürzte die Lippen.

»Tja ... dann sieh zu, dass du im Boot bleibst, Junge. Wichtig ist, dass der Bug immer stromabwärts zeigt, dann kann nichts schiefgehen. Soweit ich weiß, ist die Strecke bis Yakima weitgehend ruhig und flach. In ein paar Stunden bist du schon dort, bei deinem Pferd.«

»Vielen Dank, Sir. Ich bin Ihnen einiges schuldig.«

»Du bist mir gar nichts schuldig. Ich war schließlich auch mal ein Junge. Und ich hatte auch ein Pferd. Grant hatte ich ihn getauft, nach dem General. Ein kräftiger Fuchs. War wie ein Bruder für mich. Ich hätte alles getan, um dieses Pferd zurückzubekommen, wenn es mir gestohlen worden wäre. Ein Junge wie du braucht ein gutes Pferd. Und ein gutes Pferd braucht einen Jungen wie dich. Und nun fahr und hol es dir. Viel Glück.«

Er wollte uns gerade ins Wasser schieben, als es mir plötzlich siedend heiß einfiel.

»Warten Sie, Sir! Ezra Bishop! Sie müssen ihn befreien!«

»Befreien? Was meinst du damit?«

So schnell ich konnte, erklärte ich ihm die Lage, in der wir Ezra Bishop zurückgelassen hatten.

»Und deshalb muss jemand hingehen und ihn losbinden. Er hat nichts zu essen oder sonst was, und allein kommt er bestimmt nicht los.«

Mr Holcomb musterte mich einen Moment, und unter dem breiten schwarzen Schnurrbart umspielte ein Lächeln seine Lippen.

»Mein Junge, nichts könnte mir mehr Freude machen, als Ezra Bishop gefesselt und geknebelt zu sehen. Mein halber Job besteht darin, die Schäden auszubügeln, die dieser Mann bei den Indianern anrichtet. Er betrügt sie, wo er kann, belästigt ihre Frauen und gibt den jungen Kerlen Whiskey. Es wird mir ein Vergnügen sein, deinen Gefangenen zu befreien.« Er kratzte sich nachdenklich am Kinn. »Allerdings ... für heute Mittag bin ich schon mit einem Freund verabredet. Und ich muss mich ja auch noch um dieses Indianerpony kümmern. Also werde ich es wohl erst gegen Abend schaffen, bei ihm vorbeizugehen.« Er zwinkerte mir zu, und seine Augen funkelten wie die eines Kindes, das einen Streich ausheckt. »Aber der wird mir schon nicht weglaufen, stimmts?«

Und damit schob uns Jed Holcomb ins Wasser. Das Kanu kippelte furchterregend, beruhigte sich aber wieder. Ich tauchte das Paddel ein, bis der Bug flussabwärts zeigte.

Und dann waren wir unterwegs, tanzten und schaukelten den Fluss hinunter, dorthin, wo mein Pferd auf mich wartete.

Die Bäume am Ufer waren schon bunt und leuchteten

in allen Farben des Herbstes. Der Fluss gurgelte und schwatzte vor sich hin und erzählte eine Geschichte von Hoffnung und Abenteuer. Die umliegenden Berggipfel trugen eine dünne Haube aus Schnee. Das waren wohl nur die Daunenfedern der Engelsflügel.

Zum ersten Mal seit Langem hatte ich das Gefühl, mich ein bisschen entspannen zu können. Und meiner Sarah wirklich näher zu kommen.

13. KAPITEL

Das Kanu war tatsächlich sehr stabil, aber alles andere als leicht zu steuern. Es schnellte und hüpfte den Fluss hinunter, wie es ihm gerade gefiel. A-Kih und ich konnten uns nur festhalten und das Beste hoffen.

Der Yakima-Canyon war einer der schönsten Orte, die ich je gesehen hatte. Die Hügel stiegen zu beiden Seiten stufenförmig an, und der Fluss rauschte mitten hindurch und schlängelte sich auf dem Talboden dahin. An manchen Stellen kamen die Berge direkt bis ans Wasser heran und klemmten den Fluss zwischen sich ein. An anderen Stellen weitete sich das Tal, und man sah Blockhütten und Farmhäuser, die sich zwischen Bergen und Flussbett an die Hänge schmiegten. Überall standen Bäume und Baumgruppen über die Landschaft verstreut, in den verschiedensten Sorten: Espen, deren Blätter im Wind erzitterten, Laubbäume, alle mit Rot und Orange übergossen, und viele stämmige Kiefern, die mit ihren immergrünen Nadeln schon für den Winter gerüstet waren. Hinter einer Biegung entdeckten wir eine Herde großer brauner

Elche, die gerade den Fluss überquerten. Als sie unser baumgroßes Kanu auf sich zukommen sahen, machten sie sich eilig davon.

»Dieser Ort kommt mir vor wie der Himmel«, sagte ich, während ich mich zu A-Kih umwandte. Er sah mich an und legte fragend den Kopf schief. Also breitete ich einfach die Arme aus, als wollte ich die ganze Landschaft umschließen, lächelte dann breit und nickte. Er verstand. Er nickte ebenfalls, lächelte zurück und sagte ein paar Worte auf Chinesisch.

Ich musste daran denken, wie schön es gewesen wäre, wenn mein Vater und ich uns hier angesiedelt hätten. Dann wäre uns der Weg über den Colockum Pass erspart geblieben, der Wagen wäre nicht umgestürzt und mein Vater noch am Leben. Wir könnten in diesem Himmel hier leben, nah genug an den Gräbern von Mama und Katie, um sie jederzeit zu besuchen. Der Gedanke war zu traurig, um allzu lange an ihm festzuhalten; ich musste ihn aufgeben und im Wasser zurücklassen. Vielleicht konnte der Fluss diese Geschichte jemand anderem erzählen. Der fände sie dann auch nicht traurig, weil er ja nicht wüsste, dass sie nie passiert ist.

Wir kamen gut auf dem Fluss voran. Vom vielen Herumgucken, um all die Schönheit zu bewundern, tat mir fast schon der Nacken weh, und mein Herzschlag beschleunigte sich hoffnungsvoll, als ich sah, wie die Meilen zwischen Sarah und mir dahinschwanden.

Die ersten Stromschnellen, auf die wir trafen, machten uns beiden ganz schön Angst. Ihr Rauschen war schon zu hören, lange bevor wir sie erreichten. Dann verengte sich der Fluss zu einer schmalen Rinne aus weißem Wasser und schwarzen Steinen. Das Boot prallte gegen einen Felsen, dann gegen noch einen, hüpfte von einer Seite zur anderen und hätte mich fast hinausgeschleudert. Wasser spritzte hoch, schockierend kalt, ließ meinen Blick verschwimmen und durchnässte meine Sachen. Immer seitlicher trieben wir auf dem Fluss dahin, und mir fiel Jed Holcombs Mahnung ein, den Bug immer stromabwärts zeigen zu lassen. Als das Kanu jetzt langsam herumschwang, verstand ich auch, warum: Wenn wir in dieser Position einen Felsen rammten oder uns irgendwo verkeilten, würde uns das Boot direkt ins Wasser katapultieren.

»Gerade!«, rief ich A-Kih hinter mir zu. »Wir müssen das Boot gerade halten.« Ich machte eine Armbewegung, die ihm zeigen sollte, dass das Boot parallel zur Strömung fahren musste. A-Kih nickte und rief irgendwas zurück, und wir rackerten uns beide mit den Paddeln ab, um das Boot möglichst gerade durchs Wildwasser zu bugsieren. Das Kanu benahm sich wie ein bockendes Pferd, ließ sich hart aufs Wasser fallen, sprang wieder hoch und machte unvermittelt einen Satz zur Seite. Ich hatte Mühe, mich auf den Knien zu halten, und musste blitzschnell zwischen Paddeln und Mich-einfach-nur-Festhalten wechseln und dann wieder zurück, sobald das Boot sich erneut zu drehen begann.

Und dann waren wir durch, glitten wieder in ruhigem Wasser und sonniger Landschaft dahin. Ich zitterte und versuchte, zu Atem zu kommen. Als ich mich zu A-Kih umwandte, sah er genauso aus, wie ich mich fühlte: erschrocken und erleichtert und euphorisch und kalt bis auf die Knochen.

Dann öffnete sich sein Mund zu einem breiten Grinsen, so breit, dass man seine Augen kaum noch sah. Triumphierend hob er das Paddel und stieß einen schrillen Jubelschrei aus.

»Stimmt«, lachte ich zurück, während ich mir das Wasser aus den Augen wischte. »Das hat wirklich Spaß gemacht. Aber um ehrlich zu sein, etwas weniger Spaß würde mir auch schon reichen, wenn du nichts dagegen hast.«

Wir brachten noch ein paar weitere Stromschnellen hinter uns, und mit jedem Mal kamen wir ein bisschen besser zurecht. Offenbar hatten wir den Dreh so langsam raus. Ein paarmal wurde das Wasser so flach, dass das Kanu auf den Steinen im Flussbett aufsetzte und wir aussteigen mussten, um es wieder freizubekommen. Was, zusammen mit dem Spritzwasser der Stromschnellen, ziemlich bald dafür sorgte, dass wir von Kopf bis Fuß durchnässt waren und den Oktoberwind, der von den Bergen herabwehte, empfindlich zu spüren bekamen.

Und dann hörte ich es: das Rauschen von Stromschnellen weiter vorn … allerdings tiefer und lauter als alle anderen zuvor. Ich reckte mich so hoch wie möglich, um einen Blick darauf zu erhaschen, und konnte zwar sehen, wo das Wildwasser anfing – ein Gewirr aus Felsbrocken, ein glitzerndes Brodeln aus weiß schäumender Gischt –, doch dann fiel der Fluss plötzlich ab, sodass nicht erkennbar war, wie es weiterging. Nur sein Tosen und Brüllen drang mir bis tief in die Brust.

Paddeln hatte keinen Sinn. Wir waren der Gnade des Flusses ausgeliefert, und er machte keinen sehr gnädigen Eindruck. Ich warf mein Paddel auf den Boden des Kanus, hielt mich zu beiden Seiten am Bootsrand fest und betete, dass A-Kih hinter mir dasselbe tat.

»A-Kih«, brüllte ich, so laut ich konnte. »Mach dich bereit! Mach dich bereit!«

Und dann waren wir mittendrin und flogen schneller dahin, als mein Verstand und meine Sinne verarbeiten konnten.

Hilflos schossen wir hierhin und dorthin, wurden durchgerüttelt und herumgeschleudert, in die Luft gehoben und wieder fallen gelassen. Ich konnte nichts anderes mehr hören, sehen und fühlen als Wasser, brüllendes, tobendes Wasser. Dann krachte das Boot gegen einen Felsen; es neigte sich gefährlich zur Seite und wäre fast umgekippt. Meine Finger brannten, so fest hielt ich den nassen Rand des Kanus umklammert, und mein Gesicht tauchte tief ins Wasser ein, das schwarz und hungrig auf mich wartete. Ich stieß einen panischen Schrei aus und hörte, wie auch A-Kih hinter mir aufschrie. Doch dann richtete sich das Boot wieder auf und schwenkte ruppig auf Kurs zurück. Ich riskierte einen Blick nach hinten und sah, dass A-Kih noch an Bord war, tropfnass und mit aufgerissenen Augen, den Bootsrand mit weißen Fingerknöcheln umklammernd.

Wie verrückt schlingerten wir von einem Herzinfarkt zum nächsten, ohne auch nur einmal zwischendurch Luft holen zu können. Der Fluss hatte unser Boot fest im Griff und schüttelte uns wie Würfel hin und her.

Irgendwann waren wir aber doch fast hindurch. Weiter hinten konnte ich schon das ruhige Wasser sehen, wo es wieder ganz gemächlich und zuvorkommend durch den Canyon floss. Nur eine letzte, steil abfallende Kehre war noch übrig, die mir jedoch überhaupt nicht gefiel. Vor uns lag ein tobender Aufruhr aus weißem Wasser und dann kam dieser übel aussehende Absturz zwischen zwei mannshohen Felsen, an dessen Fuß ein ganzer Friedhof aus scharfkantigen Steinen wartete. Gleich dahinter, unmittelbar vor der glatten Wasserfläche, die ich unbedingt erreichen wollte, hatte sich ein gewaltiger Haufen Treibholz angesammelt, der fast den ganzen Fluss überspannte. Genau das, wovor Jed Holcomb uns gewarnt hatte.

»Auf gehts, A-Kih«, brüllte ich. »Halt dich gut f…«

Aber da waren wir auch schon drin, und meine Worte wurde vom Brausen des Flusses hinweggefegt.

Hatten die vorigen Stromschnellen sich so angefühlt, als säße man auf einem bockenden Pferd, erinnerte dieses letzte Stück eher an eine rasende Büffelherde.

A-Kih und ich hatten nicht den Hauch einer Chance.

Wir flogen erst zur einen Seite, dann zur anderen und kamen schließlich zu der Steilstufe zwischen den Felsen. Der Bug unseres Kanus hing einen Moment lang in der Luft, über dem Chaos schwebend, dann kippte er ab und riss uns mit. Doch die Stufe war zu steil, fast senkrecht. Der Bug stach ins Wasser und blieb stecken wie ein Pfeil, und A-Kih und ich flogen kopfüber ins eisige Wasser.

Bevor wir zur Besinnung kommen konnten, wurden wir auch schon von der Strömung mitgerissen. Unsere Köpfe tauchten auf und gingen wieder unter, Arme und Beine ineinander verknäuelt. Ich wurde herumgewirbelt und krachte rücklings gegen einen Felsen, der heftige Schmerzstöße durch meine Wirbelsäule schickte. A-Kih fing an zu schreien und ging dann unter; sein Schrei erstickte in einem nassen Gurgeln.

Meine Tasche hing mir schwer um den Hals und zerrte mich unter Wasser, aber ich wollte sie nicht abstreifen. In ihr war alles Geld, das ich noch hatte und das ich brauchen würde, um Sarah zurückzukaufen. Ich versuchte, so gut es ging, mit den Armen zu rudern und mit den Beinen zu treten, aber die Strömung war zu stark und mein Körper von der Kälte schon halb taub. Ich spuckte einen Mundvoll Wasser aus und schnappte nach Luft, ehe ich wieder nach unten gezogen und weiter flussabwärts gespült wurde.

Irgendwo da unten, in der wirbelnden, eisigen Dunkelheit, stieß ich mit A-Kih zusammen. Er trieb reglos im Wasser, und meine Seele erbebte bis ins Innerste und schrie auf.

Doch dann spürte ich, wie seine Arme nach mir griffen, seine Finger sich in meiner Jacke verkrallten, und ich tat dasselbe bei ihm, hielt mich dort unten im mörderischen Wasser an ihm fest.

Gemeinsam tauchten wir wieder auf, hustend und japsend, den Blick flussabwärts gerichtet, und ich merkte überrascht, dass meine Füße den Grund berührten und ich sogar stehen konnte, A-Kih immer noch fest umschlungen. Ich hatte gerade Fuß gefasst, stand fast schon sicher im reißenden Fluss, als mich plötzlich etwas wie eine Dampflok von hinten rammte. In meinem Körper explodierte der Schmerz, ich wurde unter Wasser gedrückt und spürte, wie mir raues Holz über den Rücken schrammte. Das schwere Indianerkanu hatte uns eingeholt und war in mich hineingekracht.

Gleich neben dem Boot tauchte ich wieder auf und warf rasch einen Arm über den Rand, froh, mich an irgendwas festhalten zu können. Keuchend sog ich die Luft in mich ein und hielt Ausschau nach A-Kih. Ein paar Meter schräg vor mir sah ich seinen Kopf auf und ab hüpfen. Er hielt sich mit Leichtigkeit über Wasser, offenbar konnte er doch schwimmen. Mein Atem beruhigte sich ebenso wie mein Herzschlag, in der Annahme, wir hätten das Schlimmste hinter uns.

In diesem Moment fiel mir der Treibholzdamm wieder ein. Ich reckte den Hals und sah, wie er rasch auf uns zukam, ein hässliches Knäuel aus Baumstämmen, Zweigen und Geäst, das aus beiden Ufern herauswuchs und quer über den ganzen Fluss reichte. Die Stämme sahen aus wie eine Reihe schiefer Zähne, zwischen denen das Wasser hindurchrauschte; wer gegen diese Zähne gedrückt wurde, käme nicht mehr lebend heraus. Nur in der Mitte des Damms gab es einen schmalen Durchlass, und ich trieb mit dem Boot direkt darauf zu, aber A-Kih war zu weit außen, er würde geradewegs in der tödlichen Sperre landen. Ahnungslos schwamm er, das Gesicht mir zugewandt, auf das Unheil in seinem Rücken zu.

»A-Kih!«, brüllte ich. »A-Kih!«

Er lächelte und winkte, offenbar genauso erleichtert, die Stromschnellen überstanden zu haben, wie ich es eben noch gewesen war.

»Nein!«, brüllte ich und deutete wie besessen hinter ihn. »Schwimm, A-Kih! Du musst schwimmen!«

Er drehte sich um, und als er die Gefahr entdeckte, fing er an, hektisch aufs Ufer loszupaddeln. Aber es war offensichtlich, dass der Fluss ihn längst in den Treibholzhaufen gedrückt und verschluckt hätte, bevor er es erreichen würde.

»Nein! In die Mitte, A-Kih!« Ich winkte ihn mit dem freien Arm zu mir heran. »In die Mitte! Schwimm auf mich zu!«

Er warf mir einen verzweifelten Blick zu, änderte die Richtung und schlug wild mit den Armen aufs Wasser, um noch rechtzeitig bei mir anzukommen.

Doch es war zu spät, das erkannte ich mit entsetzlicher Gewissheit. A-Kih würde in den Treibholzdamm geraten. A-Kih war verloren.

Und dann fiel mir etwas Schreckliches und zugleich Wundervolles ein: Ezra Bishops Peitsche.

Ich trug sie immer noch um die Schulter gewickelt. Jetzt zog ich sie mir über den Kopf und packte den Griff, so fest ich konnte, mit meiner vor Kälte fast schon gefühllosen Hand.

»Halt dich dran fest!«, schrie ich und ließ die schwarze, lederne Schlange übers Wasser auf ihn zuschnellen. Sie war ziemlich lang, mehr als fünf Meter vom Griff bis zum äußersten Ende der Schnur.

Dieses Ende klatschte jetzt einen knappen Meter vor ihm aufs Wasser, und mit einem einzigen panischen Beinschlag erreichte er es und klammerte sich mit beiden Händen daran fest. Mit aller Kraft, die ich noch in mir hatte, hielt ich den Peitschengriff, während er sich am anderen Ende Stück für Stück die Peitschenschnur hinaufhangelte.

Ich sah, wie Äste und Zweige schon fast nach ihm griffen, sah sein vor Angst und Erschöpfung verzerrtes Gesicht, hörte das gierige Gurgeln des Wassers, das uns nach unten saugen wollte, und riss ihn mit einer letzten gewaltigen Anstrengung zu mir heran.

Ich dachte, er würde es schaffen. Das habe ich wirklich gedacht.

Ich dachte, er hätte sich mit dieser verfluchten Peitsche weit genug zu mir herangezogen, um am Treibholzdamm vorbei und sicher durch die Lücke zu gleiten.

Aber dann ging es doch noch schief.

A-Kih war schon fast bei mir, als er plötzlich stecken blieb und sich in einem fiesen, abgebrochenen Ast verhakte, der aus einem umgestürzten Baum hervorstand. Im Bruchteil einer Sekunde, bevor ich auch nur das Geringste unternehmen konnte, schoss ich an ihm vorbei und durch die Lücke im Treibholz.

Ich hörte noch seinen Schrei, als er begriff, was passiert war, dann war ich auch schon weg.

»Nein!«, brüllte ich.

Ich blickte zurück und sah gerade noch rechtzeitig, wie sich die Peitschenschnur spannte, straff wie Draht. Fast hätte sie mich vom Boot weggerissen, aber ich hielt beides, Peitsche und Bootsrand, so fest umklammert, wie ich nur konnte. Im selben Moment stieß A-Kih einen letzten, verzweifelten Schrei aus und verschwand. Unter dem Stamm. Unter Wasser.

Einige Sekunden hing ich in der Luft und wurde zwischen dem Boot, das mich stromabwärts zog, und der

Peitschenschnur, die mich stromaufwärts festhielt, fast entzweigerissen.

Dann wurde die Schnur plötzlich schlaff, und das Boot glitt weiter mit mir flussabwärts, durch das friedliche Wasser, das nach der Stromschnelle folgte. Keuchend hing ich am Bootsrand, aber ich spürte weder Kälte noch Nässe. Nur noch den leeren Fluss hinter mir und das schlaffe Peitschenleder in meiner Hand, das mich mit nichts mehr als dem schwarzen Wasser verband.

Ich hörte die Schreie der Wildgänse, die am Himmel über mir in einem verrutschten V gen Süden flogen.

Ringsherum stand das Herbstlaub in Flammen und schrie noch im Tod seine Farben hinaus.

Tränen stiegen mir in die Augen, brennend heiß trotz der Kälte.

»Oh Gott«, sagte ich, und ein Frösteln ließ mich bis in die Knochen erschauern. »Oh Gott, ich …«

Und dann ploppte A-Kihs Kopf wie ein Korken an die Wasseroberfläche, und seine gierigen Atemzüge durchbrachen die Stille, die um mich herum entstanden war.

»A-Kih!«, brüllte ich. »A-Kih!« Und ich stieß einen so unbändigen Freudenschrei aus, wie meine Kehle noch keinen hervorgebracht hatte.

A-Kih spuckte und hustete und keuchte. Ich trat mit den Beinen auf der Stelle, um das Boot zu bremsen, und er strampelte sich mühsam bis zu mir heran, packte den Bootsrand und warf den Kopf in den Nacken, um mit geschlossenen Augen die lebensspendende Luft in sich einzusaugen. Ich umarmte ihn, so lange und so fest ich nur konnte, ohne ihn wieder unter Wasser zu ziehen oder selbst den Bootsrand loslassen zu müssen. Ich hatte ihn schon für tot gehalten, und das wäre einfach mehr gewesen, als ich hätte ertragen können.

Ich warf die Peitsche ins Boot – auf ewig dankbar dafür, dass ich ein Dieb und Ezra Bishop ein brutaler Kerl war –, und nur mit den Füßen tretend schoben wir das Boot vor uns her zum Ufer. Als das Wasser so flach wurde, dass wir darin laufen konnten, zogen wir den Bug des Kanus so weit aufs Trockene, dass es nicht weggespült werden konnte. Ein Paddel trieb vorbei, und ich watete zu ihm hinaus, fing es ein und warf es ins Boot. Das andere war wohl ein für alle Mal verschwunden, aber wenn ein Paddel das Einzige war, was wir an diesem Tag verloren hatten, konnten wir uns glücklich schätzen.

Und dann standen wir beide bibbernd am Ufer. Der Fluss floss stoisch an uns vorbei, gänzlich unberührt von der Tragödie, die sich beinahe ereignet hätte. Ich öffnete meinen Beutel, der immer noch tropfnass an meiner Seite hing. Den Revolver meines Vaters würde ich reinigen müssen, aber das Geld war noch vollständig vorhanden. Ebenso mein Messer und ein paar Streifen getrocknetes Elchfleisch, das Jed Holcomb uns mitgegeben hatte. Ich zog die Streichhölzer hervor. Sie waren völlig durchweicht und eindeutig nicht mehr zu gebrauchen.

»Wir müssen unbedingt unsere Sachen trocknen«, sagte ich zähneklappernd zu A-Kih. »Sonst holen wir uns den Tod.«

Ich drehte mich vom Fluss weg und ließ den Blick über die bewaldeten Hänge schweifen. Die Landschaft wirkte wild und unbesiedelt, doch dann sah ich es: eine dünne, aber stetige Rauchsäule, die nicht weit von uns zwischen den Bäumen aufstieg.

»Los, komm, A-Kih«, sagte ich und fiel gleich in Laufschritt.

Wir fanden eine holprige, unbefestigte Straße, die parallel zum Fluss zwischen den Bäumen verlief, und folgten ihr ein Stück. Dann bogen wir in einen schmaleren, noch unwegsameren Pfad ein, der zu der Stelle hinaufführte, wo ich den Rauch gesehen hatte.

Schließlich kamen wir auf eine Lichtung, auf der eine Blockhütte stand, sorgfältig und solide gebaut, mit einer schmucken kleinen Vorderveranda und ordentlich aufgestapeltem Feuerholz an der Seite. Ein schmaler Bach plätscherte an ihr vorbei und zum Fluss hinunter. Hinter dem Haus entdeckte ich einen Stall und eine Weide, auf der eine Kuh graste. Als wir näher kamen, hob sie den Kopf, kaute aber weiter ruhig. Es war ein schönes, friedliches Bild, diese Blockhütte mit der Wiese und den Bergen im Hintergrund. Eines, nach dem man selbst dann fast schon Heimweh bekommen könnte, wenn man noch nie dort gewesen wäre. A-Kih und ich zitterten inzwischen am ganzen Körper, und ich konnte nur hoffen, dass die Leute drinnen genauso freundlich waren, wie ihr Haus von außen wirkte.

So gut es ging, wrangen wir das restliche Wasser aus unserer Kleidung, dann klopfte ich an die Tür.

Sie wurde so plötzlich und hastig aufgerissen, dass ich erschrocken zurückwich.

Ein Junge stand vor uns, das Gesicht voller Angst. Er war nicht älter als fünf und sah aus, als würde er jeden Moment in Tränen ausbrechen.

»Seid ihr der Doktor?«, rief er, und sein Blick wechselte zwischen mir und A-Kih hin und her.

»Der Doktor?«, wiederholte ich. Ich schaute A-Kih an, der mit hängender Kinnlade neben mir stand. Dann sah ich an mir selbst herunter, tropfnass, frierend und zwölf Jahre alt. »*Nein*, mein Kleiner. Nicht mal annäherungsweise.«

»Oh Gott!«, schluchzte der Junge auf. Sein Gesicht verzerrte sich und Tränen strömten ihm die Wangen hinab, während seine Schultern von weiteren Schluchzern geschüttelt wurden.

»Was ist denn los?«, fragte ich, trat auf ihn zu und wiederholte meine Frage: »Was ist denn los?«

Er schniefte und sah zu mir hoch, sein Gesicht ein Bild des Jammers und Herzeleids.

»Meine Mutter«, stieß er hervor. »Sie hat solche Schmerzen. Ich glaube, sie stirbt.«

Und was tat ich? Ich hatte genügend Mütter sterben sehen. Ich zögerte keine Sekunde.

»Wo finde ich sie?«, fragte ich ihn.

Er trat beiseite. Ich zog nur schnell meine schlammbedeckten Stiefel aus, dann trat ich ins Haus.

»Mama! Mama!«, flüsterte er deutlich hörbar. »Guck mal, wen ich mitgebracht habe.«

Ich machte einen weiteren Schritt ins Zimmer und wartete, bis meine Augen sich ans Dämmerlicht gewöhnten. A-Kih folgte mir.

Die Hütte war behaglich eingerichtet, mit einem steinernen Kamin, einem Tisch, einem Herd und ein paar schlichten Möbelstücken. Es gab einen richtigen Dielenboden, glatt und eben und sauber gefegt. In einer Ecke stand ein großes Bett aus Kiefernholz, und in dem Bett lag eine Frau. Ihr Gesicht war blass, ihre Augen dunkel und erschöpft und ihr glattes braunes Haar nass von Schweiß, doch man sah trotzdem, dass sie hübsch war.

Ihre Augen schwammen vor Schmerz, aber sie kniff sie zusammen, um zu uns herüberzuschauen, und ich sah, wie Verwirrung ihre Stirn furchte. Dann lächelte sie, ein müdes, gequältes Lächeln.

»Oh«, sagte sie mit schwacher Stimme und man hörte, dass sie sich alle Mühe gab, herzlich zu klingen. »Hallo. Wer ... wer seid ihr?«

Ich stand da mit meinen tropfenden Sachen und wusste nicht, was ich antworten sollte.

»Ich heiße Joseph, Ma'am. Und das hier ist A-Kih. Ihr Sohn sagt, Sie sind verletzt?«

»Verletzt?« Die Frau verzog schmerzhaft das Gesicht und wartete einen Moment. »Verletzt ist nicht das richtige Wort.« Sie unterbrach sich wieder und biss die Zähne zusammen. »Ich bekomme ein Baby, wisst ihr. Es kann jeden Moment so weit sein.«

14. KAPITEL

»Sie bekommen ein Baby?« Meine Stimme klang ziemlich schrill und nervös. Wenn ich eine Liste mit all den Dingen aufstellen müsste, bei denen ich wahrscheinlich keine große Hilfe wäre, stünde Bei-einer-Geburt-Helfen ganz weit oben.

»Ja. Seit zwei Tagen versucht es nun schon zu kommen. Mein Mann ist heute Morgen aufgebrochen, um den Doktor zu holen, und …« Ein Keuchen schnitt ihr die Worte ab, sie bog den Rücken durch, presste die Zähne aufeinander und schloss die Augen gegen die Schmerzen.

»Mama!«, schrie der kleine Junge auf, rannte zu ihr und nahm ihre Hand. Ich stand immer noch tropfend neben der Tür und wusste nicht, was ich tun sollte. Ich wollte mich gerade zu A-Kih umdrehen, um vorzuschlagen, dass wir anstandshalber vielleicht lieber rausgehen sollten, da schob er sich auch schon an mir vorbei und ging zum Bett hinüber.

Mit offenem Mund starrte ich ihn an.

A-Kih ging geradewegs auf diese Frau zu und fing an zu

reden, genau wie bei diesem Grizzly, mit ruhiger, besänftigender Stimme. Die Frau und der Junge starrten ihn an, offenbar völlig verdattert. Als er fertig war, machte er eine rasche Verbeugung.

»Was hat er gesagt?«, fragte die Frau.

»Ich habe nicht die leiseste Ahnung, Ma'am«, antwortete ich wahrheitsgemäß.

A-Kih blickte sich suchend um, ging dann zum Tisch, wo er einen Krug mit Wasser und einen Stofflappen fand, und kehrte damit zum Bett zurück. Er tunkte den Lappen ins Wasser, wrang ihn aus und legte ihn der Frau auf die Stirn.

Ich sah, wie sie sich entspannte, die Augen schloss und lächelte.

»Danke«, sagte sie. Aber im nächsten Moment straffte sich ihr Körper auch schon wieder, sie bog den Rücken durch und stöhnte durch zusammengebissene Zähne. Der Junge fing wieder an zu weinen, lautlos, nur sein Schniefen war zu hören, obwohl ihm die Tränen aus den Augen stürzten.

A-Kih drehte sich zu mir um und bellte irgendeine Anweisung auf Chinesisch.

Ich zuckte verständnislos die Achseln.

Er redete weiter und deutete dabei auf einen Topf am Feuer, dann auf einen Eimer neben der Tür. Ich verstand die Botschaft und hatte gleich darauf auch schon einen Topf mit Wasser aufs Feuer gesetzt. A-Kih war unterdessen im Zimmer herumgegangen, hatte sämtlich Tücher, Lappen und Decken, die er finden konnte, zusammengesucht und die Frau auf dem Bett in eine etwas sitzendere Position gebracht.

»Joseph?«, flüsterte sie mir zu, während A-Kih am Feuer zu tun hatte. »Glaubst du, er weiß, was er tut?«

Ich erwiderte ihren Blick mit so viel Zuversicht, wie ich nur aufbringen konnte.

»Ma'am«, sagte ich, »ich bin jetzt schon seit mehreren Tagen und vielen Meilen mit diesem Jungen unterwegs. Und das Einzige, was er eindeutig nicht konnte, war, sich oben auf einem Pferd zu halten. Insofern nehme ich an, dass er auf die eine oder andere Art schon sehr genau weiß, was er tut.«

Sie nickte und kniff dann wieder die Augen zusammen, als eine weitere Woge des Schmerzes sie erfasste. Schweißperlen traten ihr auf die Stirn. Sie nahm meine Hand und drückte sie so fest, dass ich jeden Moment damit rechnete, meine Knochen splittern zu hören. Dann ließ der Schmerz nach, und sie lächelte mich entschuldigend an.

»Ich heiße übrigens Anna«, sagte sie, während sie immer noch flach durch die blassen Lippen atmete. »Anna Davidson. Das hier ist mein Sohn Justin.« Justin nickte ernst und gab mir die Hand. Ich schüttelte sie.

»Ich nehme an … ich sollte euch fragen …«, Mrs Davidsons Worte kamen nur bruchstückhaft heraus, zwischen den Schmerzattacken, »was ihr … zwei Jungs … hier eigentlich macht.«

Ich dachte an unsere ganze verrückte Geschichte, an Sarah und Mr Grissom, Ezra Bishop und den Colockum Pass, unsere Fahrt auf dem Fluss und Mr Campbell auf dem Weg nach Yakima. Aber dann drückte Mrs Davidson wieder meine Hand und stieß einen richtiggehenden Schrei aus, und mir wurde klar, dass das alles warten konnte. Warten *musste*. Alles. Auch Sarah und ich.

Und so sagte ich nur, als sie sich wieder beruhigt hatte: »Wir sind auf der Suche nach meinem Pferd, Ma'am. Aber das spielt im Moment überhaupt keine Rolle. Im Moment sind wir beide einfach nur hier und helfen Ihnen, so gut wir können. Den Rest erklären wir später.«

»Warten denn nicht eure Eltern irgendwo auf euch?«

Ich biss mir auf die Lippe.

»Nein, Ma'am, die warten nicht auf uns. Und A-Kih und ich gehen nirgendwohin, bevor Sie wieder wohlauf sind.« Ich brauchte gar nicht zu überlegen, was meine Eltern wohl sagen würden, um zu wissen, dass ich das Richtige tat.

Sie drückte wieder meine Hand, aber diesmal aus Dankbarkeit.

»Ich danke dir«, flüsterte sie. Dann kam der Schmerz zurück. Und dann noch mal. Und immer wieder.

Dieses Baby tat sich wirklich schwer damit, auf die Welt zu kommen. Ich hatte noch nie erlebt, dass sich jemand so quälen musste wie Mrs Davidson, und hoffte in dem Moment auch, das nie wieder erleben zu müssen.

Nach einer besonders schlimmen Schmerzattacke schaute sie mich an und flüsterte: »Dieses Baby macht es mir nicht leicht, Joseph. Bitte erzähl mir was. Irgendwas, das mich ein bisschen ablenkt.«

Ich räusperte mich, fuhr mir über die Lippen und überlegte fieberhaft, was ich sagen könnte.

»Meine … meine Mutter hat mir erzählt, dass meine Geburt auch ziemlich schwierig war«, hob ich an. »Drei Tage hat sie mit mir in den Wehen gelegen. Es war so schlimm, dass sie dachte, sie würde es nicht überleben, und ich hatte deshalb immer schreckliche Schuldgefühle. Aber dann hat sie gesagt, dass man für die Babys, die so mühsam auf die Welt kommen, oft besondere Dankbarkeit empfindet und dass sie zu Großem bestimmt sind.« Ich unterbrach mich und tupfte ihr den Schweiß ab, der ihr zu beiden Seiten des Gesichts hinunterlief. »Wenn das stimmt, Ma'am, wird dieses Baby mit Sicherheit Präsident der Vereinigten Staaten.«

Ganz kurz lächelte mich Mrs Davidson an.

»Ich danke dir«, hauchte sie. »Magst du weiterreden?«

Der Vormittag draußen vorm Fenster wurde zum Nachmittag, dann zu einem goldenen Abend und schließlich zur Nacht. Justin und ich saßen die ganze Zeit bei Mrs Davidson, hielten ihre Hand, legten ihr kalte Tücher auf die Stirn oder taten sonst irgendetwas, das A-Kih uns auftrug. Und ich redete. Ich redete mich heiser. Ich erzählte ihr von unserem Leben, bevor wir nach Westen gezogen waren. Ich erzählte ihr, wie meine Schwester Katie geboren wurde, als der Schnee meterhoch lag und der Arzt nicht kommen konnte und meine Mutter sie ganz allein auf die Welt bringen musste. Ich erzählte ihr, wie Katie und ich einmal so viel aus dem Zuckersack meiner Mutter genascht hatten, dass uns speiübel war und wir dann obendrein noch eine Tracht Prügel kassiert hatten. Ich erzählte ihr, wie mein Vater meine Mutter mit einem Maisbrot zum Geburtstag überraschen wollte, das ihm dann aber so arg verbrannte, dass wir draußen essen mussten, weil das ganze Haus voller Qualm war. Ich erzählte ihr, wie ich auf Sarah reiten gelernt hatte und wie ich später dann Katie beigebracht hatte, auf ihr zu reiten. Ich erzählte Mrs Davidson alle Geschichten über mich und meine Familie.

Na ja, fast alle. Die traurigen nicht. Eine Geburt ist kein Ort für traurige Geschichten. Also habe ich ihr nicht erzählt, wie die Geschichte von Katie ausging, und auch nicht wie die meines Vaters und meiner Mutter. Ihr Ende behielt ich für mich, wo es ja auch hingehörte.

Und während all dieser Zeit vollbrachte A-Kih seine Werke wie ein richtiger, leibhaftiger Engel. In all diesen dunklen, mühevollen Stunden war er keinen Moment lang untätig. Und immer war seine Stimme ruhig und sein Blick zuversichtlich. Und immer, wenn sie es am meisten brauchte, schenkte er Anna Davidson ein kleines Lächeln.

Ich weiß nicht, wo A-Kih gelernt hatte, wie man ein Baby auf die Welt holt. Vielleicht ist seine Mutter früher, in China, Hebamme gewesen, und er hat sie öfter begleitet. Vielleicht gibt es in den Lagern der Chinesen keine Ärzte und jeder muss mit anfassen. Ich weiß es nicht. Und werde es wohl auch niemals erfahren. A-Kih wusste jedenfalls in jeder Minute haargenau, was zu tun war, bis ganz zum Schluss. Und das tat er dann auch.

Dieser Junge war einfach unglaublich.

Als der Moment schließlich kam, war es, als würden alle Wunder der Welt zugleich passieren. Mrs Davidson umklammerte meine Hand, die Adern an ihrem Hals traten hervor, während sie presste und schrie. Justin hielt ihre andere Hand, die Augen weit und feucht und verzweifelt.

Die Welt draußen vorm Fenster war dunkel, aber drinnen hatten wir das flackernde Licht des Feuers. Und die stetige Flamme einer Petroleumlampe. Und A-Kihs ruhige, energische Stimme, die uns zusammenhielt. Und dann hörten wir den ersten unverfälschten Schrei eines neugeborenen Babys.

Und in dem Moment, wie aus dem Nichts, traten mir große, heiße Tränen in die Augen und liefen mir die Wangen hinunter. Drängende, unaufhaltsame Tränen, die irgendwo tief aus meinem Herzen aufstiegen.

Vielleicht war es die Erinnerung daran, wie meine Schwester Katie geboren wurde, wie ich ihre ersten Schreie gehört und ihren winzigen roten Körper gesehen hatte, und mir klar geworden war, dass ich jetzt der große Bruder war. Vielleicht war es aber auch nur die Erschöpfung nach all den Stunden der Mühe und der Angst, die nun ein gutes Ende genommen hatten. Oder es war das Lächeln von Anna Davidson, nach all den Schmerzen, dem Schweiß und der Anstrengung, ein müdes, und doch so vollkommenes Lächeln, voller Triumph und Freude und zärtlicher, bedingungsloser Liebe. Der Liebe einer Mutter. Einer Liebe, die keiner anderen glich und die ich so schmerzlich vermisste. Immer vermissen werde. Aber ich schäme mich kein bisschen dafür, dass ich dort in der Hütte stand und gute, nasse Tränen weinte, die einfach nur glücklich waren. Ich weinte sie für dieses Baby und seine Mutter, und vielleicht auch für alle anderen Babys und Mütter, mich und meine Mutter eingeschlossen.

A-Kih hüllte das Kind in ein Tuch und legte es Mrs Davidson in den Arm.

»Oh mein Baby«, sagte sie sanft und strich ganz sacht mit dem Finger über seine kleine Wange. »Mein Baby.« Und das Baby hörte auf zu weinen und lag einfach dort bei seiner Mutter, die Augen geschlossen.

»Was ist es denn, Mama?«, fragte Justin leise und atemlos, die aufgerissenen Augen auf das winzige Gesicht des Babys gerichtet.

»Ein Mädchen, Justin«, sagte sie. »Ein Schwesterchen.«

»Eine Schwester? Klasse!«

»Wie findest du sie, mein Schatz? Wie findest du deine Schwester?«

Ganz leise und vertraulich sprachen sie miteinander, in diesem besonderen Tonfall von Familien, so als wären A-Kih und ich gar nicht da.

»Ich mag sie, Mama. Ich mag sie richtig gern.« Doch an seinem ehrfurchtsvollen Flüstern war deutlich zu hören, dass Justin seine Schwester nicht nur mochte. Er betete sie an.

Mir wurde es in der Hütte plötzlich zu heiß und zu eng.

Ich entschuldigte mich und ging hinaus in die weite, offene Kühle der Nacht.

Die Luft hatte diese durchdringende Art von Kälte, die deinen Knochen sagt, dass der Herbst bald vorbei ist und danach sofort der Winter kommt. Ein fast voller Mond warf sein silbernes Licht auf die schneebedeckten Gipfel, die Kiefern und das Gras rund um die Hütte. In einiger Entfernung konnte ich den Fluss hören, der durch die Nacht in Richtung Yakima rauschte.

Ich stand allein in der Dunkelheit. Na ja, durch den Mond war es natürlich nicht ganz, ganz dunkel. Aber ich fühlte mich auf jeden Fall ganz, ganz allein.

Und sehnte mich mehr denn je nach meinem Pferd.

15. KAPITEL

Die Schneide der Axt funkelte hell wie eine Pistolenkugel im Morgenlicht. Tödlich schimmernd fuhr sie hoch in die Luft und sauste dann mit einem spaltenden Blitz herab. Ich ächzte und keuchte. Der Hieb war gut gezielt, und das Holzscheit fiel, in zwei gleich große Hälften geteilt, zu Boden.

Ich machte eine Pause, um zu verschnaufen, und musterte das Holz, das ich schon gehackt und neben dem anderen an der Hauswand aufgestapelt hatte. Die Sonne stand hoch am wolkenlosen Himmel. Ich trug Hemd und Hose des abwesenden Mr Davidson, während die Sachen von A-Kih und mir zum Trocknen auf der Leine hingen. Der Morgen war fast schon vorbei, und mein Magen fragte allmählich nach dem Mittagessen. Ich warf die letzten beiden Scheite auf den Stoß, griff nach dem Eimer und dem Korb, die ich neben die Tür gestellt hatte, und ging hinein.

Mrs Davidson lag im Bett und stillte das Baby.

»Lass gut sein, Joseph«, sagte sie. »Die Tiere, das Holz, der Haushalt – du hast mehr als genug getan. Komm her und rede ein bisschen mit mir.« Sie sprach leise, weil Justin und A-Kih noch schliefen – Justin in seinem eigenen kleinen Bett, A-Kih auf ein paar Decken auf dem Boden, beide fix und fertig nach der langen Nacht. Ich war früh aufgewacht, rastlos, und seitdem ständig in Bewegung gewesen. Ich ging zu Mrs Davidson hinüber und setzte mich auf den Stuhl neben ihrem Bett.

»Haben Sie sich schon einen Namen ausgesucht?«, fragte ich sie.

»Ich denke, ja«, sagte sie mit einem Lächeln. »Claire. Claire Marie Davidson. Claire war der Name meiner Mutter. Wie findest du das?«

»Ich finde, das ist ein schöner Name.«

»Möchtest du sie mal halten?«

Ich schluckte und schaute auf Claire, die auf dem Arm ihrer Mutter eingeschlafen war. Ich erinnerte mich an meine kleine Katie und wie leicht und zerbrechlich sie sich angefühlt hatte.

»Klar, Ma'am. Das kann ich wohl machen.«

»Hast du schon mal ein Baby gehalten?«

»Ja, Ma'am. Meine kleine Schwester.« Mrs Davidson hielt mir ihr Töchterchen hin, und ich nahm das warme kleine Bündel entgegen und hielt es sanft, aber fest im Arm.

»Ach ja, richtig! Wie alt ist deine Schwester denn jetzt, Joseph?«

»Sie wäre jetzt sieben, Ma'am.«

»Wäre?«

»Sie ist letztes Jahr gestorben. Typhus.« Ich achtete darauf, dass meine Stimme freundlich und unbeschwert klang. Um das Baby nicht zu beunruhigen. »Meine Mutter auch.«

Ich spürte Mrs Davidsons Blick auf mir. Aber ich schaute nicht auf. Ich wollte mich nicht bewegen, wollte das Baby nicht wecken.

Nach einer Weile sprach sie weiter.

»Hast du noch andere Geschwister? Oder bist du mit deinem Vater allein?«

»Nein, Ma'am. Mein Vater ist letztes Frühjahr gestorben.« Meine Stimme war nur noch ein Flüstern, mein Blick weiterhin auf das schlafende Baby in meinen Armen gerichtet. »Ich bin ganz allein.«

Es fühlte sich an wie ein düsteres Geheimnis. Wie eine Schande. Ich weiß nicht, warum. Aus irgendeinem Grund hatte ich Angst, Mrs Davidson würde mich wegschicken, sobald sie über mich Bescheid wusste. Vielleicht ist das so ein Ding von Waisenkindern. Jedenfalls hatte ich seit dem Tod meines Vaters, egal, wo ich war oder bei wem ich war, immer das Gefühl, dort nicht hinzugehören. Und dachte dann, die Leute würden es bestimmt genauso empfinden: dass ich einfach nicht dazugehörte.

»Sobald A-Kih wach ist, brechen wir wieder auf«, sagte ich. »Dann sind wir aus dem Weg, und Sie können sich in Ruhe um Ihr Baby kümmern.«

Ich konnte sie dabei nicht anschauen. Ich wusste nicht, was ich in ihren Augen sehen würde.

»Nein«, erwiderte sie. »Nein, Joseph, ihr werdet nicht gleich wieder aufbrechen. Du und A-Kih, ihr seid hier erschienen wie zwei Engel – wie *Engel*, Joseph, wie die Antwort auf meine Gebete – und ihr werdet zum Abendessen und über Nacht bleiben und wenn ihr wollt, auch für immer.«

Für immer hatte einen seltsamen Klang. Einen guten, seltsamen Klang. Meine Kehle verengte sich, und ich musste einen Augenblick warten, bis ich wieder sprechen konnte.

»Vielen Dank, Ma'am, aber wir können nicht bleiben.«

»Warum nicht?«

Mrs Davidson und ich, wir zuckten beide zusammen und schauten zu Justin hinüber, der sich in seinem Bett aufgesetzt hatte. Er krabbelte heraus und kam zu uns herüber, sich die Augen reibend, das Haar vom Schlaf zerzaust.

»Ich *will* aber, dass ihr für immer hierbleibt! Warum könnt ihr das nicht?«

Ich seufzte. Das war eine lange Geschichte. Aber die musste ich ihnen jetzt wohl erzählen.

»Also«, fing ich an. »Ich bin auf der Suche nach meinem Pferd.«

Als ich schließlich zu der Stelle kam, wo wir nass und bibbernd ans Ufer stiegen, war auch A-Kih aufgewacht. Er hörte mir zu und lächelte jedes Mal, wenn sein Name fiel. Und als ich ihn mit einem Wink dazu aufforderte, zog er seine kleine Vogelskulptur hervor und zeigte sie ihnen.

»Und das wars«, schloss ich. »Meine Sarah ist jetzt oben in Yakima, und ich muss sie finden, bevor sie endgültig verschwindet. Und ich weiß, dass A-Kih seine Suche auch noch nicht aufgeben will.«

Mrs Davidson und Justin saßen einen Moment lang da und starrten uns nur an.

»Das ist ja eine verrückte Geschichte«, sagte Mrs Davidson schließlich.

»Kann man wohl sagen, Ma'am.«

»Ich hoffe, du bekommst dein Pferd zurück«, sagte Justin.

»Danke«, antwortete ich mit einem Lächeln. »Das hoffe ich auch. Und deshalb sollte ich jetzt auch bald aufbrechen.«

»Jetzt sofort?«, fragte Justin alarmiert.

»Na ja, klar, ich meine …«

»Aber Papa ist doch noch gar nicht zurück! Ihr wollt uns hier doch nicht allein lassen?«

Ich schaute in seine großen, ängstlichen Kinderaugen hinunter.

»Justin, du hast doch gehört, was er gesagt hat. Er muss jetzt gehen. Wir kommen hier schon zurecht.«

Aber Justin beachtete seine Mutter gar nicht, sondern umklammerte stattdessen mein Bein.

»Bitte, Joseph, bleib noch hier. Lass uns nicht allein.«

Ich biss mir auf die Lippen. Ich spürte seine Finger an meinem Bein, spürte die schlafende Claire in meinem Arm. Ich wusste nur zu gut, wie es sich anfühlt, wenn man allein gelassen wird.

»In Ordnung«, sagte ich schließlich. »Ein Tag mehr wird uns sicher nicht schaden. Morgen brechen wir dann in aller Frühe auf.«

Justin jubelte und strahlte übers ganze Gesicht. Er drückte mein Bein ganz fest an sich, und das allein war die Sache schon wert.

*

Mr Davidson kehrte am Nachmittag zurück, völlig erschöpft und fast verrückt vor Sorge. Schwankend kam er aufs Haus zugelaufen und zog ein schweißbedecktes Pferd hinter sich her. Seine Augen waren fast schwarz vor Müdigkeit, und sein Gesicht war bleich und eingefallen. Er rannte schnurstracks hinein, ohne A-Kih und mich auf der Veranda zu bemerken, und gleich bis zu Mrs Davidson, die im Bett lag und das Baby stillte. Wir wollten ihm schon folgen, blieben dann aber aus Zurückhaltung auf der Schwelle stehen.

»Dr. Fowler war nicht da«, keuchte er und fiel neben ihrem Bett auf die Knie. »Ich musste bis nach Yakima reiten.«

»Es ist alles gut, John«, sagte Mrs Davidson sanft.

»Aber der Arzt aus Yakima wollte nicht bis hier rauskommen«, fuhr er fort, als hätte er sie gar nicht gehört. »Hat sich einfach geweigert, der verdammte Kerl.« Er schüttelte den Kopf. »Und dann hat der alte Buck noch ein Hufeisen verloren und sich einen bösen Schnitt im Huf zugezogen, deshalb musste ich ihn den ganzen Rückweg führen.«

»Ist alles gut, John«, murmelte sie wieder. Sie schob die Decke beiseite, damit er das Gesicht seiner neugeborenen Tochter sehen konnte. »Mir geht es gut. Und ihr auch.«

Mr Davidson streckte vorsichtig die Hand aus und streichelte dem kleinen Mädchen mit einem Finger über die Wange. Es gab einen Moment der Stille, als der Vater seine Tochter und die Tochter ihren Vater begrüßte.

»Sie ist wunderschön«, sagte er schließlich mit heiserer Stimme.

»Ja«, sagte Mrs Davidson.

»Und es geht ihr wirklich gut.«

»Ja«, wiederholte sie. Dann lächelte sie und nickte zu A-Kih und mir herüber. »Dank diesen beiden dort.«

Mr Davidson wandte sich um und seine müden Augen musterten uns verwirrt. Mrs Davidson erzählte ihm mit ihrer warmen, fast summenden Stimme von unserer Ankunft und von der Geburt des Babys und all den Wundern, die A-Kih vollbracht hatte.

Als die Geschichte zu Ende war, erhob sich Mr Davidson und kam auf uns zu. Er schaute jedem von uns in die Augen, klar und direkt, und schüttelte uns mit einem schlichten »Danke« die Hand.

Es gefiel mir, dass er das bei A-Kih ganz genauso machte wie bei mir. Dass er meinem Freund den gleichen Respekt erwies. Das war nicht viel, aber nach allem, was ich auf unserer Reise erlebt hatte, war es sehr viel mehr, als die meisten Leute getan hätten.

»Ihr beide«, sagte er dann, und mir gefiel auch, dass er uns wie Erwachsene behandelte, »seid unsere Gäste, solange ihr es braucht oder wollt.«

»Vielen Dank, Sir«, antwortete ich. »Aber wir bleiben nur noch diese Nacht. Wir sind beide in wichtigen Geschäften unterwegs.«

Mr Davidson musterte uns erstaunt, zwei zerzauste Jungen in fleckigen, zerrissenen Klamotten.

»Wichtige Geschäfte?«, wiederholte er. »Das klingt nach einer längeren Geschichte. Dann wollen wir mal was zu essen auf den Tisch bringen und sie hören.«

Also erzählte ich meine Geschichte ein weiteres Mal, bei aufgewärmtem Pökelschinken und Brot, das Mr Davidson selbst gebacken hatte.

»Fehlt dir deine kleine Schwester?«, fragte Justin, als ich fertig war, den Blick auf die kleine Claire gerichtet.

»Justin«, sagte Mrs Davidson tadelnd.

»Ist schon gut, Ma'am.« Ich schaute Justin an. »Natürlich fehlt sie mir. Sehr sogar. Wir waren uns sehr nahe,

Katie und ich. Sie … sie hat nie einfach nur Joseph zu mir gesagt. Sie hat immer *›mein Joseph‹* gesagt. Keine Ahnung, warum, aber ich war immer nur *ihr* Joseph.« Ich verstummte, und der Tisch fiel ins Schweigen.

Justin sah blinzelnd zu mir auf.

»Und … wessen Joseph bist du jetzt?«

Ich erwiderte seinen Blick. »Ich weiß es nicht«, antwortete ich nach einer Weile. »Niemandes, nehme ich an.«

Einen Moment lang herrschte Stille, wartend und schwer. Wie eine Frucht, die am Baum reift.

»Du kannst mein Joseph sein, wenn du willst«, bot er mir an.

»Danke«, sagte ich, nach einer Pause und einem schweren Schlucken. »Klingt gut.«

In dieser Nacht bestand Justin darauf, dass ich bei ihm im Bett schlief. Wenn er ganz dicht neben mir lag, war das Bett gerade noch groß genug für uns beide. Ich musste daran denken, wie ich immer mit Katie im Bett gelegen hatte. Im Dunkeln flüsterten wir noch miteinander, genau wie Katie und ich.

»Warum willst du dein Pferd denn unbedingt wiederhaben, Joseph?«

Ich dachte über seine Frage nach.

»Na ja, was ist dir am allerwichtigsten auf der Welt?«, fragte ich zurück. »Das, was du am meisten lieb hast?«

Justin überlegte einen Moment.

»Tja, ich glaube, das wäre Claire. Ist eine Schwester eine gute Antwort?«

Ich lächelte, weil ich an meine eigene Schwester dachte, aber es schwang auch ein bisschen Trauer in meiner Stimme mit, als ich jetzt antwortete.

»Klar ist das eine gute Antwort. Und nun stell dir vor, jemand würde dir Claire wegnehmen und ganz weit fortbringen, und du wärst der Einzige, der sie zurückholen kann. Würdest du das dann tun?«

»Na klar! Wenns sein müsste, würde ich um die ganze Welt für sie gehen!«

»Das dachte ich mir. Na ja, und mit meinem Pferd ist es dasselbe. Sie ist meine Claire, und sie ist alles, was ich noch habe. Verstehst du das?«

Ich spürte, wie er neben mir nickte.

»Hoffentlich finde ich sie auch wirklich wieder«, sagte ich leise. »Hoffentlich bekomme ich sie zurück.«

Justin setzte sich auf und legte den Kopf auf meine Brust. Einen Moment lang blieb er so, dann sagte er: »Du findest sie. Auf jeden Fall. Ich weiß es.«

»Woher willst du das wissen?«

»Dein Herz. Es schlägt nicht richtig. Eigentlich machen Herzen immer *ba-pumm, ba-pumm*. Aber bei deinem Herzen hört man nur die *pumms*, nicht die *bas*. Du hast offenbar nur ein halbes Herz, und ich wette, dein Pferd hat die andere Hälfte. Also *musst* du es einfach wiederfinden, damit dein Herz wieder ganz wird. So ist das.«

Ich weiß nicht, ob ich gelächelt habe, als er das sagte. Im Dunkeln ist das manchmal schwer auszumachen. Aber ich weiß, dass mir seine Worte gefielen. An denen war ganz sicher etwas Wahres dran.

*

Kurz vor der Morgendämmerung, in der Stunde der Engel und Teufel, standen A-Kih und ich mit Mr Davidson am Kanu. Mrs Davidson, Justin und Claire schliefen noch oben im Haus. Es war kalt, doch die Sonne würde bald aufgehen.

Mr Davidson war ein guter Mann. Das hatte ich sofort gewusst. Er war schweigsam, aber aufrecht und standhaft. In mancher Hinsicht erinnerte er mich an meinen Vater.

Bevor ich ins Kanu stieg, legte er mir eine Hand auf die Schulter.

»Du bist ein feiner Kerl, Joseph. Und wirst eines Tages sicher ein Prachtstück von einem Mann. Deine Eltern wären mächtig stolz auf dich, das kann ich dir sagen.«

Meine Augen brannten in der frostigen Morgenluft und ich wandte den Blick ab.

»Du weißt, dass ihr hier jederzeit willkommen seid. Wenn du dir dein Pferd zurückgeholt hast, oder auch wenn nicht, wir haben hier immer einen Platz für dich. Ein Junge wie du, der hart arbeiten und gut mit Tieren umgehen kann, wäre für uns ein Geschenk des Himmels. Und A-Kih natürlich auch. Ihr könntet bei uns ein Zuhause finden, Joseph.«

Ich nickte. Am Vortag hatte Mrs Davidson dasselbe zu mir gesagt.

Ich dachte an die kleine Blockhütte mit ihrem Holzstapel für den Winter, die sich an den Hang oberhalb des Flusses schmiegte. Ich dachte an all die feinen Menschen, die dort lebten: die Mutter, das Wunder von einem Baby, der Junge mit der festen Umarmung und dieser ruhige Mann vor mir. Wenn ich mir ein Zuhause aussuchen dürfte, könnte ich mir kein besseres vorstellen. Es lockte mein Herz und ließ sich darin nieder wie ein Vogel in seinem Nest.

Aber ich nehme an, in diesem Leben kann man sich sein Zuhause nun mal nicht einfach aussuchen.

»Ich bin Ihnen sehr dankbar, Sir, wirklich. Nur weiß ich ja noch gar nicht, wo ich am Ende landen werde. Vielleicht ist es mir einfach nicht bestimmt, ein Zuhause zu haben.«

Er drückte meine Schulter, dann ließ er sie los und hielt mir die Hand hin. Ich schüttelte sie, und A-Kih tat dasselbe.

Ein Frösteln ließ mich erschauern. Die Luft war bitterkalt.

Mr Davidson sah es, und sein Blick wurde scharf.

»Ich möchte euch gern etwas schenken«, sagte er. Ich

wollte den Kopf schütteln, doch sein ernster Blick duldete keinen Widerspruch. »Mir war klar, dass ihr kein Geld annehmen würdet, und offen gestanden habe ich auch fast keins. Aber ich kann euch das hier geben.«

Und er löste den schwarzen Schal, den er sich um den Hals geschlungen hatte, bevor er aus dem Haus gegangen war. Der Schal war kurz, aber dick und warm, aus grober, fester Wolle gestrickt.

»Den hat meine Mutter für mich gemacht«, sagte er und reichte ihn mir. »Er ist schön warm, und ich weiß, dass sie sich freuen würde, wenn du ihn bekommst.«

»Vielen Dank«, sagte ich und wickelte ihn mir um den Hals.

Dann nahm er seine Mütze ab, die aus flauschiger, dunkelgrüner Wolle gestrickt war.

»Die hat Anna gemacht«, sagte er und drückte sie A-Kih in die Hand. »Jetzt gehört sie dir. Ich danke dir, für alles.«

A-Kih verbeugte sich und setzte die Mütze auf, genauso dankbar wie ich für die zusätzliche Wärme. Mr Davidson nickte uns noch einmal zu und half uns dann ins Boot.

Er musterte uns kurz, wie wir da, fast noch im Dunkeln, zusammen im Kanu saßen. Dann schüttelte er den Kopf und ein halbes Lächeln spielte um seine Lippen.

»Ihr zwei Jungs. Ihr habt wirklich Mut. Alle beide. Jawohl. Und nun fahrt los und findet, was ihr sucht.«

Mit diesen Worten gab er unserem Kanu einen kräftigen Stoß und schickte uns vom Ufer in die wartende Strömung.

»Viel Glück!«, rief er uns noch nach, während wir langsam davontrieben, dem Sonnenaufgang entgegen.

16. KAPITEL

Es war ein bisschen traurig, dieses glückliche Heim wieder zu verlassen, sich aus der vertrauten Wärme einer Familie zu verabschieden, die ich doch so sehr vermisste. Aber es war auch eindeutig gut, wieder unterwegs zu sein, die Bäume vorbeiziehen zu sehen und wieder gemeinsam in die Richtung zu schauen, in die wir gehen wollten und nun auch tatsächlich gingen.

Die Sonne lugte über die Wände des Canyons und erfasste mit ihren Strahlen die Wipfel der Bäume, und die Vögel probten ihren Morgengesang. Die Welt ringsherum erwachte zum Leben, und ich war voller Hoffnung, meiner Sarah wieder ein gutes Stück näher zu kommen.

Es kamen keine Stromschnellen mehr, die einem sämtliche Knochen durcheinanderschüttelten, und auch keine weiteren Schwimmeinlagen für A-Kih und mich. Es gab zwar einige Treibholzhaufen, um die wir mit unserem Paddel herumsteuern mussten, und ein paar Gefällestrecken, wo man sich nur festhalten und beten konnte, doch der Fluss schien an diesem Morgen auf unserer Seite zu sein.

Er trug uns mit sich fort, aus dem engen Canyon hinaus und in das weite, sonnendurchflutete Yakima-Tal hinein.

Yakima war eine ziemlich große Stadt, zumindest verglichen mit dem, was ich sonst gewohnt war. Während wir auf sie zu glitten, kamen wir unter einigen Brücken hindurch, auf denen sich zahlreiche Wagen, Pferde und Fußgänger drängten. Es war schließlich Erntezeit, und alle Obstfarmer waren eifrig dabei, ihre Äpfel und Birnen zu pflücken und auf dem Markt zu verkaufen. Die Stadt selbst bestand aus einer Ansammlung von Holzhäusern mit Wohnungen und Geschäften darin, rund um einen Kern aus wenigen, etwas höheren Ziegelbauten. Vom Fluss aus konnten wir Stimmen hören, das Wiehern von Pferden und das Zischen und Stampfen eines ein- oder ausfahrenden Zuges.

Ich presste entschlossen die Kiefer zusammen. Es war eine große Stadt, um ein einzelnes Pferd darin zu finden oder einen einzelnen Mann. Und ich war wieder einen Tag im Rückstand. Der morgendliche Sonnenschein war inzwischen immer mehr verblasst und Wolken überzogen den Himmel. Ein feuchtkalter Wind blies durch meine abgetragenen Sachen hindurch. Es würde sicher bald Regen geben.

Unter ein paar Bäumen ließen wir unser Boot ans Ufer gleiten, sprangen an Land und machten uns auf den Weg in die Stadt.

Die Straßen waren voller Morast, und auch hier

herrschte ein dichtes Gedränge aus Pferden, Wagen und Menschen. Als wir die Stadtmitte erreichten, eine große Straßenkreuzung, die von Ziegelhäusern gesäumt war, blieben wir überwältigt stehen und beobachteten mit offenem Mund den Trubel. A-Kih stand neben mir und sah mindestens so klein und verloren aus, wie ich mich fühlte. Ich trat etwas dichter neben ihn, lächelte ihm zu und nickte. Er nickte zurück, und ich besann mich endlich darauf, warum ich eigentlich hier war.

»Verzeihung, Sir?«, fragte ich den erstbesten Mann, der an uns vorbeikam, eine Zeitung unter dem Arm. »Ich suche einen Pferdehändler namens Campbell.«

Der Mann schaute mich stirnrunzelnd an, dann entdeckte er A-Kih und sein Stirnrunzeln vertiefte sich zu einer Grimasse des Abscheus. Wortlos drängte er sich an uns vorbei.

Meine Mutter hat immer gesagt, wenn jemand etwas Hässliches tut, soll man nicht einfach genauso hässlich sein, sondern lieber ein bisschen Sonnenschein verbreiten, zum Ausgleich.

Ich schaute A-Kih an, der meinen Blick erwiderte, und dann machte ich den Mann, so gut ich konnte, nach, indem ich mein Gesicht zu einer übertrieben finsteren Fratze verzog. A-Kih wirkte einen Moment lang ratlos, dann fing er an zu lächeln und schließlich auch zu lachen. Ich nahm an, das war ein bisschen Sonnenschein.

Es hatte keinen Sinn, gleich wieder aufzugeben, und so

liefen wir die Straße hinauf und ich fragte jeden, der uns begegnete, nach Mr Campbell. Einige Leute wurden unverschämt, aber die meisten sagten einfach, dass sie nicht wussten, wer der Mann war oder wo ich ihn finden konnte. Die ersten Regentropfen fielen, und die Straße leerte sich zusehends. Ich hatte das Gefühl, als würde mein Pferd mir schon wieder entgleiten.

Aber am Ende hatten wir doch noch Glück.

Ein gut aussehender Mann im Anzug, der gerade in ein Gebäude eilte, antwortete auf meine Frage: »Campbell? Nein, mein Junge, kenne ich leider nicht.« Ich wollte mich schon bedanken und weitergehen, als er hinzufügte: »Aber ein Stück die Straße weiter runter kommt ihr zu Mr Smithson. Der ist Hufschmied und selbst auch Pferdehändler, wahrscheinlich der größte in Yakima. Wenn dieser Mr Campbell hier durchgekommen ist, um Pferde zu kaufen, dann hat Mr Smithson garantiert davon erfahren.«

»Vielen Dank, Sir! Danke!« Ich nahm A-Kih bei der Hand und wir rannten die Straße hinunter, während der Regen uns mittlerweile wie Nadeln ins Gesicht stach.

Mr Smithson hatte ein großes Schild vor dem Haus: SMITHSON – SATTLER, HUFSCHMIED & PFERDEHÄNDLER. Es war ein Holzhaus, mit einem Schaufenster voller Sättel und Zaumzeug. Ein großer Stall und eine Koppel lagen dahinter.

Ich stürmte sofort in den Laden, vorbei an den Sätteln

und Auslagen und Lederwaren, bis zu dem vierschrötigen Mann ganz hinten im Raum. Er trug eine schwere Lederschürze und wühlte in ein paar Kisten unterm Tresen.

»Mr Smithson?«

»Ja?«

»Entschuldigen Sie die Störung, Sir, aber ich suche einen Mann namens Campbell. Einen Pferdehändler, der gestern in die Stadt gekommen sein müsste. Kennen Sie ihn vielleicht?«

»Klar kenn ich den«, antwortete der Mann mit einer tiefen, rumpelnden Stimme. Er kratzte sich den mächtigen Brustkasten. »Hab ihm gestern sogar ein paar Pferde verkauft.«

Mein Herz fing an, ein fröhliches Lied zu pochen.

»Können Sie mir sagen, wo ich ihn finden kann?«

»Tja, der ist schon wieder raus aus der Stadt.«

Mr Smithson muss die Enttäuschung auf meinem Gesicht gesehen haben, denn er fuhr aufmunternd fort: »Aber erst heute Morgen, mein Junge. Ich hab noch mit ihm gefrühstückt. Er will rüber nach Walla Walla. Ist erst vor, na, sagen wir, einer guten Stunde aufgebrochen.«

Eine Stunde! Während all meiner Meilen und Mühen war ich Sarah noch nie näher gewesen. Mein Atem beschleunigte sich, als würde ich ihr bereits hinterherrennen.

»Hat er seine Pferde dabei?«

»Na klar. Schöne große Herde, an die fünfzig Tiere.

Da kommt er sicher nicht allzu schnell voran. Wenn du gleich weiterläufst, die Straße nach Walla Walla runter, müsstest du ihn noch einholen können. Kannst ihn auch kaum verfehlen. Er hat die Herde dabei und noch drei, vier Männer und einen Planwagen.«

»Vielen Dank, Sir!«, sagte ich, während ich mich schon umwandte und zur Tür rannte.

Draußen packte ich A-Kih, der dort auf mich gewartet hatte, bei den Schultern. Meine Stimme war ganz hoch und zittrig.

»Wir können sie einholen, A-Kih! Noch heute! Ich hoffe, du hast noch ein bisschen Kraft in den Beinen, denn jetzt müssen wir *rennen*. Alles klar, A-Kih?«

A-Kih sah mich aufmerksam an und versuchte ganz offensichtlich zu verstehen, was ich ihm da entgegenbrüllte, als sein Blick plötzlich von etwas abgelenkt wurde, das sich hinter meiner Schulter befand. Er stieß ein lautes Keuchen aus und machte einen Schritt an mir vorbei.

Er rief ein Wort auf Chinesisch. Dann noch mal. Seine Stimme klang, falls möglich, noch aufgeregter als meine.

Ich drehte mich um, und da sah ich sie.

Eine Gruppe Chinesen, etwa zehn bis fünfzehn Männer. Sie kamen die Straße herauf, mit Bündeln und Taschen bepackt. Sie hatten auch ein paar Mulis dabei, allesamt schwer beladen.

Sie schauten auf, als sie A-Kih rufen hörten, und einer von ihnen blieb wie angewurzelt stehen. Er trat einen

Schritt auf uns zu und ließ sein Bündel fallen, einfach so, mitten auf der Straße. Vor Überraschung stand ihm der Mund offen.

»A-Kih?«, fragte er mit ersticktem Flüstern. Und dann rief er, wie ein Mann, der endlich auf Gold gestoßen ist: »A-Kih! A-Kih!«

A-Kih verließ seinen Platz neben mir, rannte quer über die schlammige Straße und warf sich dem Mann in die Arme.

17. KAPITEL

Und dann gab es eine Unmenge von Umarmungen und Tränen und schnellen chinesischen Worten, auf dieser Straße in Yakima. Ich stand allein im Regen und schaute zu.

Die Chinesen setzten ihre Bündel ab und drängten sich um A-Kih und den Mann, auf den er zugerannt war. Aufgeregt flogen Fragen und Antworten hin und her. Nach ein paar Minuten wandte sich A-Kih zu mir um und rief und winkte mich heran. »Joseph! Joseph!« So glücklich hatte ich ihn noch nie erlebt.

Ich watete durch den Matsch zu ihnen hinüber, etwas verlegen vor all diesen chinesischen Gesichtern, die mir entgegensahen.

Einer der Männer, der größte von ihnen, trat vor und wechselte ein paar Worte mit A-Kih auf Chinesisch. Dann wandte er sich zu mir und sprach mich zu meiner Überraschung in gebrochenem, aber gut verständlichem Englisch an.

»A-Kih sagt, ihr viel zusammen gereist.«

Ich nickte. »Ja, Sir. Wir haben schon eine ganz schöne Strecke hinter uns, A-Kih und ich.«

»Er sagt, du ihn retten. Er allein, aber du ihn hergebracht. Wir dir alle sehr danken.«

»Na ja, ich war schließlich auch allein«, antwortete ich. »Wir haben uns gegenseitig hergebracht, würde ich sagen.«

Ich räusperte mich und beobachtete A-Kih und den Mann, auf den er zugelaufen war. Sie hielten einander umschlungen, als wollten sie sich nie wieder loslassen. Dann rückte A-Kih ein Stückchen von ihm ab und schob die Hand in die Tasche. Er zog den kleinen schwarzen Vogel aus Stein hervor und hielt ihn in die Höhe. Und dieser Mann, der da neben ihm auf der morastigen Straße stand, griff ebenfalls in die Hosentasche und holte exakt den gleichen Vogel hervor. Genau die gleiche kleine Skulptur, die ich A-Kih schon so viele Male hatte herumzeigen sehen. Sie hielten die beiden Vögel nebeneinander, zwei zusammengehörige Teile, die nun wieder vereint waren.

Und da begriff ich endlich.

Ich hatte ja schon geahnt, dass A-Kih mich über all diese Meilen nicht nur zum Spaß begleitet hatte. Er hatte, genau wie ich, eine Mission gehabt. Und jetzt wurde mir auch endlich klar, dass das, wonach A-Kih die ganze Zeit gesucht hatte, sogar noch wichtiger gewesen war als ein Pferd.

»Der Mann dort«, sagte ich zu dem großen Mann neben mir. Meine Stimme klang irgendwie eng und kratzig. »Das ist A-Kihs Vater, stimmts?«

»Ja«, antwortete er. »Er lange nach Sohn gesucht.«

Ich nickte und zog die Nase hoch.

»Ja, Sir. Das glaube ich gern. Und sein Sohn hat auch nach ihm gesucht.«

A-Kih und sein Vater kamen auf mich zu.

Ich hielt A-Kihs Vater die Hand hin, und er schüttelte sie und verbeugte sich dann.

»Wir auf dem Weg nach Seattle«, fuhr der große Mann fort. »Viele Arbeit dort. Viele Chinese.«

»Oh.« Ich wies die Straße nach Walla Walla hinunter, auf der ich meine Sarah einzuholen hoffte. »A-Kih und ich, wir müssen …« Ich verstummte. Denn die Erkenntnis traf mich wie ein Schlag vor die Brust.

A-Kih würde nicht mehr mitkommen.

Natürlich nicht. Gegen jede Wahrscheinlichkeit im Himmel und auf Erden waren wir direkt in seine Leute hineingestolpert. Er hatte seine Verwandten wiedergefunden. Seinen Vater. Das waren die Menschen, zu denen er gehörte. Nicht zu einem Waisenjungen, der einem Pferd nachjagte. Es war so klar wie nur irgendwas, aber es verschlug mir trotzdem den Atem. Ich stand da, und die Worte blieben mir in der Kehle stecken.

A-Kih löste sich aus dem Arm seines Vaters und trat auf mich zu. Er fragte mich etwas, mit derselben Ruhe und Bestimmtheit, als spräche er mit einer Grizzlymutter oder würde gerade ein Baby auf die Welt holen. Aber seine Augen standen voller Tränen.

»A-Kih fragt, ob …« Der große Mann unterbrach sich, um die richtigen Worte zu finden. »Er fragt, ob du ihn brauchen. Ob du brauchen, dass er mitkommt?«

Heiße, brennende Tränen stiegen mir in die Augen.

A-Kih war bereit, seine Familie zu verlassen, wieder allein durch ein fremdes Land zu ziehen, nur um an meiner Seite zu bleiben und mir zu helfen. Ich blinzelte und wandte den Blick ab, weil ich mich vor all diesen Erwachsenen schämte. Aber ich wusste, dass sich die Tränen nicht wegblinzeln lassen würden. Mir blieb nichts anderes, als den Kopf hoch zu tragen und die Sache hinter mich zu bringen.

»Nein, A-Kih«, sagte ich, schüttelte den Kopf und sprach mit so fester Stimme, dass meine Antwort keine Übersetzung brauchen würde. »Nein. Du musst mit ihnen gehen. Mit deiner Familie. Du gehörst zu deinen Leuten.«

A-Kih schniefte und nickte. Er sprach noch ein paar Worte.

»A-Kih sagt, du guter Freund.«

»Er ist auch ein guter Freund. Ein richtig guter.«

Jetzt kamen die Tränen mit aller Macht, und ich versuchte auch nicht, sie zurückzuhalten. A-Kih redete weiter und der Mann übersetzte.

»Er sagt, du … du Ehre. Du Ehre für Mutter und Vater.«

Ich schluckte schwer an einem schmerzhaften Kloß in meinem Hals.

»Ich hoffe es. Sagen Sie A-Kih, das gilt auch für ihn.«

Die Worte wurden weitergegeben, und dann trat A-Kih direkt vor mich. Er griff in die Tasche und zog den kleinen schwarzen Vogel heraus. Das wertvolle Andenken, das er die ganze Zeit mit sich herumgetragen hatte. Die Erinnerung an seinen Vater. Er drückte ihn mir in die Hand.

Ich wollte den Kopf schütteln, aber seine Hände waren stark und sicher. Er schloss meine Finger fest um die kleine Figur, schaute mir auf seine ernste Art in die Augen und nickte bekräftigend.

Ich griff ebenfalls in meine Hosentasche, zog den weißen Stein vom Grab meines Vaters hervor und drückte ihn A-Kih in die Hand, wie er es mit dem Vogel bei mir getan hatte.

Wir schauten uns einen Moment lang an, dann steckten wir jeder die Erinnerungen des anderen in die Tasche. Sie waren jetzt neue Erinnerungen, aber fest mit den alten verbunden. Ich glaube, so ist das nun mal mit Erinnerungen: Man geht durchs Leben und sammelt eine nach der anderen ein, hält die kostbaren in seinem Herzen fest, lässt aber auch immer Platz für neue.

Ich schüttelte A-Kih die Hand und wir verbeugten uns voreinander.

Der Regen wurde stärker und im Matsch ringsherum

bildeten sich große Pfützen. Meine Haare hingen mir nass in die Stirn. Meine Stimme klang erstickt, aber ich bekam die nächsten Worte trotzdem heraus.

»Auf Wiedersehn, A-Kih. Es war mir eine Freude.«

A-Kih trat zurück neben seinen Vater und ich machte einen Schritt in die Richtung, in die ich losgehen wollte.

Dann stellte A-Kih noch eine Frage, und der große Mann gab sie weiter.

»Was ist es, wonach du suchen?«

Beinahe hätte ich gelacht. So ein weiter Weg, so viele Mühen, und der arme A-Kih hatte nicht einmal gewusst, hinter wem oder was wir da eigentlich herjagten.

»Ein Pferd«, sagte ich. »Mein Pferd.«

A-Kih legte neugierig den Kopf schief, als der Mann ihm die Antwort übersetzte.

»Das Pferd meiner Familie. Mein Vater hat es mir geschenkt. Meine Mutter und meine Schwester haben sehr an ihm gehangen. Ich bin als Einziger übrig. Ich muss es zurückholen.«

Der Mann lauschte auf meine Worte und gab sie dann auf Chinesisch an A-Kih weiter.

A-Kihs Augenbrauen hoben sich, während er zuhörte, und er presste die Lippen aufeinander. Dann nickte er mir zu und sagte etwas, nur ein paar Worte.

»Er hofft, du es finden. Er glaubt, du es finden.«

»Danke«, sagte ich zu A-Kih.

A-Kih sprach noch einmal. Der Mann wiederholte seinen Satz mit fragender Stimme, und A-Kih nickte und bedeutete ihm, es mir zu übersetzen.

»A-Kih sagt … er sagt, du sollen Hose anbehalten.«

Ich musste lachen, ein echtes, aufrichtiges Lachen, und wischte mir mit dem Ärmel über die Wangen.

»Ist gut. Und sagen Sie ihm bitte, er soll endlich mal reiten lernen.«

A-Kih lachte auch. Und dann gingen wir beide davon. In unterschiedliche Richtungen.

Einmal schaute ich mich noch um, gerade, als er es auch tat. Die Chinesen waren wieder losgelaufen, tief gebeugt unter den Lasten, die sie schleppten. A-Kih trug auch schon ein Bündel. Er hob die Hand und winkte.

Ich winkte durch den Regen zurück und lief dann weiter, durch den triefenden Schlamm, ganz allein auf der Welt.

»Jetzt sind es wieder nur wir zwei, Sarah«, flüsterte ich. »Ich komme dich holen.«

*

Meine Stiefel schmatzten und schlürften durch den Matsch auf der Straße. Ich ließ die letzten Häuser von Yakima hinter mir und kam bald durch die Außenbezirke: nur ein paar Häuser und Baracken hier und dort, und die Bahnstrecke, die auf einer Seite der Straße verlief. Je länger der Regen anhielt, desto langsamer kam ich voran.

Der Morast wurde immer tiefer, klebte mir unter den Stiefeln und saugte sich daran fest, und bald war jeder Schritt eine Anstrengung. Ich atmete schwer und mein Herz raste, aber ich kam trotzdem kaum voran.

Zum dritten Mal an diesem Tag spürte ich, wie mir die Tränen kamen. Ich wollte sie unterdrücken, doch auch diesmal verlor ich den Kampf. Mein Gesicht war ohnehin schon nass, und meine Tränen vermischten sich mit dem Regen und lösten sich darin auf. Ich wusste nicht mal, was für Tränen es waren: Tränen der Trauer oder der Wut oder der Einsamkeit oder der Entmutigung. Vermutlich eine bittere Mischung aus allem. Jedenfalls konnte ich durch ihren Schleier kaum etwas sehen. Ich kämpfte mich eine Steigung hinauf, aber in dem glitschigen Schlamm geriet ich ständig ins Straucheln und rutschte bei jedem Schritt vor wieder einen halben zurück. Irgendwann glitten mir beide Füße weg und ich landete bäuchlings und bis zu den Handgelenken im Matsch.

Ich drückte mich hoch auf die Knie, aber dann kam ich nicht mehr weiter. Ich kniete dort im Schlamm und ließ meinen Tränen freien Lauf.

Ich war so ein Dummkopf. Ein kleiner Junge, der durchs Land zieht und nach einem Pferd sucht, für das er nicht mal genug Geld dabeihat. Und selbst wenn ich es wirklich schaffen würde, Sarah einzuholen und zurückzukaufen, was dann? Ich hatte kein Zuhause, keine Angehörigen. Keine Eltern und keinen Ort, an den ich gehörte.

Ich hätte keinen Stall, um sie unterzustellen, und kein Heu, um sie zu füttern. Ich war einfach ganz allein auf der Welt. Und daran würde auch dieses Pferd, sosehr ich es liebte, nichts ändern. Meine Mutter und mein Vater und Katie hatten mich allein zurückgelassen. Und auch A-Kih war nicht mehr da. Grenzenlose Einsamkeit wirbelte um mich herum und drückte mich zu Boden wie ein riesiger, kalter Daumen.

Aber das Leben ist schon eine komische Sache. Es geht einfach immer weiter.

Nachdem ich ein paar Minuten dort im Dreck gekniet hatte, wurde mein Atem wieder ruhiger. Der Regen ließ ein bisschen nach und wurde zu einem feinen, kalten Nieseln. Ein Vogel flatterte auf, genauso allein wie ich. Er landete am Straßenrand, vier, fünf Meter weiter vorn, hüpfte herum und beäugte seitwärts den Boden. Dann hackte er mit dem Schnabel zu, zog einen dicken, schleimigen Wurm aus der Erde und flog davon.

Ich schaute mich um. In der Ferne schlängelte sich der Yakima River durchs Tal. Er war zu weit weg, als dass man hören konnte, welche Geschichte er gerade erzählte. Hinter mir verließ eine Dampflok zischend und schnaufend die Stadt und stieß schwarze Rauchwolken aus. Sie kam direkt auf mich zu, auf den Schienen, die nicht weit von der Straße verliefen.

Und während ich dort noch mit völlig durchweichten Knien kauerte, kam mir ein Gedanke. Ich war allein, das stimmte. Und das letzte Jahr hatte mich auf eine harte Probe gestellt. Seit meine Mutter und Katie damals krank geworden waren, hatte sich ein Unglück ans nächste gereiht.

Aber ich war immer noch hier. Hatte immer noch Luft in der Lunge. Und Blut in den Adern. Und Erinnerungen im Herzen. Gute Erinnerungen. Und das Leben würde weitergehen, ob nun mit mir oder ohne mich.

Es ging nicht darum, ob die Welt sich weiterdrehen würde oder nicht. Das tat sie sowieso. Es ging einzig und allein darum, ob ich jetzt aufstehen und mich entscheiden würde, welche Rolle *ich* bei alldem spielen wollte.

Ich konnte der kleine Junge sein, der aufgibt. Oder ich konnte der Mann sein, zu dem meine Eltern mich erzogen hatten. Ich hatte die Wahl.

Ich kam wieder auf die Füße und kratzte mir, so gut es ging, den gröbsten Dreck von meinen Sachen ab.

»Irgendwem wird Sarah nun mal gehören müssen«, dachte ich bei mir. »Also sorge ich jetzt verdammt noch mal dafür, dass ich dieser Jemand bin.«

Ich machte einen ersten beherzten Schritt nach vorn und wäre fast gleich wieder hingefallen. Vor lauter neu entdecktem Eifer hatte ich den Schlamm vergessen. Denn auch wenn ich wieder tapfer weitergehen wollte, der Schlamm hatte offenbar andere Vorstellungen.

Ich hörte den Zug hinter mir pfeifen.

Da schoss mir plötzlich eine Idee durch den Kopf.

Ich wandte mich nach dem Zug um, der bisher noch langsam fuhr, aber allmählich Fahrt aufnahm. Er war noch gut einen halben Kilometer hinter mir.

Ich fluchte auf den Morast und rannte, so schnell ich konnte, auf die Kuppe der Anhöhe, die mir so zugesetzt hatte. Keuchend blinzelte ich durch den Regendunst in Richtung Walla Walla.

So weit man sehen konnte, folgten die Schienen auch weiterhin der Straße. Mal mehr, mal weniger dicht an ihr entlang. Bis zum Horizont.

Ich blickte noch mal zurück. Der Zug war schon wieder ein gutes Stück näher gekommen und hatte jetzt ein ordentliches Tempo drauf. In wenigen Minuten wäre er hier. Ich kaute auf meiner Wange und versuchte, mich zu entscheiden.

Auf einen Zug aufzuspringen war streng verboten. Wenn der Schaffner einen dabei erwischte, konnte man mit einer ordentlichen Tracht Prügel rechnen oder sogar im Gefängnis landen.

Aber meine Optionen wurden knapp. Ich war nur noch wenige Stunden hinter Sarah. Der Schlamm würde Campbell und seine Leute genauso aufhalten wie mich. Sobald es jedoch zu regnen aufhörte, würde ich nicht mehr mithalten können. Der Zug war vermutlich meine einzige und letzte Chance, Sarah noch einzuholen. Danach würde sie für immer Richtung Ostküste verschwinden. Aber noch war sie hier, Gott sei Dank, und noch war ich lebendig genug, um bei dem Versuch, sie zu retten, sterben zu können.

Ich rannte von der Straße hinunter und ins Gebüsch hinein. Gleich neben den Schienen stand eine niedrige Ölweide, hinter der ich mich zusammenkauerte. Die doppelten Schienenstränge verkündeten summend und sirrend, dass der Zug immer näher kam.

Ich zog A-Kihs kleinen Vogel aus meiner Hosentasche und verstaute ihn in meinem Schulterbeutel, den ich noch mal sorgfältig zuschnallte und etwas fester zurrte. Dort drin befanden sich jetzt eine Pistole, etwas Geld und das Andenken an einen Freund, und ich hatte nicht die Absicht, irgendetwas davon zu verlieren. Ezra Bishops Peitsche warf ich in die Büsche, um alles überflüssige Gewicht loszuwerden. Hoffentlich wurde dieses verfluchte Ding niemals mehr gefunden – oder wenn doch, dann bitte nur, um Ertrinkende damit zu retten, nicht um Pferde zu schlagen.

So kauerte ich im Nieselregen, wartete darauf, dass der Zug auftauchte, und dachte an Sarah. Daran, wie ich manchmal, wenn ich sie noch vor der Morgendämmerung mit einem Pfiff von der Weide geholt hatte, erst nur ihre Hufe hörte, die auf mich zu galoppierten; als Nächstes sah ich ihre weißen Flecken in der Dunkelheit leuchten, und dann war sie auch schon bei mir, drängte sich an mich und schnupperte mit ihrer weichen Nase an meinem Hals.

Ich dachte nicht mehr an den Regen, an die Straße

oder an meine Einsamkeit. Ich dachte an die Dinge, die uns genommen werden, an die, die wir festhalten müssen, und an die, um die wir kämpfen müssen, um sie zurückzubekommen.

Ich wischte meine Hände, so gut es ging, an den wenigen noch sauberen Stellen meiner Kleidung trocken. Dann sprach ich ein kleines Gebet – ob zu meiner Mutter oder zu Gott, wusste ich nicht so genau –, doch das Stampfen der Lok wurde jetzt so laut, dass es alle Worte aus meinem Kopf verdrängte.

Und dann rauschte sie auch schon an mir vorbei, mit einem Luftzug, der mir die Lunge zusammenzog, und einem so ohrenbetäubenden Donnern, dass meine Zähne im Kiefer wackelten. Ich presste sie aufeinander, kniff die Augen zusammen und zwang mein Herz, den Mut nicht wieder zu verlieren.

Aber ich durfte die Augen nicht lange geschlossen halten. Der Zug fuhr jetzt fast schon schneller, als ich rennen konnte. Sobald er an mir vorbei war, würde ich ihn nicht mehr einholen können.

Ich lugte um den Busch herum. Der Dienstwagen des Schaffners war nur noch fünf Waggons entfernt. Aber gleich vor dem Dienstwagen befand sich ein Güterwaggon. Mit einer Leiter aus Metall an der Seite.

Ich leckte mir die Lippen, streckte einmal kurz die Beine und kauerte mich wieder hin, zum Spurt bereit.

Drei. Zwei. Eins.

Ich rannte los, neben dem Zug her, und meine Füße knirschten auf dem Kies am Rand des Gleisbetts. Der Zug zog stetig an mir vorbei, aber mit jedem Schritt passte ich mich mehr seinem Tempo an. Als wir fast gleich schnell waren, schaute ich mich um.

Die Leiter war noch etwa drei Meter hinter mir und kam langsam näher. Meine Beine wirbelten und meine Lungen sogen gierig die Luft ein.

Ich blickte wieder nach vorn und wäre vor Schreck fast gestrauchelt. Dicht vor mir war plötzlich ein Holzpfosten aufgetaucht, mit einem Schild oben dran … irgendein Signal für den Lokführer. Er stand mir genau im Weg und kam näher und näher. Zum Nachdenken blieb mir keine Zeit.

Ich sprang.

Hoch und seitlich nach hinten. Um die Leiter zu erwischen, während sie an mir vorüberzog.

Da war sie. Ich streckte den Arm aus und spürte, wie das Metall gegen meine Handfläche schlug. Meine Finger schnappten zu wie eine Biberfalle. Ich hob einen Fuß und fand eine Sprosse, schwang dabei aber, weil ich mich ja nur auf einer Seite festhielt, weit nach außen, weg vom Zug. Jeden Moment mussten wir den Signalmast erreichen, der mir einen vernichtenden Schlag versetzen und den Schädel eindrücken würde.

Mit einem verzweifelten Aufschrei spannte ich die Muskeln an und zog mich zur Leiter heran und bekam sie im letzten Augenblick mit der anderen Hand zu packen. Ich spürte, wie der Pfahl an mir vorbeipfiff, den Rücken meiner Jacke streifte, mich aber ansonsten unberührt ließ.

Ich klammerte mich an der Leiter fest und keuchte wie ein Ertrinkender, den man aus dem Meer gezogen hat.

Jetzt kam ich wieder voran, und zwar schnell.

Die Welt drehte sich weiter und ich mich mit ihr. Und das auch noch genau in der richtigen Richtung.

18. KAPITEL

Der Boden raste unter meinen Füßen hinweg, huschte so schnell vorbei, dass sich mir der Magen umdrehte und ich die Augen schloss, um mein Frühstück drinzubehalten. Ich stemmte beide Füße fest auf die Sprossen und hielt die Leiter so eng umschlungen, als wäre es meine Mutter.

Als ich wieder zu Atem gekommen war, entspannte ich mich ein wenig. Gerade so viel, um die Augen zu öffnen und nach vorne zu schauen. Die Straße war immer noch zu sehen, nicht weit entfernt, eine schlammige Spur, die die Landschaft durchschnitt. Die musste ich im Auge behalten, wenn ich nicht riskieren wollte, einfach an Mr Campbell und meinem Pferd vorbeizurauschen.

Ein Lächeln durchbrach meine Angst. Die Welt drehte sich nicht nur, sie *flog* geradezu dahin. Viel schneller, als ich laufen konnte. Schneller, als ich rennen konnte. Sogar schneller, als ein Pferd rennen konnte, zumindest durch diesen Morast. Meine Sarah war endlich zum Greifen nah.

Ich wusste, dass ich noch einige Meilen fahren musste,

aber ich hielt den Blick trotzdem auf die Straße gerichtet. Manchmal führte sie gefährlich weit von den Schienen weg, kaum noch sichtbar in der Ferne, doch wenn ich wachsam blieb, konnte ich fünfzig Pferde und einen Planwagen kaum übersehen.

Die Sekunden tickten dahin, dann die Minuten. Am Ende war es wohl fast eine Stunde. Meine Angst verwandelte sich in Aufregung, dann in Langeweile, und schließlich in Nervosität. Hatte ich Campbell doch irgendwie verpasst? Hatte er einen anderen Weg genommen? Mein Magen verknotete sich vor Sorge. Schnell voranzukommen, ist eine feine Sache, aber schnell in die falsche Richtung voranzukommen, ist sogar noch schlimmer, als wenn man gar nicht vorankommt.

Irgendwann machte meine Nervosität dann einer gefährlichen Erschöpfung Platz. Meine Finger und Arme waren völlig verkrampft und brannten, und ich musste sie ständig bewegen, um mich überhaupt noch festhalten zu können. Mein Rücken tat weh, und die schmale Metallsprosse der Leiter bohrte sich in meine Fußsohlen.

Ich beugte mich gerade tief nach unten, um die schmerzenden Muskeln an meinen Beinen zu dehnen, als ich ihn sah. Einen Mann, der im Galopp die Straße nach Yakima hinunterritt. Ich richtete mich rasch wieder auf und folgte ihm mit den Augen. Er wirkte besorgt, vielleicht sogar verzweifelt. Mit dem Hut schlug er auf die Kruppe des Pferdes ein und ritt um einiges schneller, als auf dem matschigen Boden geraten schien. Ich schluckte schwer. Welchen Grund konnte es haben, dass ein Mann in diesem selbstmörderischen Tempo in die Stadt zurückritt? Das, wovor er floh, lag jedenfalls hinter ihm, also genau dort, wo ich gerade hinfuhr und wo meine Sarah sich schon befand.

Ich blieb ganz still stehen, ohne auf den Protest meines Körpers zu achten, und behielt die Straße im Blick.

Und dann entdeckte ich es. Vor dem grauen Himmel und der kargen Landschaft war es kaum zu übersehen. Das abgerundete weiße Oberteil eines Planwagens. Ich hielt die Luft an und reckte mich auf die Zehenspitzen. Um den Wagen herum herrschte unruhiges Gedränge, und beim Näherkommen erkannte ich, dass es Pferde waren. Viele Pferde. Darunter auch einige Schecken. Mein Atem setzte wieder ein, schnell und flach.

Mr Campbell. Und Sarah. Meine Sarah, endlich.

Ich löste eine Hand, lehnte mich nach hinten und bereitete mich auf den Absprung vor. Der Zug fuhr inzwischen allerdings ziemlich schnell, sogar noch schneller als zu dem Zeitpunkt, wo ich aufgesprungen war. Wenn ich jetzt losließ, wäre es so, als würde ich in vollem Galopp von einem Pferd abspringen, mit nichts als dem felsigen Untergrund, um mich abzufangen.

Aber es musste nun mal getan werden, und so blieb mir nichts anderes, als es zu tun. Auf gar keinen Fall würde ich mit diesem Zug an meiner Sarah vorbeifahren.

Ich spähte durch den Regen nach vorn und sah, dass neben den Schienen ein großer Busch stand. Gerade noch dicht genug, wenn ich ordentlich Schwung nahm. Weich wäre der zwar auch nicht gerade, aber jedenfalls weicher als der Felsboden, der meine einzige Alternative war.

Und was ich überhaupt nicht hatte, war Zeit, um noch lange darüber nachzudenken.

Der Busch kam rasch auf mich zu. Ich ging in die Knie, die Beinmuskeln gespannt und zum Sprung bereit, und lehnte mich weit hinaus in den Fahrtwind.

Für den Bruchteil einer Sekunde dachte ich an A-Kih und wünschte mir, wir würden zusammen springen.

Dann war der Busch auch schon da, ich ließ die Leiter los und stieß mich mit beiden Beinen ab.

Wie ein Pfeil schoss ich durch die Luft. Der Busch raste schneller auf mich zu als erwartet. Ich konnte gerade noch die Augen schließen und mein Gesicht mit den Armen schützen. Dann gab es ein Krachen und ein Wirbeln und dann landete ich mit einem dumpfen Aufprall und zahllosen Kratzern auf dem Boden, atemlos, zerschrammt und den Mund voller Blätter.

Wie die Blätter in meinen Mund gekommen waren, wusste ich nicht so genau. Der hatte wohl irgendwie offen gestanden. Vielleicht hatte ich geschrien, ohne es zu merken. Ich schüttelte den Kopf und spuckte sie aus.

Dann ging ich meinen Körper einmal von oben bis unten durch, bewegte meine Gliedmaßen, wackelte mit

Fingern und Zehen und stand schließlich vorsichtig auf. Alles schien noch heil zu sein, nur an manchen Stellen etwas wund und empfindlich.

Ich wischte mir das Blut von der Stirn, wo ich einen kleinen Kratzer hatte, und rannte dann durchs Buschwerk auf den Planwagen zu, wo mein Pferd auf mich wartete.

Mein Herz machte sich schon zum Singen bereit. Ein Gefühl wie Weihnachten breitete sich in mir aus. Gleich würde ich meine Sarah wiedersehen, ihren Hals kraulen und endlich wieder in ihre warmen braunen Augen schauen.

Als ich dann aber, keine zehn Meter von dem Wagen entfernt, zwischen den Büschen hindurch auf die Straße trat, sah ich sofort, dass etwas passiert sein musste. Etwas Schlimmes.

Der Wagen stand quer, und die Pferde trappelten nervös umher und warfen die Köpfe hoch. Sie waren, immer zu mehreren, seitlich und hinten am Wagen angebunden. Ich konnte so schnell nicht erkennen, ob Sarah dabei war.

Aber ich konnte drei Männer sehen, die etwas umringten, das im Morast auf der Straße lag.

Es war ein weiterer Mann, und er rührte sich nicht.

Die Umstehenden hatten ihre Hüte abgenommen und einer von ihnen ging neben dem Toten auf die Knie.

Alle drei wandten sich zu mir um, als ich jetzt langsam näher kam.

Ihre Gesichter waren ernst, und keiner sprach.

»Was ist passiert?«, fragte ich.

»Caleb Fawney, dieses dreckige Schwein«, fluchte einer der Männer mit heiserer Stimme. »Der ist passiert.«

Mir wurde kalt ums Herz. Ich hatte den Namen Caleb Fawney schon öfter gehört. Er war ein gesuchter Verbrecher, auf ihn war ein Kopfgeld ausgesetzt. Elf Männer sollte er schon getötet haben. Ich sah auf den Toten hinunter. Das war dann wohl die Nummer zwölf.

Der Tote war ein junger Mann, nicht älter als zwanzig, mit einem glatt rasierten Gesicht und einem Grübchen im Kinn. Seine Augen starrten blicklos in den Himmel hinauf, der sein totes Gesicht mit Regen besprenkelte. Ein Gewehr lag lose in seiner ausgestreckten Hand.

»Fawney hat uns aufgelauert«, fuhr der Mann fort. »Hat uns unser Geld und unsere Waffen abgenommen.« Der Mann seufzte und spuckte auf den Boden. »Dann hat Travis hier, der Narr, nach seinem Gewehr gegriffen. Fawney hat ihn erschossen, ohne auch nur mit der Wimper zu zucken. Dann hat er das schnellste Pferd aus der Herde genommen und ist den Pfad dort hinaufgeritten. Wir haben James nach Yakima zurückgeschickt, damit er den Sheriff holt und einen Verfolgungstrupp zusammentrommelt, aber bis die hier sind, ist Fawney längst weg.«

Ich starrte immer noch auf den Toten hinunter, als die Worte des Mannes schließlich meinen Nebel durchbrachen.

»Das schnellste Pferd?« Rasch ließ ich den Blick über die Pferde schweifen. Es gab alle möglichen Arten, Schecken, Füchse und Rappen. Aber ein rot-weißes Indianerpony mit einer Kerbe im Ohr konnte ich nirgends entdecken. »Eine rot gescheckte Stute? Die Sie von Ezra Bishop gekauft haben?«

Der Mann legte den Kopf schief und sah mich an.

»Woher weißt du das, mein Junge?«

»Sind Sie Mr Campbell?«

»Allerdings«, antwortete er vorsichtig.

»Ich bin Joseph Johnson, Sir. Diese Stute gehört eigentlich mir, Mr Bishop hatte sie unrechtmäßig erworben. Ich bin ihr schon so viele Meilen auf der Spur, dass ich sie nicht mehr zählen kann. Den ganzen Weg von Old Mission im Wenatchee-Tal bin ich hergekommen, um sie mir zurückzuholen.«

»Tja, mein Junge, ich enttäusche dich nicht gern, aber es sieht ganz so aus, als wäre dein Abenteuer hier vorbei. Caleb Fawney hat dein Pferd mitgenommen. Dein Weg ist hier zu Ende.«

Ich wischte mir mit meinem durchweichten Ärmel den Regen aus den Augen.

»Nein, Sir«, antwortete ich ihm. »Mein Weg ist erst zu Ende, wenn mein Pferd wieder bei mir ist. Und keine Meile früher.« Ich schaute zu der Herde hinüber, die immer noch nervös auf der Stelle trappelte. »Könnte ich mir vielleicht eins von Ihren Pferden borgen, Sir?«

»Eins von meinen Pferden borgen …?«, wiederholte Mr Campbell verblüfft.

»Ja, Sir. Ich will Fawney einholen und ihm mein Pferd wieder abnehmen. Vielleicht kann ich Ihnen sogar Ihr Geld wieder zurückbringen. Aber dazu brauche ich ein gutes, schnelles Tier, und zwar sofort.«

»Nun mal sachte, mein Junge. Du kannst einem Mann wie Fawney doch nicht unbewaffnet gegenübertreten. Was glaubst du, warum wir hier alle noch rumstehen?«

Ich zog den Revolver meines Vaters aus meiner Schultertasche und hielt ihn, den Lauf nach oben gerichtet, in die Höhe.

»Ich bin nicht unbewaffnet, Sir. Und ich werde ihn verfolgen, so oder so. Aber ich würde natürlich lieber nicht zu Fuß gehen und wäre Ihnen deshalb sehr dankbar, wenn Sie mir ein Pferd borgen würden.«

Mr Campbell machte ein paar Schritte auf mich zu, die Hände beschwichtigend ausgestreckt.

»Hör mal, mein Junge, ich kann dich ja bestens verstehen, aber …« Dann war er nahe genug, um mir in die Augen zu sehen. Und blieb nachdenklich stehen.

»Bei Gott«, sagte er. »Du wirst dich nicht davon abbringen lassen, hab ich recht?«

»Ja, Sir.«

Mr Campbell kratzte sich den Nacken, schaute in die Ferne und dann wieder auf mich.

»Hör zu, wenn der Sheriff und die Damenwelt herausfinden, dass ich dich allein habe losziehen lassen, um einen Verbrecher wie Fawney zu verfolgen, werde ich keine ruhige Minute mehr haben. Richte deine Waffe auf mich, mein Junge.«

»Wie bitte?«

»Na los. Richte deine Waffe auf mich.« Ich sah den Ernst in Mr Campbells Augen und senkte widerstrebend die Pistole, bis der Lauf mehr oder weniger in seine Richtung zeigte.

Er hob die Hände über den Kopf.

»Verflucht noch mal, Männer, der war einfach zu schnell. Ich schätze, ich hab keine andere Wahl. Ich kann meine Kinder, sollte ich je welche haben, doch nicht als Waisen zurücklassen. Ist gut, mein Junge, du kannst eins von meinen Pferden nehmen. Ich empfehle den grauen Hengst da vorn, der schon gesattelt ist. Der ist schnell und ruhig und kommt gut mit dem weichen Boden zurecht.«

Ich lächelte.

»Vielen Dank, Sir. Ich bring ihn zurück, zusammen mit meinem eigenen Pferd.«

»Ich hoffe es.«

Ich saß schon auf dem Hengst und wollte gerade losgaloppieren, als Mr Campbell mir noch etwas zurief.

»Und bleib wachsam, Joseph Johnson. Caleb Fawney ist durch und durch verdorben. Er wird nicht zögern, dir eine Kugel in den Leib zu jagen. Der täuscht nicht an, der schießt sofort. Am besten machst du das genauso.«

Ich nickte, während der Hengst unter mir schon mit den Hufen stampfte. Ich hielt die Zügel in der einen, den Revolver meines Vaters in der anderen Hand.

»Ja, Sir. Wenn etwas getan werden muss, dann werde ich es auch tun.«

Der Pfad, den Mr Campbell mir gezeigt hatte, führte direkt von der Straße eine steile Böschung hinauf. Ich nahm die Zügel zwischen die Zähne, um mich am Sattelhorn festzuhalten, und drückte dem Hengst meine Waden in die Flanken. Er war wirklich ein feines Tier und stürmte sofort bergan.

Oben auf der Kuppe wand sich der Pfad zwischen Salbeisträuchern hindurch, für ein kurzes Stück flach und eben, bevor er nach unten führte und in einer Talrinne verschwand. Für ein paar Meter fiel ich in Schritt, um sicherzugehen, dass auch wirklich eine Kugel in der Kammer war, und die Zügel wieder in die Hand zu nehmen. Dann ließ ich sie auf den Hals des Hengstes klatschen, trieb ihn mit den Fersen wieder an, und er galoppierte los, hinter dem Mörder und Banditen her, der mein Pferd gestohlen hatte.

Wir flogen durch den Regen dahin, und der Schlamm spritzte unter den Hufen des Hengstes auf. Immer wieder musste ich mir mit dem Ärmel das Wasser aus den Augen wischen. Aber meine Kiefer waren fest zusammengepresst, und meine Entschlossenheit ließ wenig Raum für Angst.

Als wir in die Schlucht hinunterritten, schärfte ich meinen Blick und machte meine Schusshand bereit, doch der Weg vor mir blieb leer. Dann ging es wieder bergauf und das Geräusch der Hufe und unserer keuchenden Lungen wurde vom Rauschen des Regens verschluckt.

Dunkle Wolken hatten die Sonne inzwischen völlig verdeckt und ein Dunstschleier hing in der abgekühlten Luft. Das Licht war so trüb geworden, dass es eher nach Abenddämmerung als nach Mittagszeit aussah. Ich spähte angestrengt nach vorn, ob ich irgendwo mein Pferd und seinen Reiter entdecken konnte.

Der Weg führte geradewegs durch die Schlucht hinauf, die dicht mit Büschen und Bäumen bestanden war. Ihre Wände waren hier so eng zusammengerückt und so niedrig, dass ich einen Stein von der einen zur anderen Seite hätte werfen können, und auch von unten nach oben. Diese dunkle und unübersichtliche Klamm war ganz und gar nicht der Ort, an dem ich einem bewaffneten Banditen begegnen wollte.

»Ich komm dich holen, Sarah«, keuchte ich im Takt der Schritte des Hengstes. »Ich komm dich holen …«

Und dann kamen wir um eine Biegung, und da waren sie.

Caleb Fawney kniete unter einem Baum und war dabei, ein Loch zu graben.

Und gleich daneben, an den nächsten Baum gebunden, die Ohren gespitzt und den Blick auf mich und den

Hengst gerichtet, wie wir gerade um die Ecke bogen, stand mein Pferd. Meine liebste Sarah, deren rote und weiße Flecken in der grauen Düsternis leuchteten. Mein Pferd.

Mein Herz schwoll und sang und klang so laut, als wollte es platzen, und am liebsten wäre ich gleich vom Pferd gesprungen, hätte die Pistole weggeworfen und wäre zu ihr hingerannt, hätte ihr die Arme um den Hals gelegt, meine Nase in ihrer Mähne vergraben und meine ganze Trauer in ihr warmes Fell geweint.

Aber mein Kopf war klüger als mein Herz; er wusste, dass es erst noch etwas anderes zu tun gab und dass nur ich das tun konnte.

Caleb Fawney fuhr zu mir herum und sprang auf. Doch bevor seine Mörderhände zu dem Revolver an seiner Hüfte greifen konnten, brüllte ich auch schon: »Halt! Hände hoch! Keine Bewegung, sonst sind Sie ein toter Mann!« Und in meiner Stimme war kein jungenhaftes Zittern mehr zu hören, kein Beben oder Überschnappen. Meine Stimme war so stark wie der Hengst, auf dem ich saß, und so sicher und ruhig wie die Waffe in meiner Hand.

Und Caleb Fawney erstarrte. Einen atemlosen Herzschlag lang stand er dort im Regen und überlegte, was er tun sollte. Ich brachte den Hengst zum Stehen, blieb aber auf seinem Rücken sitzen und blickte über meinen Revolverlauf hinweg auf einen Mann, den ich, wenn nötig, ohne Zögern erschießen würde.

19. KAPITEL

Ganz langsam hob Caleb Fawney die Hände über den Kopf.

»Schön oben lassen«, sagte ich. Ohne auch nur einmal wegzuschauen oder zu blinzeln, ließ ich mich vom Pferd gleiten, die Pistole unverwandt auf ihn gerichtet. Als ich unten war, machte ich vorsichtig ein paar Schritte auf ihn zu. Er sah mir mit zusammengekniffenen Augen entgegen, dann fiel ihm plötzlich die Kinnlade runter.

»Verflucht noch mal, du bist ja bloß ein Kind!«, rief er aus und ich sah, wie er sich entspannte.

»Ein Kind mit einem Revolver«, warnte ich ihn. »Und dem Abzug ist es egal, wie alt der Finger ist, der ihn drückt. Stellen Sie mich nicht auf die Probe, Sir. Ich werde schießen.«

Beim Klang meiner Stimme ließ Sarah ein lautes Wiehern hören, zerrte an dem Strick, mit dem sie festgebunden war, und stemmte die Hufe in den Boden. Ich hielt mein Herz unter Kontrolle und meinen Blick auf Caleb Fawney gerichtet.

»Bist du etwa der Verfolgungstrupp?«, fragte er. »Seit wann schicken sie hier Kinder hinter Banditen her?«

»Ich bin hinter keinem Banditen her«, sagte ich. »Ich will nur mein Pferd zurück.«

Caleb Fawney warf einen Blick auf Sarah.

»Was, das Pony da? Wegen dem bist du hier?«

»Ja, Sir. Es gehört von Rechts wegen mir, und ich möchte es jetzt wieder mitnehmen.« Ich überlegte kurz. Ich wollte dem Banditen lieber nicht zu nahe kommen. »Am besten binden Sie es einfach los und schicken es zu mir rüber.«

»Warum zum Teufel sollte ich dir mein Pferd überlassen?«

Ich biss die Zähne aufeinander.

»Das ist nicht Ihr Pferd. Und diese Waffe ist auf Ihre Brust gerichtet, das sollte doch wohl Grund genug sein.«

Caleb Fawney leckte sich die Lippen.

»Wo hast du die Knarre denn her, Kleiner? Wem gehört die?« Mir gefiel sein künstlich unbefangener Tonfall nicht. Als wollte er Zeit gewinnen, den richtigen Moment abpassen.

Ich schaute ihm fest in seine Banditenaugen, und meine Stimme war hart wie Stahl.

»Das war der Revolver meines Vaters«, sagte ich. »Aber jetzt gehört er mir. Und ich werde damit schießen, sobald Sie versuchen, nach Ihrer Waffe zu greifen.«

»Schon gut, schon gut«, sagte Caleb Fawney und wedelte mit den Händen in der Luft. »Hast mich überzeugt, Kleiner. Aber ich versteh immer noch nicht, wieso ich dir dieses Pferd hier geben soll, wo du doch schon so ein schönes hast.«

»Weil dieses Pferd dort«, antwortete ich, »mein Pferd ist. Es gehört mir. Mein Vater hat es mir geschenkt und mir beigebracht, auf ihm zu reiten, als ich gerade erst laufen konnte. Und es hat meine Mutter getragen, als sie mit meiner Schwester hochschwanger war und keine langen Strecken mehr gehen konnte. Auf diesem Pferd dort habe ich meine kleine Schwester mitgenommen, damit sie die Angst vorm Reiten verliert. Mein Vater hat immer gesagt, es sei meine Pflicht, mich um mein Pferd zu kümmern, und das tue ich.«

Der Mann lächelte mich an, ein Lächeln, das mir kein bisschen gefiel.

»Das ist aber eine verdammt große Aufgabe für einen Jungen wie dich, ganz allein einen gesuchten Mörder zu verfolgen. Wo ist denn dein Vater? Und deine Mutter?«

»Mein Vater wurde von einem Planwagen überrollt. Meine Mutter ist schon vorher gestorben, an Typhus, zusammen mit meiner kleinen Schwester. Es gibt nur noch mich. Und dieses Pferd. Sie ist der einzige Teil meiner Familie, der noch übrig ist, Sir.« Ich verstummte, senkte den Blick und schniefte, schaute dann aber schnell wieder zu ihm hin. »Der einzige Teil von *mir*, der noch übrig ist.«

Caleb Fawneys Lächeln war verblasst, während ich sprach.

»Dann bist du also ein Waisenjunge.«

»Nein, Sir.«

»Aber du hast doch keine Familie mehr, oder?«

»Ich habe eine Familie, Sir. Sie sind bloß alle tot. Aber sie sind ja trotzdem meine Familie. Also bin ich auch kein Waisenjunge. Ich bin immer noch der Sohn meiner Eltern und der Bruder meiner Schwester, und jetzt bin ich hier, um unser Pferd zurückzuholen.«

Einen Moment lang hörte man nur noch das Geräusch des Regens und Sarahs Stampfen, die immer noch an ihrem Strick zerrte, um zu mir zu gelangen.

Dann fing der Bandit wieder an zu sprechen.

»Ist gut, Kleiner. Sie gehört dir. Aber ganz ruhig jetzt. Ich muss zu ihr hingehen, um sie loszubinden.«

Meine Hand zitterte kein bisschen, während mein Revolverlauf Caleb Fawney hinüber zu meiner Sarah folgte. Fawney behielt mich ebenfalls im Auge und bewegte sich schön langsam und ruhig. Mein Finger blieb dicht am Abzug, um jeden Moment zudrücken zu können und den Tod auf den Weg zu bringen.

Caleb Fawney bewegte sich seitlich auf Sarah zu. Er bückte sich und streckte einen Arm nach ihrem Zügel aus, der mit einem Strick an einem niedrigen Ast befestigt war. Rasch lösten seine Finger den Knoten, und er zog die Zügel vom Ast. Mit einem Schnicken des Handgelenks ließ er sie frei, sodass der Strick nur noch lose herabhing.

Sarah warf den Kopf nach hinten, und als sie spürte, dass sie nichts mehr hielt, lief sie auf mich zu.

Mühsam unterdrückte ich jeden Impuls, meinerseits auf sie zuzulaufen, und machte hastig einen Schritt zur Seite, damit sie nicht zwischen mich und den Banditen kam. Seine Augen huschten hin und her, von mir zu meiner Waffe zu meinem Pferd. Ich wusste, dass Fawney eine Klapperschlange war, nur ohne Rassel, und in aller Ruhe den richtigen Moment abwartete, um zuzuschlagen.

Und dann war Sarah bei mir, ganz nah. Meine süße, lang vermisste Sarah. Sie schnupperte an meinem Hals, drängte sich so dicht an mich, dass sie mich fast umgeworfen hätte. Meine Sarah war wieder bei mir, und ich wieder bei ihr, bei meinem Pferd, meinem Mädchen.

Meine Augen wurden gefährlich von Tränen verschleiert. Wütend blinzelte ich sie weg, den Blick und die Pistole unverwandt auf Caleb Fawney gerichtet. Sarah schubste und beschnupperte mich weiter, schnaubte mir ins Ohr und in den Nacken. Ich schlang meinen freien Arm um ihren Hals und drückte sie an mich, und in diesem wunderschönen Moment kam jedes Bruchstück von mir wieder an seinen Platz.

»Allmächtiger«, sagte Caleb Fawney, seine Stimme nicht viel mehr als ein Flüstern. »Dieses Pferd scheint dich wirklich zu lieben!«

Ich gab keine Antwort, weil ich meiner Stimme nicht traute.

»Gut, okay«, sagte er schließlich. »Schick mir diesen Hengst da rüber, und dann geht jeder seiner Wege. Ich kann es mir nicht leisten, hier noch länger rumzustehen.«

Ich holte tief Luft, um mich zu wappnen, in dem Wissen, dass meine nächsten Worte nichts als Ärger und Gefahr bringen würden. Ich hielt den Arm um Sarahs Hals geschlungen und die Pistole vollkommen gerade.

»Nein, Sir. Der Hengst gehört mir nicht, den kann ich Ihnen nicht geben.«

Caleb Fawneys Augenbrauen zogen sich zusammen. Ich sah, wie alle Lockerheit aus seinen Schultern wich. Seine Finger öffneten und schlossen sich, und eine tödliche Ruhe fiel über sein Gesicht.

»Wie bitte? Soll das heißen, du willst mich hier ohne Pferd zurücklassen, während der Sheriff und seine Leute mit Sicherheit schon auf dem Weg hierher sind? Nachdem ich dir anstandslos gegeben habe, was du wolltest?«

»Nein, Sir.« Ich behielt den Finger fest am Abzug und die Augen weit geöffnet. »Ich habe nicht vor, Sie hier zurückzulassen. Dort hinten auf der Straße liegt ein unschuldiger Mann im Dreck, ermordet. Und mein Vater hat mich gelehrt, immer das Richtige zu tun, auch wenn's schwerfällt.«

Caleb Fawney starrte mich nur schweigend an, ohne zu blinzeln. Mein Herz klopfte wie wild.

Ich wies mit dem Kinn auf das Loch, das er gegraben hatte. Darin lag ein Beutel, zweifellos Mr Campbells Geld.

»Und holen Sie mir auch noch diesen Beutel dort, Sir. Schön langsam und vorsichtig. Das Geld ist gestohlen, und ich werde es seinem rechtmäßigen Eigentümer zurückbringen.«

Jetzt blinzelte Caleb Fawney – ein langsames, träges Blinzeln. Mir gefiel diese Ruhe nicht, die ihn erfasst hatte. Als wäre er mit dieser Art von Situation bestens bekannt und vertraut. Im Gegensatz zu mir. Als wäre er die Schlange und ich das Kaninchen.

»Hör mal, Junge, du weißt, dass das nicht passieren wird.« Seine Stimme war so kalt wie Januar-Schnee in meinem Kragen. »Wenn ich mit dir zurückgehe, hänge ich sofort am nächsten Baum. Ich hab nicht vor, es so weit kommen zu lassen.« Er machte ein paar vorsichtige Schritte zur Seite, um Sarah zwischen uns zu bringen.

»Sie bekommen einen fairen Prozess«, sagte ich und flehte ihn im Stillen an, nicht das zu tun, womit ich jetzt rechnete. Ich bewegte mich mit ihm im Kreis, um meine Schusslinie frei zu halten.

»Kann sein«, sagte er. »Aber wir wissen beide, dass auch ein fairer Prozess mit einem Strick um meinen Hals enden wird. Nimm den Revolver runter, Kleiner. Ich will nicht auf dich schießen müssen.«

»Ich will auch nicht auf Sie schießen müssen, Sir. Also lassen Sie die Hände oben. Und bleiben Sie stehen!«

Der Regen hatte wieder zugenommen. Er prasselte auf die Blätter der Bäume ringsum, rann mir übers Gesicht und in die Augen. Aber ich wagte nicht, ihn mit dem Ärmel wegzuwischen. Mehr als diesen einen Moment würde Caleb Fawney nicht brauchen, um seine Pistole zu ziehen und mir eine Kugel zu verpassen. Seine eigenen Augen blickten trocken und kalt unter seiner Hutkrempe hervor.

»Wir beide haben vieles gemeinsam«, sagte er und tat einen weiteren Schritt zur Seite. Ich tat es ihm nach und wäre fast über eine Wurzel gestolpert, konnte mich aber noch abfangen. »Ich war auch ein Waisenkind, weißt du? Aber mein Vater hat mir nur das Saufen beigebracht.«

»Bleiben Sie jetzt endlich stehen!«

Caleb Fawney ignorierte mich, schob sich wieder einen Schritt zur Seite und zwang mich, ihm zu folgen, um ihn im Visier und Sarah aus der Schusslinie zu halten.

»Und er hat mir beigebracht, dass ein Mann wissen sollte, wann es Zeit ist, zu gehen«, sagte er.

Und dann sah ich es.

Ich sah es in seinen Augen, an der Art, wie sie sich plötzlich verengten.

Und an seinem Atem, der erst flach wurde und dann ganz ausblieb, wartend.

Ich sah es an seinem ganzen Körper, an der Art, wie er sich kaum merklich spannte, kaum merklich kleiner und härter wurde, wie eine Feder, die gleich losschnellen wird.

Alles nur winzige Anzeichen, aber ich sah sie trotzdem.

Und erkannte mit schrecklicher Gewissheit, dass Caleb Fawney seinen Revolver ziehen würde.

»Nein!«, stieß ich noch hervor, weil ich alles lieber wollte als den Abzug drücken.

Aber Caleb Fawneys Hand schoss wie ein dunkler Blitz zu der Waffe in seinem Holster.

Ich wartete noch für den Bruchteil eines Atemzugs eines Herzschlags einer Sekunde und betete wortlos darum, dass das alles gar nicht passierte.

Und dann sah ich seine Hand mit einer schimmernden schwarzen Pistole nach oben kommen.

Und drückte diesen herzlosen Abzug.

Und der Revolver meines Vaters brüllte auf und ruckte in meiner zitternden Hand.

20. KAPITEL

Für einen schrecklichen Moment blieb alles stehen, als der Revolver in meiner Hand losging.

Mein Atem.

Mein Herz.

Selbst der Regen, glaube ich, setzte eine Sekunde lang aus.

Caleb Fawney stand da und schaute mich an, seine eigene Pistole in der Hand. Sie war halb erhoben, auf den Boden irgendwo vor meinen Füßen gerichtet.

Er blinzelte, und ein eigenartiges Lächeln spielte um seine Lippen.

Ich habe ihn nicht getroffen!, dachte ich, aber ich war nicht enttäuscht. Ich war fast schon erleichtert, dass meine Kugel ihr Ziel verfehlt hatte und Caleb Fawney immer noch vor mir stand.

Und dann brach er zusammen und fiel rücklings in den Matsch.

Ich war weiter wie erstarrt. Dann setzte der Regen wieder ein. Meine Lunge holte zitternd Luft, und mein

Herz fing wieder an, Blut durch meinen Körper zu pumpen.

Caleb Fawney starrte zu den Wolken hinauf und stieß einen tiefen Seufzer aus. Im Fallen hatte er seine Waffe losgelassen und war so gelandet, dass sein Kopf etwas erhöht auf einer Wurzel lag. Selbst den Hut hatte er noch auf. Es sah fast so aus, als hätte er sich nur zu einem Nickerchen hingelegt.

Langsam ging ich auf ihn zu. Mein Magen zog sich schmerzhaft zusammen. Nur zur Sicherheit kickte ich seinen Revolver beiseite und hielt meinen eigenen weiter auf ihn gerichtet, obwohl das kaum noch nötig schien.

Ich schaute auf ihn hinunter, und mein Herz schlug mir bis zum Hals.

»Verflucht noch mal, Kleiner«, stieß er durch zusammengebissene Zähne. »Du hast mich getroffen.«

Er hatte beide Hände auf den Bauch gepresst, und ich sah den dunklen Blutfleck, der sich immer weiter ausbreitete, genau in der Mitte, knapp unter seinem Herzen. Der Revolver in meiner Hand wackelte wie verrückt, und ich hätte mich fast übergeben.

»Es tut mir leid«, sagte ich. Meine Stimme klang wieder hoch und zittrig. Ich war eben doch noch kein Mann, und das wusste ich auch. Ich war nur ein Junge. Ein Junge, der gerade einen Mann erschossen hatte.

Er schloss die Augen und verzog das Gesicht zu einer Grimasse, bleckte die Zähne wie ein Wolf, der in den

Klauen einer Stahlfalle gefangen ist. Dann stöhnte er, nahm ein paar tiefe Atemzüge, öffnete die Augen wieder zu Schlitzen und sah mich an.

»Nun hau schon ab«, fauchte er, aber es klang, als müsste er dabei etwas schleppen, das furchtbar schwer war und das er auch nicht mehr lange würde tragen können. »Hau ab und lass mich in Frieden sterben.«

»Ich ... ich komm wieder«, sagte ich. »Mit einem Arzt.« Mein Atem kam stoßweise, als hätte ich gerade einen Wettlauf hinter mir.

Er schüttelte den Kopf, hustete und stieß ein gequältes Lachen hervor.

»Ich bin schon so gut wie tot, Junge. Bauchschuss. Ist nur noch eine Frage der Zeit, wann ich verblutet bin.«

Der Regen strömte weiter auf uns herab und durchtränkte uns beide mit der gleichen Nässe.

»Ich will Sie aber nicht einfach zurücklassen«, sagte ich. »So ganz allein.«

Er schüttelte wieder den Kopf.

»Ich war mein Leben lang allein. Also los, geh schon. Ich will nicht sterben, wenn mich jemand die ganze Zeit anstarrt.«

Ich trat unschlüssig von einem Fuß auf den anderen.

»Aber könntest du ... mir vorher noch einen Gefallen tun?« Seine Stimme wurde schwächer und gepresster, die Sätze kürzer. Man hörte, dass jeder davon eine Qual war.

»Ja, Sir.«

»Ich habe einen Flachmann. In meiner Jacke. Den hol ich jetzt raus.«

Ich packte den Revolver wieder etwas fester.

»In Ordnung«, sagte ich.

Seine blutbefleckte Hand wanderte zu seiner Jackentasche und er holte eine stumpf gewordene Zinnflasche heraus. Er atmete jetzt schnell und flach.

Er hielt mir das Fläschchen hin, und seine Hand wackelte unkontrolliert hin und her.

»Mach auf, Kleiner.«

Ich trat vorsichtig auf ihn zu und nahm ihm die Flasche ab. Ich klemmte sie mir unter den Arm, drehte mit der freien Hand den Schraubverschluss ab, die Pistole immer noch unverwandt auf ihn gerichtet, und reichte ihm die Flasche zurück. Zitternd brachte er sie an die Lippen und nahm einen langen Zug. Dann hielt er sie mir wieder hin.

»Du auch.«

Ich schluckte.

»Nein, danke, Sir. Ich ... ich trinke nicht.«

Er krümmte sich vor Schmerz und schloss die Augen, dann stieß er die Luft aus und machte die Augen wieder auf.

»Na los, nur einen Schluck. Wird dir schon nicht schaden. Ich bin gleich tot und will meinen letzten Whiskey nicht alleine trinken.«

Es hätte meinen Eltern ganz sicher nicht gefallen, wenn ich Alkohol trinke, aber wie meine Mutter immer sagte, gab es ohnehin schon zu wenig Erbarmen und Menschlichkeit auf der Welt.

Ich nahm die Flasche. Sie war warm und klebrig von seinem Blut. Ich zögerte, dann setzte ich sie an und trank einen Schluck. Er brannte wie Feuer, und ich musste husten, behielt aber alles drin. Mein Rachen stand in Flammen.

Ich reichte ihm den Flachmann zurück.

»Und jetzt geh«, sagte er. »Hau ab und lass mich in Ruhe.«

Ich trat einen Schritt zurück und erinnerte mich an seinen Revolver, der irgendwo hinter mir lag.

»Ich muss Ihren Revolver mitnehmen«, sagte ich.

»Wieso?«, knurrte er und starrte mich aus einem Auge finster an. »Willst du mich hier wehrlos zurücklassen? Wo ein ganzer Trupp Männer hinter mir her ist?«

»Ja, Sir, tut mir leid. Aber das sind gute Männer in diesem Trupp.«

Caleb Fawney lächelte ein verbittertes, müdes Lächeln. »Du wärst überrascht, wie böse ein guter Mann aussehen kann, wenn er kommt, um dich zu töten.«

»Mag sein. Aber ich kann Ihnen trotzdem keine Waffe hierlassen. Gibt es … sonst noch was, das ich für Sie tun kann, Sir? Bevor ich gehe?«

»Nee. Lass mich einfach in Ruhe. Ich hab hier genug mit Sterben zu tun.«

Ich wich ein paar weitere Schritte zurück, nahm seine Pistole auf und steckte sie in meinen Schulterbeutel.

Sarah kam von hinten heran und stupste mich mit der Nase an. Ich kraulte sie zärtlich. Mein Herz war ein einziges Durcheinander, voller Trauer und Glück zugleich.

Ein paar Atemzüge lang vergrub ich mein Gesicht in Sarahs Mähne und ließ Caleb Fawney erstmals für einen Moment aus den Augen. Ich atmete ihren ehrlichen Pferdegeruch ein und trocknete meine Tränen in ihrem Fell.

»He, Kleiner«, rief er mir zu. Mein Kopf fuhr herum. Ich war sicher, ihn dort stehen zu sehen, eine zweite Waffe in der Hand. Aber er lag immer noch auf dem Boden, schlaff und reglos.

»Es war richtig von dir, mich zu erschießen«, sagte er. »Mach dir deshalb keine Vorwürfe. Sonst hätte ich dich erschossen. Du warst schneller und hast gut gezielt. Du hast alles richtig gemacht. Einer von uns musste sterben, und diesmal hat es eben mich getroffen.«

Er hob mühsam die Hand, nahm seinen Hut ab und warf ihn in meine Richtung. Der Hut kreiselte noch ein bisschen und landete schließlich vor meinen Füßen.

»Der ist für dich. Ist ein guter Hut. Wär schade, den einfach wegzuschmeißen. Hält dir den Regen aus'm Gesicht.« Seine Stimme war kaum noch zu hören.

Ich sah den Hut zu meinen Füßen an und bückte mich danach. Ich setzte ihn auf, und der Regen pladderte auf seine breite Krempe. Ich schaute wieder zu Caleb Fawney hinüber. Seine Brust hob und senkte sich schnell und ungleichmäßig.

Ich bin nicht stolz darauf, aber es ist nun mal die Wahrheit: Ich wollte nicht dabei sein, wenn er starb. Auf gar keinen Fall.

Ich ging um Sarah herum, auf ihre andere Seite. Sie trug nur einen Zaum um den Hals. Mr Fawney hatte sie ohne Sattel geritten, genau wie ich. Zum Aufsteigen musste ich ihn aus den Augen lassen und die Pistole senken, aber das machte mir keine Sorge mehr. Ich wusste, dass er mir nicht mehr gefährlich werden konnte.

Ein kleines Ächzen und ein Sprung und schon saß ich oben, dort, wo ich hingehörte. Auf dem Rücken meiner Sarah, die freie Hand in ihrer Mähne vergraben. Ich spürte ihren Atem und ihre Lebendigkeit unter mir, wie früher, aber ich fühlte mich nicht mehr wie ein Kind. Trotzdem steckte ich die Pistole wieder in den Beutel zurück. Ich war jetzt lange genug ein Mann gewesen, fürs Erste jedenfalls.

Der Regen trommelte weiterhin einen gleichmäßigen Rhythmus auf den Hut. Die dunklen Wolken hatten sich so verdichtet, dass es fast schon Nacht zu sein schien.

»Mr Fawney«, sagte ich. »Vielleicht ist es Ihnen egal, aber ich persönlich glaube nicht, dass Sie durch und durch schlecht sind.«

Caleb Fawney verzog das Gesicht und schnaubte.

»Tja, Kleiner. Da bist du wohl der Einzige. Und nun mach endlich, dass du wegkommst.«

Ich gab Sarah einen leichten Schenkeldruck. Das genügte schon. Wir waren eins, sie und ich. Ohne ein Wort von mir schlug sie die richtige Richtung ein, den Weg zurück, auf dem ich gekommen war.

»Braves Mädchen«, sagte ich und klopfte ihr auf den kräftigen Hals. »Braves Mädchen.«

Mr Campbells Pferd, das im strömenden Regen gewartet hatte, weit entfernt von allen Menschen, die es kannte, folgte uns nur zu gern durch die Schlucht zurück. Ich hörte das Klappern seiner Hufe hinter mir, als wir uns jetzt auf den Rückweg machten, zurück zur Straße und in die Stadt.

Ich schaute mich nicht mehr nach Caleb Fawney um, der da im Regen lag und an einer Kugel starb, die ich abgefeuert hatte. Ich konnte es einfach nicht.

Der Regenschleier war noch dichter geworden und hüllte die Welt in einen grauen Nebel, der mir durch die Kleider drang und mich frösteln ließ.

Mein Herz war auf jede nur mögliche Art gebrochen. Ich hatte einen Mann erschossen. Und ihn sterbend zurückgelassen. Ich war bis ins Innerste kalt und verängstigt und einsam.

Und so fing ich an, während wir durch die feuchte Düsternis ritten, mit Sarah zu reden. Obwohl mein Mund geschlossen blieb, erzählte ich ihr alles, was ich auf meinem weiten Weg zu ihr erlebt hatte. Ich erzählte ihr von A-Kih und dem letzten Grizzly am Colockum und was von den Indianern noch übrig war. Von Ezra Bishop, den sie kannte, und wie A-Kih und ich fast im Yakima River ertrunken waren. Von kleinen Jungs und neugeborenen Babys und einer Blockhütte im Flusstal. Von dem Abschied von einem Freund und wie es war, im Regen auf einem Zug mitzufahren. Von einem Mann, der im Schlamm lag und starb, und von einem Jungen, der erwachsen wurde und endlich wieder auf dem Pferd saß, das er liebte. Und hinter dieser Geschichte erzählten wir uns noch eine andere Geschichte, die wir beide kannten. Eine Geschichte, in der eine Mutter und ein Vater vorkamen, und ein Sohn und dessen Schwester. Und ein rot-weiß geschecktes Indianerpony. Eine Geschichte über ein Zuhause und eine Familie.

Endlich waren wir wieder vereint, so wie es früher war und immer sein sollte. Meine Sarah und ich.

Mr Fawneys Hut hielt den Regen von meinem Gesicht ab, aber meine Wangen waren trotzdem nass. Meine Tränen waren wie ein Fluss, und sie hatten durchaus eine Geschichte zu erzählen.

Sobald wir aus der Schlucht kamen und den ebenen Teil des Pfades erreichten, der zur Straße führte, spürte Sarah meine Fersen schon, bevor ich sie ihr in die Seite drücken musste, und wir wurden wieder schneller, steigerten uns bis zum Galopp durch die offene Landschaft. Ich lockerte die Zügel und ließ sie laufen, so schnell sie wollte, ließ mich von ihr davontragen, fort von dem Blut, das ich vergossen, und von dem Mann, den ich ins Grab gebracht hatte.

Der Wind blies mir ins Gesicht. In der trüben, dunstigen Luft konnte ich nicht viel erkennen, aber ich sah das Pferd unter mir, und das genügte.

Und dann ging plötzlich ein heftiger Ruck durch seinen Körper. Ich spürte, wie Sarah erzitterte, und hörte ein dumpfes Geräusch, als hätte sie jemand mit einem Stock geschlagen.

Ich spürte, wie wir fielen, wie wir urplötzlich, mitten im Flug, auf die Erde hinunterstürzten.

Und kurz bevor ich im Dreck landete, kurz bevor ich auf dem harten, verhassten Boden aufschlug, hörte ich den Nachhall eines Schusses.

Und da wusste ich es. Wusste es mit kalter, abscheulicher Gewissheit.

Jemand hatte auf sie geschossen.

Jemand hatte mein Pferd, meine Sarah unter mir weggeschossen.

21. KAPITEL

Wie betäubt lag ich am Boden, der Aufprall hatte mir völlig den Atem und den Verstand verschlagen. Mein Gesicht war in den Schlamm gedrückt. Ich blinzelte und stöhnte und versuchte, zur Besinnung zu kommen.

Dann hörte ich Sarah. Hinter mir. Bei unserem Sturz war ich nach vorn geschleudert worden, über ihren Kopf hinweg. Sie atmete schwer, und jeder Atemzug war von einer Art Röcheln begleitet. An der Richtung, aus der die Geräusche kamen, erkannte ich, dass sie immer noch auf dem Boden lag, und es ist nie gut, wenn ein Pferd nicht aufsteht.

Ich sprang auf die Füße, ohne auf die Schmerzen in meinem Körper zu achten, und stolperte zu ihr. Sie lag auf der Seite, mit aufgerissenen Augen, in denen das Weiße zu sehen war. Ihre Muskeln zuckten unkontrolliert. Ich fiel neben ihr auf die Knie und schlang ihr die Arme um den Hals.

»Sarah!«, rief ich. »Sarah!« Ihr großes Herz hämmerte, und ihr Atem kam stoßweise aus den Nüstern.

Ich spürte etwas Warmes, Klebriges an meinem Arm, und ich ließ sie los, um zu sehen, was es war.

Eine Kugel hatte sie im Nacken erwischt. Genau in der Mitte zwischen Kopf und Schultern.

Die Wunde war groß und nass, und das Blut sprudelte heraus wie Öl aus einer Quelle. Es verklebte ihr die Mähne und färbte ihre weißen Flecken rot.

»Ach Sarah«, sagte ich mit tränenerstickter Stimme. Ihr Atem wurde immer langsamer, und es gefiel mir gar nicht, wie sie da mit offenem Maul und heraushängender Zunge im Schlamm lag. »Ach Sarah, nein.«

Sie war meine Sarah, mein halbwildes Indianerpony. Sie war meine Erinnerung, meine Familie, mein Zuhause. So viele Meilen hatte ich zurückgelegt, so viele Anstrengungen auf mich genommen, damit sie wieder bei mir war – dort, wo sie hingehörte. Nur um sie jetzt doch zu verlieren.

Die Hufe galoppierender Pferde näherten sich bedrohlich schnell, aber ich schaute nicht einmal auf. Mein Herz und meine Augen waren fest mit meinem Pferd verbunden, das dort lag und Schmerzen litt.

»Hände hoch!«, rief eine dröhnende Männerstimme, doch ich streichelte weiter meine arme Sarah. Sie sollte wissen, dass ich bei ihr war, die ganze Zeit. »Hände hoch!«, wiederholte der Mann. Ich ließ meine Hände, wo sie waren, hob aber schließlich den Blick.

»Sie haben mein Pferd erschossen«, sagte ich mit brüchiger Stimme. Der Mann saß auf einem kräftigen Rappen und zielte mit einem Gewehr auf mich. Er war groß und dünn, mit einem buschigen, grau melierten Schnurrbart über den schmalen Lippen und einem blinkenden silbernen Stern an der Brust. Weitere Männer auf Pferden kamen von hinten heran und verteilten sich rechts und links von ihm, die Gewehre ebenfalls im Anschlag.

Der Mann blinzelte durch Regen und Dämmerlicht zu mir herüber. Ganz langsam fiel ihm die Kinnlade herunter, er senkte das Gewehr und fluchte.

»Das ist gar nicht Fawney«, sagte er zu den anderen Männern, die nun auch ihre Waffen herunternahmen. »Das ist der Junge. Bloß der Junge.« Er fluchte wieder.

»Sie haben mein Pferd erschossen«, wiederholte ich.

Der Mann schaute auf Sarah hinunter, die mir unter den Händen verblutete.

»Das tut mir leid, mein Junge. Du bist in vollem Galopp auf uns zugestürmt. Ohne Sattel auf diesem rot-weißen Pony und mit diesem Hut auf dem Kopf. Wir dachten, du wärst Caleb Fawney.«

Er sprang vom Pferd und kam auf mich zu. Einen Moment lang blickte er auf Sarah hinunter, dann seufzte er und fluchte, und ich hörte, wie er sein Gewehr nachlud.

»Geh beiseite, mein Junge«, sagte er.

Ich fuhr herum. Er hatte das Gewehr wieder angelegt, den Finger schon am Abzug.

»Was haben Sie vor?«, fragte ich entsetzt.

Das Gesicht des Mannes war grimmig, seine Augen voller Bedauern.

»Ich erlöse dein Pferd von seinem Leid.«

»Nein! Sie dürfen sie nicht erschießen!«

Der Mann stieß einen schweren Seufzer aus, der aus den Tiefen seiner Lunge kam.

»Ich fürchte, das habe ich bereits getan. Und jetzt leidet sie. Also geh mir lieber aus dem Weg, damit ich die Sache zu Ende bringen kann.«

»Sie dürfen sie nicht töten! Das lasse ich nicht zu!«

Er schaute mir in die Augen. Seine waren dunkel und traurig, aber es war keine Bosheit in ihnen. Sie erinnerten mich an die meines Vaters, nachdem meine Mutter und Katie gestorben waren.

»Nun hör doch, mein Junge, damit tust du ihr keinen Gefallen. Sie hat einen bösen Halsschuss abbekommen. Sieh dir das viele Blut an. Das Einzige, was du jetzt noch für sie tun kannst, ist, sie gehen zu lassen. Du musst sie gehen lassen. Damit der Schmerz ein Ende hat. Das ist keine Grausamkeit, mein Junge ... das ist eine Gnade.«

Ich schaute ihn an. Meine Augen waren nass und brannten. So viele Gefühle stürmten auf mich ein. So viele Erinnerungen. An meine Eltern und an Katie. Ich versuchte, an sie zu denken, sie mit meinem Herzen zu erreichen, damit sie mir raten konnten, was ich tun sollte.

Und dann wusste ich es. Ich wusste es ganz sicher. Natürlich hätte mein Vater gewollt, dass ich tat, was für mein

Pferd das Beste ist, und sei es noch so schwer. Und sei es das Schwerste auf der Welt. Und ich wusste, dass meine Mutter immer zuallererst Güte und Mitleid von mir erwartet hätte, auch wenn es wehtat. Und ich wusste, dass Katie es niemals ertragen hätte, unsere Sarah leiden zu sehen.

Der Regen hatte mich inzwischen bis auf die Haut durchnässt, und mir klapperten die Zähne, als ich jetzt sprach.

»Ist gut«, sagte ich, meine Stimme nur ein schwaches Krächzen. »Ist gut.«

Sarahs Atmung hatte zu einem schwachen, aber gleichmäßigen Rhythmus zurückgefunden.

»Ach, mein Mädchen«, sagte ich mit erstickter Stimme, während ich die Hände über ihren Hals gleiten ließ und meine Finger in ihrer Mähne vergrub. »Meine liebste Sarah.« Ich lehnte meinen Kopf an ihren, drückte meine Brust an ihren Hals. Meine Tränen tropften auf ihr Fell, so wie ihr Blut auf den Boden tropfte.

Und in dem Moment kam alles zu mir zurück. Alles. Alle meine Erinnerungen, auch die allerersten – daran, wie ich sie geritten und lieb gewonnen hatte. Alle meine Erinnerungen an sie und mich und meine Eltern. Und an Katie, die immer von Sarah geradezu geschwärmt hatte. Wie sanft sie war, und wie lieb. Aber auch wie stark und schnell und auch starrsinnig. Ich dachte an Ezra Bishop, der sie geschlagen hatte, weil sie mich um keinen Preis zurücklassen wollte.

»Du bist das beste Pferd der Welt«, flüsterte ich ihr ins Ohr. »Das allerbeste.« Ich drückte sie noch einmal an mich, als müsste ich sie nur fest genug halten, damit sie bei mir blieb, bei den Lebenden. »Ich hab dich lieb.«

Und ich nahm Abschied von meinem Pferd. Ich drückte sie an mich, aber gleichzeitig ließ ich sie auch los.

Ich dachte an Sonnenuntergänge und an Blätter und wie sie im Sterben immer noch schöner werden.

Durch mein nasses, blutgetränktes Hemd hindurch spürte ich, wie ihr Herz schlug.

Aber sein Schlag fühlte sich irgendwie nicht richtig an, nicht vollständig.

Es fühlte sich an, als fehlte die Hälfte.

Und die andere Hälfte schlug in meiner Brust.

Unsere beiden Herzen schlugen gemeinsam – *ba-pumm, ba-pumm, ba-pumm* – ein dunkleres Pochen unter dem Tippeln und Tappeln der Regentropfen, die auf den Boden, die Blätter und die Hutkrempen fielen.

Wir lagen da, und unsere Herzen schlugen denselben Takt.

Und ihr Herz klang überhaupt nicht so, als läge es im Sterben.

Überhaupt gar nicht.

Ich löste mich von ihr und schaute ihr in die Augen. In ihnen lag Vertrauen. Und Liebe. Aber auch Ruhe und eine unerschütterliche Kraft.

»Alles klar«, flüsterte ich ihr zu.

Ich hockte mich auf die Fersen.

»Und jetzt aus dem Weg, mein Junge. Am besten schaust du einfach nicht hin.«

»Nein, Sir«, sagte ich. »Wenn es sein müsste, würde ich sie gehen lassen. Aber sie ist noch nicht so weit. Sie will noch nicht gehen. Ihr Leben ist noch nicht zu Ende.«

»Nun hör mal, mein Junge, sie hat eine Kugel im Nacken und …«

»Gibt es in Yakima einen Tierarzt?«, unterbrach ich ihn.

»Was? Ja, natürlich. Aber Doc Stevens wird garantiert nicht hier rauskommen, um sich ein Pferd anzusehen, das schon so gut wie tot ist.«

»Aber wenn ich Sarah zu ihm bringen würde, würde er sie dann behandeln?«

»Sicher würde er das, aber zum Teufel, Junge, sieh sie dir doch an. In diesem Zustand schafft sie es niemals bis nach Yakima. Sie wird nicht mal mehr aufstehen können.«

»Oh doch, das wird sie. Wenn ich sie darum bitte.«

Ich kauerte mich neben ihren Kopf und wir schauten uns wieder in die Augen.

»Bist du bereit, mein Mädchen?«, fragte ich sie. Sie blinzelte.

Ich rieb ihr sanft über den langen Nasenrücken und griff dann nach ihrem Zaum.

»Komm, Sarah, du musst aufstehen. Na komm.«

Sie hob den Kopf vom Boden. Dann den Hals. Ich

stand auf, blieb aber immer dicht neben ihr, berührte sie mit den Händen und ließ sie nicht aus den Augen. Mühsam brachte sie die Vorderbeine unter ihren Körper und saß dann erst mal nur da, schwer atmend.

»Braves Mädchen«, sagte ich. »Gutes Mädchen.«

Und dann, mit Ächzen und Stöhnen und vielleicht auch der Hilfe von ein oder zwei Engeln, stand meine Sarah plötzlich mit allen vier Hufen im Schlamm.

Keuchend und mit hängendem Kopf, aber sie stand.

»Nicht zu fassen«, sagte der Mann hinter mir.

»Doc Stevens war der Name?«, fragte ich ihn. »In Yakima?«

»Ja. Behandelt meist nur Menschen, aber wenn nötig, auch Pferde.«

»Vielen Dank, Sir. Sie sind der Verfolgungstrupp, stimmts? Rechtmäßig eingesetzt?«

»Ganz genau. Ich bin Sheriff McLeary, und ich habe diese Männer hier zu meinen Stellvertretern ernannt, um den gesuchten Verbrecher Caleb Fawney zur Strecke zu bringen.«

Ich zog Mr Fawneys Pistole aus meiner Schultertasche hervor und hielt sie dem Sheriff hin.

»Hier ist Mr Fawneys Revolver.« Der Sheriff nahm die Waffe wortlos, aber mit hochgezogenen Augenbrauen entgegen. »Und der Graue dort drüben gehört Mr Campbell.« Ich nickte zu dem Hengst hinüber. »Ich wäre Ihnen dankbar, wenn Sie dafür sorgen könnten, dass er ihn zurückbekommt. Mr Fawney finden Sie – zusammen mit dem gestohlenen Geld – ein Stück den Weg hinauf, ein paar Hundert Meter weit in der Schlucht. Er ist schwer verletzt, war aber noch nicht tot, als ich ihn verließ.«

Der Sheriff stieß einen überraschten Pfiff aus.

»Ist er vom Pferd gefallen oder was?«

»Nein, Sir. Ich habe ihn erschossen.«

Der Sheriff öffnete den Mund, aber es schien, als fehlten ihm die Worte. Er stand bloß da und schaute mich an.

»Und jetzt bringe ich endlich dieses Pferd zu einem Arzt«, sagte ich. Ich rückte mir Mr Fawneys Hut zurecht und ging dann zwischen den Männern des Sheriffs hindurch, die alle noch auf ihren Pferden saßen, meine verwundete Sarah hinter mir herführend.

22. KAPITEL

Als wir nach Yakima kamen, meinte der Doktor, er könne nichts mehr für sie tun.

»Tut mir leid«, sagte er und schüttelte den Kopf.

»Sir«, erwiderte ich, »ich bin mit diesem Pferd fünf Meilen lang durch Regen und Schlamm gelaufen, um sie hierherzubringen. Sie hat noch Kraft. Sie wird überleben, wenn Sie ihr helfen.«

»Aber sie hat eine Kugel im Nacken und kann kaum noch stehen!«, protestierte er. »Tut mir leid, mein Junge, aber es geht einfach nicht. Ich müsste ihr diese Kugel rausholen. Und dann die Wunde reinigen. Und dann nähen. Kein Pferd würde so was ertragen. So viel Whiskey oder Morphium kann es gar nicht geben, dass ein Pferd dabei ruhig bleibt.«

»Ich sorge dafür, dass sie ruhig bleibt, Doktor. Und dass sie stehen bleibt. Bitte, Sir.«

»Sie müsste die ganze Zeit stillhalten. Während ich ihr eine Kugel aus der Wunde hole und sie anschließend nähe. Das wird sie auf keinen Fall schaffen, unmöglich.«

»Sie wird stillhalten, Sir. Wenn ich sie darum bitte, tut sie das. Mir zuliebe. Bitte!«

Doc Stevens war zu Hause gewesen, als ich bei ihm an die Tür geklopft hatte. Sarah stand mit hängendem Kopf in seinem kleinen Vorgarten. Sie war wirklich ein jammervoller Anblick. Die Seite, mit der sie auf dem Boden gelegen hatte, war völlig mit Schlamm verkrustet, die andere war mit getrocknetem Blut aus ihrer Wunde verschmiert.

Doc Stevens musterte sie noch einmal kopfschüttelnd. Dann schaute er mich an und stieß die Luft aus.

»Gut, einverstanden. Wenn du dafür sorgst, dass sie stillhält und stehen bleibt, werde ich sehen, was ich tun kann.«

»Danke, Sir! Vielen Dank!«

Er hob die Hand.

»Danke mir lieber noch nicht, mein Junge. Ich glaube nicht, dass sie's schaffen wird. Sie hat sehr viel Blut verloren und wird jetzt noch mehr verlieren. Aber ich will es zumindest versuchen. Bring sie außen rum in den Stall hinterm Haus. Ich hole meine Sachen.«

Der Stall war dunkel und feucht und roch, als würde er nur selten genutzt. Doc Stevens brachte eine flackernde Lampe mit und hängte sie an einen Haken, wo sie ein gelbliches Licht in der engen Box verbreitete.

»Also dann«, sagte er, indem er eine schwarze Ledertasche öffnete und verschiedene Instrumente aus Metall hervorholte. »Fangen wir an. Ich mache so lange weiter, wie sie ruhig bleibt. Wenn sie anfängt zu buckeln und zu stampfen, schläfere ich sie ein. Das wäre sonst Quälerei.«

Ich schluckte. Mein Herz erbebte bei seinen Worten, aber ich antwortete mit so fester Stimme, wie ich konnte: »Ja, Sir, verstanden.«

Ich stellte mich breitbeinig vor Sarah auf, direkt vor ihrem Kopf, legte ihr beide Hände auf die Wangen, beugte mich vor und hielt den Blick ihrer großen braunen Augen fest. Ihr Atem wurde ruhiger, und so standen wir beide da und sahen uns an.

»Bleib bei mir, Sarah«, flüsterte ich direkt in ihr Herz. »Bleib immer schön hier.«

Der Doktor lief geschäftig hin und her, bis er schließlich vor dem blutigen Einschussloch in ihrem Nacken stehen blieb. Seine Hände kamen hoch und in beiden schimmerte Metall. Er hielt inne, und aus dem Augenwinkel sah ich, dass er mich anschaute.

»Bereit, mein Junge?«

Ich schloss kurz die Augen und drückte meine Stirn gegen die von Sarah. Ihren Kopf fest in meinen Händen, presste ich meine Lippen auf ihre Nüstern und wortlos sprach ich jedes Gebet, das ich jemals gesprochen habe oder jemals sprechen werde. Ich suchte mit den Händen nach ihrem Herzschlag und fand ihn, hielt ihn fest und fügte meinen eigenen hinzu, sodass er wieder eins wurde.

»Ja, Sir«, sagte ich. »Wir sind bereit.«

Und mit einem schweren Seufzer machte sich Doc Stevens an die Arbeit.

Sarah zuckte unter meinen Händen zusammen. Ihre Muskeln spannten sich, und sie wollte den Kopf nach hinten ziehen, doch ich hielt ihn fest. Ich schaute ihr tief in die Augen und hielt sie fest, stark und unerschütterlich.

»Ruhig«, flüsterte ich. »Ganz ruhig, mein Mädchen. Bleib bei mir, Sarah.«

Sie verdrehte die Augäpfel und blähte die Nüstern und ihr Atem kam schnell und heiß, aber sie blieb bei mir. Sie hielt mit mir durch. Sie zog die Oberlippe zurück und öffnete ihr Maul, aber sie blieb bei mir.

»So ist es gut. So ist es gut.« Ich kraulte sie mit den Fingernägeln am Kinn und drückte ihr meine warmen Handflächen an die Wange.

»Alles klar«, sagte der Doktor, trat einen Schritt zurück und wischte sich mit dem Ärmel über die Stirn. »Die Kugel ist raus. Jetzt muss ich die Wunde säubern. Das wird ziemlich brennen. Und dann muss sie noch genäht werden.«

»Nur zu, Sir. Wir sind bereit.«

Er knackte mit den Fingern, dann griff er nach weiteren Instrumenten und einer kleinen Flasche.

»Los gehts«, sagte er.

Sarah stampfte und riss den Kopf nach hinten, doch ich fing sie wieder ein und hielt sie fest. Sie stieß ein schrilles, qualvolles Wiehern aus, aber ich umschlang sie ganz fest, und mir zuliebe hielt sie still. Ich blinzelte die Tränen weg, die mir in die Augen stiegen.

»Ist schon gut, Sarah, ist alles gut.« Ich schloss die Augen, lehnte meinen Kopf an ihren und ließ die Tränen durch meine Wimpern sickern. »Ist alles gut, mein Mädchen.«

Ich hörte, wie Doc Stevens arbeitete, wie er hin und her hastete, schnaufte und mit der Zunge schnalzte. Er beeilte sich, so gut er konnte, und ich war ihm dankbar dafür.

»Fast fertig«, sagte er. Ich lockerte meinen Griff um Sarahs Kopf und ließ meine Hände sanft über ihren Hals kreisen, über ihr Kinn, ihre Wangen. Ich flüsterte ihr Worte zu, tröstliche, erinnernde, verheißungsvolle. Ich schaute ihr in die Augen und sie erwiderte meinen Blick, und wir blieben zusammen. Wir blieben zusammen, Sarah und ich, inmitten der Welt ringsherum.

»Fertig«, sagte der Doktor schließlich und ein weinerliches Lächeln trat in mein Gesicht. Halb lachend, halb schluchzend wischte ich meine Tränen an Sarahs Nase ab. Doc Stevens machte einen Schritt zurück und trocknete sich die Stirn. Dann ließ er die Arme hängen und schaute mich an.

»So was habe ich mein Lebtag noch nicht gesehen«, sagte er und schüttelte wieder den Kopf. »Ein Pferd, das beim Nähen ganz stillhält. Kein Bocken oder Treten oder irgendwas. Das habe ich wirklich noch nie erlebt.«

»So was wie meine Sarah gibt es eben nicht noch mal«, sagte ich.

»Oh«, entgegnete er. »Ich habe in meinem Leben schon viele Pferde gesehen, da war alles dabei. Aber was ich noch nie gesehen habe, ist so was wie euch beide, dich und das Pferd zusammen.«

Er ließ sich auf einen Hocker sinken. Der Schweiß war ihm in den Nacken gelaufen und zeichnete sich dunkel auf seinem Hemd ab. Ich schmiegte die Wange an Sarahs Kopf und lächelte.

»Tja, mein Junge, die Kugel ist draußen und dein Pferd steht noch. Aber mehr auch nicht. Wenn ich wetten müsste, würde ich keinen Cent darauf setzen, dass sie die Nacht übersteht. Mach dir also keine allzu großen Hoffnungen. Es kann gut sein, dass dein Pferd trotzdem noch stirbt.«

»Nein«, sagte ich ruhig. »Sie wird nicht sterben.«

Der Arzt zuckte die Achseln.

»Wir werden sehen. Komm jetzt mit rein, mein Junge. Ich mach dir was zu essen.«

»Nein danke, Sir. Ich möchte lieber bei ihr bleiben, wenn Sie einverstanden sind.«

Er zuckte wieder die Achseln.

»Wie du willst. In dem Kasten dort findest du Hafer, und der Brunnen ist hinten im Hof. Wenn sie ein bisschen was fressen würde, wäre das gut. Ich sehe heute Abend noch mal nach euch beiden.«

»Ich danke Ihnen, Sir. Vielen, vielen Dank.«

»Keine Ursache.« Er tätschelte Sarah den Rücken. »Viel Glück, Pferd.«

*

Für den Rest des Tages blieb ich bei Sarah im Stall. Und auch für die folgende Nacht, kalt wie sie war. Der freundliche Doktor brachte mir eine Decke und etwas zu essen, und ich legte mich auf einen Strohhaufen in einer Ecke der Box, gleich neben meinem Pferd. Ich dachte an meinen Vater, der meiner Mutter und Katie nicht eine Sekunde von der Seite gewichen war. Und an A-Kih, der Mrs Davidson keinen Moment lang allein gelassen hatte. Sich kümmern ist das, was man tun muss. Und wohl auch das Einzige, was man wirklich tun kann. Einfach da sein. Und manchmal ist das ja auch genug.

Die halbe Nacht lang bin ich immer wieder aus dem Schlaf hochgeschreckt und habe in der Dunkelheit nach Sarah getastet, um mich zu vergewissern, dass sie immer noch stand, immer noch bei mir war. Und sie war es, jedes Mal.

Irgendwann muss ich dann doch ziemlich fest eingeschlafen sein, denn ich wachte erst auf, als Doc Stevens die knarrende Stalltür aufschob und das Licht des vollen Morgens hereinfiel. Ich sprang auf die Füße.

»Sieh mal einer an«, sagte der Doktor und gab Sarah

einen Klaps aufs Hinterteil. »Wen haben wir denn da? Freut mich, dass ich mich schon wieder in dir geirrt habe, Pferd.« Er schaute mich an, während ich noch gähnte und mir den Schlaf aus den Augen rieb. »Hier ist jemand, der dich sprechen möchte.«

Der Sheriff trat ein und nickte mir zu. Sein hochgewachsener Körper schien den ganzen Türrahmen auszufüllen.

»Morgen, mein Junge«, sagte er und reichte mir die Hand. Ich schüttelte sie und nickte auch. »Guten Morgen, Sir.«

Er zog eine Augenbraue hoch und musterte Sarah kopfschüttelnd. »Wie ich sehe, atmet dein Pferd ja immer noch«, sagte er mit einem Lächeln, das halb unter seinem buschigen Schnurrbart verborgen blieb. »Das lässt mich jetzt wohl ziemlich dumm dastehen.«

»Nein, Sir«, gab ich grinsend zurück. »Aber mich lässt es ziemlich clever dastehen.«

Er lachte leise und hielt mir dann einen dicken Umschlag hin.

Ich nahm ihn, schaute hinein und hielt die Luft an. Er war voller Geld. Einer Menge Geld.

»Was ist das, Sir?«

»Das ist deine Belohnung, ausgesetzt vom Marshal des Bundesstaates Washington. Für die Ergreifung von Caleb A. Fawney. Zweihundertundfünfzig Dollar, bar ausgezahlt. Der Doktor ist mein Zeuge.«

Ich blinzelte und schluckte und schaute dann zu ihm hoch.

Er runzelte die Stirn.

»Ich hätte gedacht, du freust dich darüber. Das ist ein ganz hübsches Sümmchen.«

»Ja, Sir. Es liegt eher … na ja, an der Art, wie ich es bekommen habe, glaube ich. Ich hätte nie gedacht, dass ich mal einen Mann erschießen würde, verstehen Sie? Und erst recht nicht, dass ich dafür dann auch noch bezahlt werde.«

»Ach so. Na ja, wenn es dich beruhigt, kann ich dir sagen, dass du Fawney gar nicht getötet hast.«

»Er lebt noch?«

»Nee, das nun auch nicht gerade. Aber Caleb Fawney ist, wenn man's genau nimmt, von eigener Hand gestorben. Hat sich erschossen, als ich und meine Männer auf ihn zugeritten sind. Dein Schuss hat ihn zwar schwer verletzt, aber die tödliche Kugel kam aus seiner eigenen Waffe.«

»Aber die hatte ich ihm doch weggenommen.«

»Offenbar hatte er noch eine zweite. Eine kleine Derringer. Die Belohnung gehört trotzdem dir, als dem, der am meisten zu seiner Ergreifung beigetragen hat. Gratuliere, mein Junge.«

Ich schaute auf das Geld in meiner Hand und dachte nach. Fawney hatte die ganze Zeit noch eine andere Waffe gehabt. Er hätte mich damit erschießen können, aus

Bosheit oder aus Rache oder in einem letzten, verzweifelten Versuch zu fliehen. Stattdessen hatte er mir einen Schluck Whiskey angeboten und mir Glück gewünscht. Und mir seinen Hut geschenkt.

Ich schluckte an dem Kloß in meinem Hals.

»Ich schulde Mr Campbell noch Geld«, sagte ich dann. »Für mein Pferd hier.«

Der Sheriff schüttelte den Kopf.

»John Campbell ist schon auf halbem Weg nach Walla Walla. Hat mich gebeten, dir aufrichtig dafür zu danken, dass du ihm sein Geld wiederbeschafft hast, und meinte, wenn hier irgendwer irgendwem etwas schuldig ist, dann er dir und nicht umgekehrt. Das Pferd hätte doch sowieso schon dir gehört. Dein Mumm hat ihn ziemlich beeindruckt, und er wünscht dir und deinem Pferd hier das Allerbeste.«

»Danke«, sagte ich leise. Ich bückte mich und steckte den Umschlag in meine Umhängetasche.

»Wo bist du denn eigentlich zu Hause, mein Junge?«

Ich sah auf den festgestampften Stallboden hinunter. Ich hatte kein Zuhause. Ich hatte überhaupt nichts, außer Sarah. Ich legte ihr beide Hände auf den Rücken. Sie senkte den Kopf und schnupperte an meinem Nacken, weich und warm.

»Das hier ist mein Zuhause«, antwortete ich. »Sarah ist mein einziges Zuhause.«

Die Augenbrauen des Sheriffs zogen sich zusammen.

»Hast du keinen Ort, wo du hingehen kannst?«, fragte er schroff. »Keine Angehörigen irgendwo?«

Ich antwortete nicht. Mir fehlten die Worte dafür. Ich ließ meinen Blick und meine Hände weiterhin auf Sarah ruhen.

»Also«, sagte Doc Stevens, »von mir aus kannst du fürs Erste hierbleiben, Joseph.«

»Danke«, sagte ich, ohne ihn anzusehen. »Das ist sehr nett von Ihnen, Sir.«

»Kommst du dann jetzt mit zum Frühstück rein?«

»Nein, Sir. Vielen Dank, aber ich bleibe lieber hier bei Sarah.«

»Dachte ich mir schon. Dann bringe ich dir was raus. Und, Joseph ... sie ist noch nicht über den Berg. Sie hat länger durchgehalten, als ich erwartet hätte, aber sie frisst immer noch nicht und wird stündlich schwächer. Du solltest weiterhin mit dem Schlimmsten rechnen. Sie hat einen verdammt harten Kampf hingelegt – das habt ihr beide –, aber ihre Chancen stehen immer noch schlecht. Verstehst du das?«

Ich nickte, ohne ihn anzuschauen.

Der Sheriff schüttelte mir wieder die Hand und wünschte mir alles Gute, und dann gingen die beiden Männer hinaus.

Ich stand da mit Sarah. Und sie stand da mit mir. Sie rieb ihre Nase an meiner Schulter, und ich kraulte sie unter der Mähne.

»Lass mich nicht allein, mein Mädchen«, flüsterte ich. »Wir beide, wir haben jetzt nur noch uns.«

*

Doc Stevens brachte mir regelmäßig etwas zu essen in den Stall, Frühstück, dann Mittagessen und dann Abendbrot. Aber *mein* Appetit war auch nicht das, was mir Sorgen machte.

Und dann, als die Sonne unterging und die nächtliche Kühle hereinbrach, passierte es endlich: Sarah steckte die Nase in den Futtersack, den ich ihr jede Stunde hingehalten hatte, und fing an, sich über den Hafer herzumachen. Mein Herz pochte sofort los, und ich weiß nicht, ob es halbe oder ganze Schläge waren, aber auf jeden Fall waren sie *glücklich.*

Am liebsten hätte ich gesungen und getanzt, aber ich musste ja den Futtersack halten.

»So ist es gut!«, sagte ich halb flüsternd, halb singend. »Iss alles auf, mein Mädchen! Iss alles auf!« Sarah futterte sich durch den ganzen Hafersack und leerte dann auch noch mit großen, schlürfenden Schlucken den Eimer Wasser, den ich ihr hinhielt.

Mir standen die Tränen in den Augen, aber es waren einfach nur Tränen des Glücks.

Die ganze Nacht hindurch ließ ich Sarah immer wieder fressen. Jedes Mal, wenn ich in der Dunkelheit aufwachte, rief ich ihren Namen, tastete nach dem Futtersack und hielt ihn ihr so lange hin, bis sie satt war.

Als Doc Stevens am nächsten Morgen hereinkam, sprang ich sofort auf.

»Sie frisst wieder, Doktor! Heute Nacht hat sie ganz viel Hafer gefressen.«

Doc Stevens hob die Augenbrauen.

»Wie viel?«

Ich hielt den Futtersack hoch.

»Drei solche Säcke voll! Und drei Eimer Wasser hat sie auch noch getrunken!«

Der Doktor musterte Sarah. Sie sah besser aus, kein Zweifel. Sie trug den Kopf höher, ließ die Ohren spielen, und ihre Augen hatten wieder mehr Glanz. Der Doktor lächelte.

»Nicht zu fassen!«, sagte er kopfschüttelnd. »Wer hätte das gedacht?«

»Dann geht es ihr also besser? Dann wird sie wieder gesund?«

Doc Stevens ließ nachdenklich die Hand über Sarahs Flanke gleiten.

»Ich denke schon, mein Junge.« Er schüttelte wieder den Kopf und lachte auf. »Ich denke schon. Und du? Kannst du dich jetzt endlich mal für einen Moment von diesem Pferd losreißen und aus der Scheune rauskommen?«

Ich legte die Arme um Sarahs Hals, ein Lächeln auf den Lippen, das zu dem Frieden in meinem Herzen passte.

»Ich denke nicht, Doktor. Ich denke nicht.«

»Tja, würde ich wohl auch nicht, an deiner Stelle.«

Der Doktor verschwand wieder, nachdem er noch einen Blick unter Sarahs Verband geworfen hatte. Er meinte, in ein paar Tagen wäre sie wohl wieder so weit, dass sie eine längere Strecke zurücklegen könnte.

Als er weg war, setzte ich mich auf mein Bett aus Stroh, den Rücken an die Stallwand gelehnt. In ein paar Tagen könnte ich also wieder aufbrechen. Es gäbe kein Pferd mehr, dem ich nachjagen musste, keine Schulden, die ich zu bezahlen hatte, und keinen Mann, der immer gerade wieder weg war. Aber auch keinen Ort, wo ich hingehen konnte.

Ich hatte mein Pferd. Und ich hatte etwas Geld. Und die Pistole meines Vaters. Und einen kleinen schwarzen Vogel. Und den Hut eines Banditen. Aber das war dann auch schon alles.

Was ich nicht hatte, war ein Zuhause.

Aber vielleicht, möglicherweise, hatte ich da so eine Idee.

23. KAPITEL

Das meiste Laub war schon gefallen und ließ die Zweige nackt vor dem verblassenden Himmel zurück. Was an Blättern noch übrig war, war aber immer noch bunt und schön und glühte in den Farben des Sonnenuntergangs.

Kraftvoll und stetig schritt meine Sarah dahin, und mein Körper bewegte sich im Gleichtakt mit ihr, während wir die verlassene Straße hinaufritten. Die Dunkelheit senkte sich wie ein Laken herab, aber eines, das nicht wärmt. Unser Atem bildete weiße Wolken, die wir bei jedem Schritt hinter uns zurückließen. Der Fluss, dem wir folgten, war am Rand mit einer zerbrechlichen Spitzenborte aus Eis verziert.

Ich nahm die Abzweigung, die ich nehmen musste und die von der Straße den Hang hinaufführte. Inzwischen war es fast dunkel, aber ich kannte den Weg.

Und dann sah ich es, etwas weiter oben. Der warme Schein eines Feuers flackerte einladend hinter dem Fenster der Blockhütte, und aus dem Schornstein stieg eine schmale Rauchfahne auf.

Es begann zu schneien – in großen, weichen, lautlosen Flocken trudelte der Schnee herab. Ich hob den Kopf und sah zu, wie er sanft herunterrieselte und -schwebte. Hier und da, zwischen den Wolken am Himmel, fingen ein paar einzelne Sterne an zu funkeln.

Ich spürte eindeutig ein Lächeln auf meinem Gesicht, aber es waren zu viele Gefühle auf einmal, um sagen zu können, dass ich glücklich war. Ich glaube, ich *war* glücklich, aber gleichzeitig war ich auch ganz viel anderes. Und das wird wohl auch immer so bleiben.

Hinter mir hörte ich den Fluss murmeln. Er erzählte mir eine Geschichte, und ich kannte die Stimme, die da sprach. Da war ganz viel Trauriges in der Geschichte, doch sie war nicht durch und durch traurig. Denn da war auch ganz viel Liebe und Zusammenhalt und am Ende auch ganz viel Glück. Es war eine gute Geschichte, dachte ich. Eine gute Geschichte.

Weit oben über mir brannten die Lagerfeuer. Die Lagerfeuer der Menschen, die vor mir gegangen waren. Sie waren jetzt wieder zusammen, alle beieinander, und schauten auf mich herab. Das war doch ein schöner Gedanke. Ich schaute zu ihnen hinauf und kümmerte mich nicht um den Schleier vor meinen Augen. Ich glaube, sie lächelten auch. Ich vermisste sie sehr, ganz tief und schmerzlich und wahrhaftig, aber die Liebe war stärker als das Vermissen.

Und um mich herum fielen die Federn der Engelsflügel

herab. Legten sich mir auf die Schultern und auf die Hutkrempe. Die Federn all jener Engel, die mich, daran gab es keinen Zweifel, den ganzen Weg über begleitet hatten. Wenn ich sie betrachtete, konnte ich Katies Stimme hören. Und auch das wird wohl immer so bleiben.

Und in meiner Tasche war ein kleiner Vogel, ein kleiner schwarzer Vogel aus Stein. Ein Andenken, das ich immer bei mir tragen würde. Die Erinnerung an einen Freund.

Und ich saß auf einem Pferd. Auf einem Pferd, mit dem ich mir sogar ein Herz teilte. Mir dieses Pferd zurückzuholen, war furchtbar schwer gewesen. Aber wie mein Vater gesagt hatte: Wenn etwas getan werden muss, dann bleibt einem nichts anderes, als sich reinzuknien und die Sache so gut wie möglich zu erledigen. Und das hatte ich getan. Wie er es von mir erwartet hätte. Ich hatte sie zurückgeholt. Meine Sarah. Meine süße Sarah.

Im Fenster war der Umriss einer Gestalt zu sehen. Eine Frau, wie es schien, mit einem Baby auf dem Arm. Nur eine Silhouette, vor einem goldenen Feuer, in der nächtlichen Dunkelheit eines wunderschönen Flusstals. Die Silhouette verschwand, und die Hüttentür öffnete sich.

Anna Davidson stand auf der Schwelle und schaute zu mir hinaus.

»Joseph«, sagte sie.

»Mrs Davidson«, antwortete ich. Ich tätschelte Sarah den Hals und ließ mich von ihrem Rücken gleiten.

Ein kleiner Junge stürmte an seiner Mutter vorbei, schnurstracks durch die Tür und den fallenden Schnee. Er warf sich mir mit einem Schwung an den Hals, der mich fast umgerissen hätte, und schlang ganz fest die Arme um mich.

»Joseph«, schrie er. »Joseph, du bist wieder da!«

Ich schloss ihn meinerseits in die Arme.

»Justin«, sagte ich und drückte ihn an mich. »Mein Justin.«

Mrs Davidson machte ein paar Schritte auf mich zu und hüllte das Baby etwas fester in die Decke. Mr Davidson trat hinter ihr aus der Tür und folgte ihr auf die Veranda.

»Das ist also dein Pferd?«, fragte sie. »Deine Sarah?«

»Genau, Ma'am. Das ist sie.«

»Ein schönes Tier«, sagte Mr Davidson.

»Ja«, sagte ich. »Das stimmt.«

»Es ist schön, dich zu sehen, Joseph«, sagte Mrs Davidson und schaute mir ins Gesicht. »Kommst du nur mal so vorbei?«, fragte sie dann leise, ohne mich aus den Augen zu lassen.

Ich löste eine Hand von Justins Rücken und ließ sie auf Sarah ruhen, meiner Sarah, die neben mir stand. Ich sah zu den Sternen hinauf, durch den fallenden Schnee, und lauschte auf das Murmeln des Flusses hinter mir. Vielleicht, dachte ich, vielleicht kann man sich sein Zuhause doch aussuchen.

»Nein, Ma'am«, sagte ich und erwiderte ihren Blick. »Ich komme nicht nur mal so vorbei. Ich komme nach Hause.«

DANKSAGUNG

Ich schätze mich glücklich, eine lange Liste von Leuten zu haben, denen ich dafür danken möchte, dass sie bei der Entstehung dieses Buches – und auch vieler anderer Bücher – geholfen haben.

Ein riesiges Dankeschön

an meinen Lektor, Nick, und ebenso an Jeffrey, Jeremy, Sara, Bess, Charlie, Tracy, Nikki, Sue, Sheila Marie, Lizette und all die anderen tollen Leute bei Scholastic Press. Ich bin sehr froh und dankbar, mit euch zusammenzuarbeiten. Und auch wieder ein Extra-Lob an Nina für ein weiteres wunderschönes Cover.

an meine Agentin, Pam, und Bob Diforio, für eure Hilfe und Betreuung.

an meine örtliche Schriftsteller-Vereinigung *Write on the River* und an meine Schreibgruppe; es ist einfach toll, mit so vielen großartigen Schriftstellern Ideen austauschen und Gemeinschaft erleben zu können.

an die *Fearless Fifteeners*: Ein wundervolles Jahr liegt hinter uns, und viele weitere vor uns! Dieses verrückte, schwindelerregende Jahr hat mit euch zusammen noch viel mehr Spaß gemacht!

an die wunderbaren Mitarbeiter und Schüler an der Mission-View-Grundschule. Zu den Dingen, für die ich mich am glücklichsten schätze, gehört auch ein Beruf, auf den ich mich jeden Morgen schon beim Aufwachen freue, und das liegt ganz allein an euch. Danke für so viel Zuspruch und lächelnde Gesichter.

an meine Freunde, alte und neue, die wirklich Erstaunliches geleistet haben, um mich anzuspornen und mir Mut zu machen. Ich danke euch.

Und last, aber alles andere als least, danke ich meiner Familie. In diesem Buch geht es, in vielerlei Hinsicht, vor allem um Familie … und ihr alle habt mich zu den besten Stellen inspiriert. Ich kann euch gar nicht genug dafür danken.

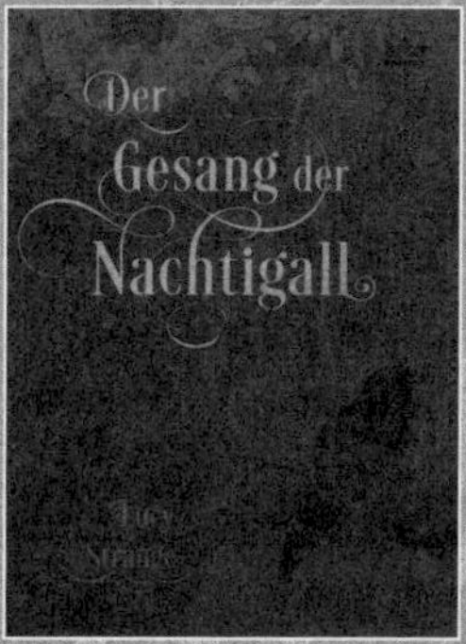

Emma Mills
Nicht nur ein Liebesroman
Hardcover mit Schutzumschlag
416 Seiten
ISBN 978-3-551-56037-7

Lucy Strange
Der Gesang der Nachtigall
Hardcover mit Schutzumschlag
336 Seiten
ISBN 978-3-551-56041-4

Jean Webster
Lieber Daddy-Long-Legs
Hardcover mit Schutzumschlag
256 Seiten
ISBN 978-3-551-56044-5

Mut & Leidenschaft

Dan Gemeinhart
Ein weiter Weg
Hardcover mit Schutzumschlag
272 Seiten
ISBN 978-3-551-56039-1

G. R. Gemin
Café Morelli
Hardcover mit Schutzumschlag
272 Seiten
ISBN 978-3-551-56043-8

KÖNIGSKINDER
www.koenigskinder-verlag.de

MIX
Papier aus verantwortungsvollen Quellen
FSC® C014496
www.fsc.org

www.koenigskinder-verlag.de

Alle deutschen Rechte bei KÖNIGSKINDER VERLAG
in der CARLSEN Verlag GmbH, Hamburg 2017
Originalcopyright © 2016 by Dan Gemeinhart
Originalverlag: Scholastic Inc., 557 Broadway, New York, NY 10012 USA
Originaltitel: Some Kind of Courage
Dieses Werk wurde vermittelt durch die Literarische Agentur
Thomas Schlück GmbH, 30827 Garbsen
Umschlaggestaltung und -typografie: Suse Kopp
Umschlagfotografie (Landschaft): Lentos Kunstmuseum, Linz,
Austria/Bridgeman Images
Umschlagfotografie (Gebirge): Walters Art Museum, Baltimore,
USA/Bridgeman Images
Einband: Dovedale by Moonlight, Joseph Wright of Derby / Allen Memorial Art
Museum, Oberlin College, Ohio / R.T. Miller, Jr. Fund / Bridgeman Images
Aus dem Englischen von Annette von der Weppen
Lektorat: Maya Geis
Herstellung: Gunta Lauck
Satz: Pinkuin Satz und Datentechnikin der Prinzessinnenstraße in Berlin
Druck: GGP Media GmbH, Pößneck
ISBN: 978-3-551-56039-1
Printed in Germany